古代文史名著选译丛书

主编 章培恒 安平秋 马樟根

续资治通鉴长篇选译

修订版

译注 徐光烈
审阅 安平秋

凤凰出版传媒集团 凤凰出版社

图书在版编目（CIP）数据

续资治通鉴长编选译 / 徐光烈译注. -- 南京 : 凤凰出版社，2011.5

（古代文史名著选译丛书）

ISBN 978-7-5506-0390-5

Ⅰ. ①续… Ⅱ. ①徐… Ⅲ. ①中国历史－辽宋金元时代－编年体 Ⅳ. ①K204.3

中国版本图书馆CIP数据核字(2011)第045856号

书　　名　续资治通鉴长编选译
译 注 者　徐光烈
责任编辑　陈晓清
出版发行　凤凰出版传媒集团
　　　　　凤凰出版社(原江苏古籍出版社)
　　　　　南京市中央路165号　邮编 210009
　　　　　发行部电话025-83223462
集团网址　凤凰出版传媒网　http://www.ppm.cn
照　　排　江苏凤凰制版有限公司
印　　刷　江苏新华印刷厂
　　　　　南京市张王庙88号　邮编 210037
开　　本　960×1304毫米　1/32
印　　张　11.875
字　　数　192千字
版　　次　2011年5月第1版　2011年5月第1次印刷
标准书号　ISBN 978-7-5506-0390-5
定　　价　24.00元

(本书凡印装错误可向承印厂调换,电话:025-85521756)

《古代文史名著选译丛书》编委会

《古代文史名著选译丛书》修订版出版说明

呈献在读者面前的这套《古代文史名著选译丛书》是2011年的修订版。全书共134册，包括了中国从先秦至清末两三千年间的著名典籍。每部典籍都选其精粹(《论语》《老子》则全文收录)，收录原文，加以简明的注释，力求准确地译为现代汉语，并于每一篇之前写有对该文的提示性说明。这是近一个世纪以来，规模最大、收录种类相对齐全、译注质量较高的一套普及传统文化的今译丛书。

这套丛书，原在1992年—1994年由巴蜀书社分三批出齐，印行过万套；不久，又由台湾的出版机构买去海外版权在台湾及海外发行，可见这套丛书当年在两岸受欢迎的程度。时隔17年，丛书编委会决定重新修订，改由江苏凤凰出版集团所属的凤凰出版社出版。

这套丛书是由教育部属下的全国高等院校古籍整理研究工作委员会（简称古委会）于1985年策划的。古委会组织了全国18所大学的古籍整理研究所的所长任编委会编委，由我们三人任主编，在全国范围内选请学有专长的学者承担各书的译注。从1986年—1992年，历时7年完成。当时，编委会制订了严明、可行的体例和细则，译注者按要求完成书稿。每部书稿完成后，都在全国范围内请编委会之外的专门研究这一学术领域的两位专家初审，合格后再请两位编委参照初审意见审改，然后退还原译注者改正。待原译注者改正后，再由编委会集中常务编委和部分编委、相关专家在一地将每部书稿从头至尾审改。这样的集中审稿会一般都在8—15天，7年中开了12次审改会。审改后，三位主编再集中在一起逐一审定，交付出版社。这一工作程序，使得这套丛书的译注质量有了一定的提高。所以，这套丛书，在一定程度上是个人与多人合作的结果。关于这套丛书的编纂始末，我们曾在1992年4月全书交稿后写有一篇文章，这次附在修订版书末，便于读者了解。

这次修订,是交由原译注者自己修改。少数译注者已去世,则书稿一仍其旧。个别译注者已联系不上,也保持原貌。

1992年—1994年出版时,书前有当时古委会主任周林先生写的序。周林先生是这一丛书的发起者。他已于1997年6月去世,至今已14年了。为了尊重历史,也为了纪念他,修订版仍用他的序。

我们三人在1985年—1992年主持这套丛书工作时,年龄大的是从51岁到58岁之间,年龄小的是从44岁到51岁之间,那时尚有精力组织、参与这一工作,今天我们都已年逾古稀。全书修订版出版之际,心情似乎比当年更惴惴不安地期待着读者的评头品足,期待着不要对读者贻误太多。

回想这套丛书,真应该感谢我们的祖先为我们留下了这样深厚、丰富的思想、文化遗产,使我们今天仍然受用无穷。应该感谢这套丛书的全体译注者、审阅者、编委和当年的出版者巴蜀书社、今天的出版者凤凰出版社,是他们的学识、辛勤与真诚使得这套丛书得以面世。

章培恒　马樟根　安平秋

2011年3月15日

序

《古代文史名著选译丛书》与广大读者见面了。这是丛书编委会的同志与众多专家学者通力协作、辛勤耕耘的结果。

中华民族在五千年漫长的岁月里，创造了光辉灿烂的文化，给人类留下了丰富的精神财富。“观今宜鉴古，无古不成今”。今天，以马克思主义的科学理论为指导，整理研究我国古代文化典籍，做到汲取精华，剔除糟粕，古为今用，推陈出新，使人们在正确认识民族历史的同时，得到爱国主义的教育，陶冶道德情操，提高全民族的文化素质，促进社会主义文化的繁荣，使文明古国的历史遗产得以发扬光大，这是我们每个炎黄子孙的责任。而要做到这样，对古籍进行整理与研究是重要的基础工程。但是，整理与研究古籍仅作标点、校勘、注释、辑佚还不够，还要有今译，使老年人、中年人、青年人都愿意去读，都能读懂，以便从中得到教益。

基于以上认识，全国高等院校古籍整理研究工作委员会于1986年5月组成了以章培恒、安平秋、马樟根三位同志为主编的《古代文史名著选译丛书》编委会，确定了以全国十八所大学的古籍整理研究所为主力承担这一看似轻易、实则艰巨的今译任务。在第一次编委会议上，拟定了《凡例》、《编写与审稿要求》、《文稿书写格式》和一百余种书目。以每一种书为十万至十五万字计算，这套丛书大约有一千余万字，应该说是一项大工程。经过一年的努力，完成了第一批三十六部书稿的译注任务。在各研究所的专家与所长把关的基础上，于1987年5月和7月，先后在复旦大学、北京大学召开了部分编委参加的审稿会，通过了二十五部书稿，作为《古代文史名著选译丛书》与广大读者见面的第一批作品。与此同时，在1987年7月6日，邀请了在京的十几位专家教授与编委会十几位编委一起座谈这套丛书与古籍今译的问题。专家们肯定了今译工作的必要性与深远意义，并以他们数十年的教学科研和创作的经验，说明今译是一项难度很大的工作，是培养人才，使之打下坚实基本功的一种有效方法；专家们还对《古代文史名著选译丛书》提出了宝贵的建议，这对当时的审稿工作和保证《丛书》的质量起了很好的作用。

实践证明，古籍的今注不易，今译更难。没有对作品的深入、透彻的研究，没有准确、通俗、生动的语言表达能力，要想做好今译是不可能的。两年多来，全国高等院校古籍整理研究工作委员会在探索古籍的今注、今译的道路上，做了一些工作。这部丛书的出版，是系统今译的开始，说明古籍整理研究工作有了新的进展。更可喜的是，一批中青年学者参加了今注今译工作，为古籍整理增添了新生力量，相信他们会在实践中，在学习中，成长成熟。我希望，这套丛书的编委会和高校各古籍整理研究所要敞开大门，加强同国内外专家学者的联系，征求他们和广大读者的意见，并向有真才实学而又适宜做今译工作的专家学者约稿，以提高古籍译注的水平，使《古代文史名著选译丛书》的第二批、第三批作品的质量更上一层楼。

这是一套以文史为主的大型的古籍名著今译丛书。考虑到普及的需要，考虑到读者对象，就每一种名著而言，除个别是全译外，绝大多数是选译，即对从该名著中精选出来的部分予以译注，译文力求准确、通畅，为广大读者打通文字关，以求能读懂报纸的人都能读懂它。我希望这套丛书能成为中小学教师的语文、历史教学的参考书，成为大专院校学生的课外读物，成为广大文史爱好者的良师益友。由于系统的古籍今译工作还刚刚起步，这套丛书定会有不少缺点、错误，也诚恳地希望读者批评指正。

巴蜀书社要我为这套丛书写序，我欣然接受了。我相信这套丛书不仅会使八十年代的人们受益，还将使子孙后代受益，它将对祖国的繁荣昌盛起到点滴的作用。最后借此机会向曾给予我们支持、帮助的专家学者和巴蜀书社的同志表示衷心的感谢！并殷切地希望台湾同胞、港澳同胞、海外侨胞和我们一同做好祖先留给我们的文化遗产的整理工作，为中华民族灿烂的文化再放异彩而努力！

周　林

1987年10月于北京

目　录

前 言

《续资治通鉴长编》，南宋李焘(1115—1184)撰。今本五百二十卷，是记述北宋九朝史事的编年体史学名著。

李焘字仁甫，一字子真，号巽岩，眉州丹棱(四川丹棱)人。唐朝宗室曹王李偲的后人，宋高宗绍兴八年(1138)进士。他在四川历任军事推官、知县、知州等地方官多年，宋孝宗乾道三年(1167)入朝为兵部郎中，此后历任内外官职，其中以充任主持修史的同修国史、实录院修撰等官的时间为最长。他的一生著述很多，有《易学》、《春秋学》、《南北攻守录》、《四朝史藁》、《历代宰相年表》、《江左方镇年表》、《晋司马氏本支》、《齐梁本支》、《王谢世家》、《唐宰相谱》、《五代将帅年表》、《陶潜新传》、《诗谱》和《文集》、《奏议》等。在他的著作中,最为著名而影响最大的是《续资治通鉴长编》。

在李焘生活的七十年里,北宋由盛而衰,北方的广大地区被金朝占据,南宋偏安江左,只能保持半壁河山。在这种形势下,还在青年时期,他就有志驰驱疆场,报效朝廷,曾著有《反正议》十四篇,追念北宋政权崩溃的教训,提出救亡的主张,也正是在这种思想指导下,写出了北宋九朝的编年巨著。他博览群书,尤其精于本朝典故,凭着这种优越的主观条件,宋高宗绍兴二十四年(1154),在知成都府双流县的任上,就效法司马光在修《资治通鉴》以前,曾先做《百官公卿表》的办法,编撰了北宋百官公卿表。由于北宋的官制相当紊乱,把北宋的官制沿革和文武官员任免升降的规律疏理清楚,联系当时的政治,也就掌握了北宋一代历史的发展线索,所以,这是李焘编撰《续资治通鉴长编》的开始。他借鉴司马光的修史方法,广泛地搜集资料,不厌其多而患其略,宁失之繁而不失之简,把资料加以分析排比,如有不同的说法就两存其说,考证事实,以求其是,并且注明出处。南宋周密《癸亥杂识》谈到他的编撰方法是：做十个木橱，每个橱有抽屉匣二十只，每只抽屉标上甲乙顺序，凡是当年的事情归入同一只抽屉里，按照月日先后排列。在当时的历史条件下，这是积累和编辑史料的比较科学的方法。

《长编》的取材范围异常广泛。它的主要来源是官修的国史、实录、会要、宝训、编敕、指挥等，如太祖一朝使用的各种官书可以查考的有五百次之多，太宗一朝也有三百三十次以上，至于《长编》正文未曾注明而实际取自官书的还有很多。李焘搜罗了当时所能见到的各种官修史书和官文书、档案等文献资料，像《元祐群臣编类章疏》、《密疏》等都见到了，可以说他所搜集的资料是相当完备的。在引用各种资料的时候，他曾进行过深入的研究，发现它们记事有的疏略，有的错乱，有的修撰者甚至凭私意变乱是非，所以在引用的时候，有所选择，有所去取。李焘几乎看到过北宋各朝不同时期修撰的实录，包括当时很难见到的本子，如《太祖实录》曾经前后三次修撰，《长编》太祖朝所引用的实录，可以查考的，曾使用了《新录》五十次、《旧录》四十二次；太宗朝也曾引用了《太宗实录》和《别本实录》

或称《实录别本》两种。由于他对官书有深入的研究，因而能够改正不少记载不实的地方。如钱若水所修的《太宗实录》说后汉乾祐三年(950)停止了五日转对之制，宋初循而未改，太宗淳化二年(991)才恢复旧制；李焘根据太祖新、旧录和本纪，指出太祖朝已经恢复了旧制。类似这种纠正失误的情况还有不少，由此可见，李焘引用官书的态度是非常严肃的。

《长编》还博采野史、家乘、行状、笔记、日记、墓志铭等私家著述。李焘认为私家著述问题很多，对它们进行了细致的分析和研究，考辨真伪、弄清真相以后，再决定去取。当官修史书和私家著述矛盾，又没有什么旁证的时候，采用官书而摒弃私著。李焘非常推崇司马光的《资治通鉴》、《涑水纪闻》、《日记》、《朔记》等，但并不是无条件地采用，而是在考订史实之后才决定去取。他对当时史家重视的路振《九国志》、陈恕《十国纪年》等的引用，也是经过慎重选择的。对于私家著述的引用，李焘还特别注重最早的记载，例如他很重视康延泽的《平蜀实录》，因为他是征伐后蜀的重要将领，又是最早的成都府都监。又如，他重视汤悦、徐铉等撰写的《江表事迹》，因为他们是南唐的旧臣，熟悉南唐的旧事。有的人品行不好，或是政治、学术观点和李焘相左，李焘在引用私家著述的时候，并不因人废言，仍然引用他们著述中的有用资料。例如宋真宗时的丁谓声名狼藉，但是《丁晋公谈录》(《丁谓谈录》)所记的内容，很多是当时可靠的事情，因而也加以引用。尤袤撰写《江南野史》，发抒私怨，颇有不实之词，李焘也采用其中可信的资料。甚至经过详细分析以后确认是伪作的《建隆遗事》也有所引用。更为难得的是，他不以个人爱恶来论史，例如他反对王安石变法和王安石的学术，在王安石做宰相期间，曾发生过宋朝和契丹间的边地交涉，有些宋人著作攻击王安石怯懦，主张弃地，而李焘在《长编》中并不采取这种不实的说法。在史实和议论之间，李焘也是尊重史实而忽视议论。从这些地方可以看到李焘对待私家著述的态度也是非常严肃的。

注文是《长编》的重要组成部分。它和正文相呼应，有的注明史料来源，有的注明人物初见年月和邑里、谱系，有的详释并加详正文，有的说明并书、附见史文的主次，还有少数说明写作方法。值得注意的是注文中有不少的史文考异，如考订官私著述的失误、真伪，或考辨人物、事件、时间、空间等，也有相当数量的说明存疑、待考，间或有一些李焘所作的简短评论。正是因为《长编》注文的内容如此丰富，所以和李焘同时代的著名藏书家尤袤把《长编》注文著录为《长编考异》，把它和司马光的《资治通鉴考异》并列，清初的四库全书馆臣也说它是"固读史者考证之林也"，从这里也可以看到它的价值之高。不过，今本《长编》的注文有些是后人附加和清人增补的，这在读《长编》时应予以注意。

宋孝宗隆兴元年(1163)，李焘奏上太祖朝十七年《长编》，在进书表中说明他尽力史学，尤其欣慕本朝故事，由于当时的学士大夫对本朝历史上的一些重大事件有各自不同的说法，却不去考证可靠的记载，因而他想对这些事件加以研究，得到正确的结论，使各种不同的说法归于一揆。这实际上是向皇帝报告他的写作目的和重要内容，请求予以审查和批准。他的《长编》得到皇帝的认可，并且交付国史日历所。乾道四年(1168)，李焘把已报进的太祖朝《长编》补充了一些内容以后，又奏上太祖至英宗五朝《长编》，在进书表中说明他的写作义例完全效法司马光《资治通鉴》的长编法，并且定书名为《续资治通鉴长编》。淳熙元年(1174),奏上神宗和哲宗两朝《长编》。淳熙四年(1177),奏上徽宗和钦宗两朝《长编》。这四次奏上《长编》,前后历时十四年,在这期间,李焘从一个四川的地方官成为朝廷主持修史的高级史官,无论所见到的资料范围和工作条件都有了很大的改变,因而发现过去报进的《长编》有史实不确切、体例不一致的地方,所以,在四次奏上《长编》以后,又进行了一次修订,共修订了四千四百五十多条。淳熙十年(1183),经过修订以后的《长编》,共成书九百八十卷,六百零四册,还有《修换事总目》十卷,因为《长编》的文字繁多,又写成《举要》六十八卷、《总目》五卷。以上合计一千零六十三卷、六百八十七册。至此,《长编》的撰写工作全部完成。

《长编》奏上以后,宋孝宗就诏令把它藏于秘书省,并且由秘书省依照司马光《资治通鉴》字样缮写一部。由于《长编》卷帙浩繁,传写不易,所以当年的书坊刻本已经有了详略的不同,而且神、哲、徽、钦四朝只是秘书省缮写了一部而未曾镂版。因此,《长编》成书之后,有不同的版本。当时,有藏于秘书省的太祖至钦宗九朝本,有详略不同的太祖至英宗五朝的书坊刻本，还有流传于士大夫之间的抄本。由于《长编》卷帙庞大，传抄翻刻不易，所以在社会上流传不广。元朝后期，翰林院已经不备《长编》，元朝朝廷虽然下令江南搜求遗书，江南的士大夫之家还是有很多顾忌，不肯献书。到了清朝，《长编》传抄本只有一百零八卷，从太祖至英宗，是宋刻清补本，世称撮要本。现在流传的五百二十卷本《长编》，是清朝乾隆年间(1736—1795)开《四库全书》馆的时候，馆臣们从《永乐大典》"宋"字韵下辑出来的，它上起太祖建隆，下讫哲宗元符，共计七朝，和李焘的完整《长编》相比较，除了缺少徽宗和钦宗两朝以外，英宗和神宗两朝又缺少英宗治平四年(1067)四月至神宗熙宁三年(1070)三月、哲宗元祐八年(1093)七月至绍圣四年(1098)三月、元符三年(1100)二月至十二月。因为原书的《修换事总目》、《举要》和《总目》都早已佚失，四库馆臣又根据辑出的《长编》内容，重新厘定为五百二十卷，并且编入《四库全书》，抄写七部，分别藏在七处藏书阁，世称阁本。后来几经书厄，只有北京文渊阁、沈阳文溯阁和承德文津阁的藏书具存，现在文渊阁藏书在台湾省，文溯阁藏书存在辽宁省图书馆，文津阁藏书存在北京图书馆。此外，清朝嘉庆年间(1796—1820)，张金吾根据钱塘何梦华所藏杭州文澜阁《长编》抄本，排字印刷，用张金吾藏书室名称为爱日精庐本，或称活字本。清光绪七年(1882)，浙江书局又以爱日精庐本为底本，加以校勘后刻印，称为浙江书局本，简称浙局本或局本，也是目前比较常见的版本。

李焘用四十年的时间，撰写《长编》一书，用力专，时间久，故而资料丰富，翔实可靠。例如真宗大中祥符五年(1012)，以主客郎中、知制诰王曾为契丹国主生辰使，荣州刺史高继勋为副使去出使契丹，回来以后，王曾曾谈到幽州一带的地理形势和沿革，以及当地的风俗人情，《长编》记载得非常详细。这条材料出自宋朝国史契丹传，可以和《文献通考》以及《辽史·地理志》互相印证，而《长编》早出，从此可见它是研究北宋历史不可缺少的史料。虽然《长编》有的地方考订不甚精密，甚至有的互相牴牾，然而以这样大的著作，这种情况是难免的，所以它只不过是白璧微瑕而已，无损于它的史料价值。正是由于它的内容丰富、条理精密，所以问世以后，不仅在士大夫间广为流传，并且不少人取材于它而另写专著。南宋杨仲良撰《续资治通鉴长编纪事本末》就是以纪事本末体裁，改编《长编》成书。此书收有徽、钦二朝史事，可补今本《长编》之阙，清人黄以周撰《通鉴长编拾补》，又是利用此书以编年体写成。南宋陈均《皇朝编年纲目备要》又名《九朝编年备要》，也取材于《长编》。南宋章如愚《群书考索》又名《山堂考索》、徐自明《宋宰辅编年录》等常引用《长编》，彭百川《太平治迹统类》更有很多内容和它相同。还有大约成书于元初的《宋史全文》，北宋部分的记事也多采用《长编》所述。这些情况也都说明了《长编》的重要史料价值。

《长编》卷帙浩繁，编年系月，按日记事，一日之中，常多事并见，这是编年史的特点。为了解某一特定历史事件，常需翻阅不少年、月、日的有关记事，读者苦于检寻。为了便于读者了解某一特定历史事件的原委而避免翻检片断零星的记事，所以在忠实于《长编》的基础上，把相关的记事加以集中，拟定标题，以便阅览。如果要了解《长编》关于该特定事件记载的原貌，只要把本书所选译的各历史事件，按照时间先后混合排列，即可见其一斑。本书集中选译了北宋初期部分史实的正文，删除了和所选事件无关的记载，希望通过选译的这个极小部分，反映《长编》的史料价值。由于水平的限制，失误在所难免，希望得到批评指正。

本文采用了裴汝诚、许沛藻合著《续资治通鉴长编考略》的研究成果，谨此致谢。

徐光烈

“陈 桥 兵 变”

从公元 907 年唐朝灭亡起，中国历史进入了“五代十国”时期。在这个时期里，中原先后建立过后梁、后唐、后晋、后汉、后周五个封建王朝，中原以外先后出现过吴、南唐、吴越、楚、闽、南平（荆南）、前蜀、后蜀、南汉、北汉十个封建割据政权，北方还兴起了契丹政权。这是充满着兼并战争、权臣篡夺、军校拥立、骨肉相残、民族争斗的历史时期。公元 960 年，以赵匡胤为首的后周禁军将领经过策划，谎说北汉和契丹合兵南下，在赵匡胤率军北上防御途中，走到陈桥驿的时候，发动兵变，拥立赵匡胤为皇帝，夺取政权，建立了宋朝。

建隆元年(庚申,九六〇)

春正月辛丑朔,镇、定二州言契丹入侵,北汉兵自土门东下,与契丹合。周帝命太祖领宿卫诸将御之①。太祖自殿前都虞候再迁都点检,掌军政凡六年,士卒服其恩威,数从世宗征伐,洊立大功,人望固已归之。于是,主少国疑,中外始有推戴之议。

壬寅,殿前司副都点检、镇宁军节度使太原慕容延钊将前军先发。时都下讙言,将以出军之日策点检为天子,士民恐怖,争为逃匿之计,惟内庭晏然不知。

癸卯,大军出爱景门,纪律严甚,众心稍安。军校河中苗训者号知天文,见日下复有一日,黑光久相磨荡,指谓太祖亲吏宋城楚昭辅曰:"此天命也。"

是夕,次陈桥驿②,将士相与聚谋曰:"主上幼弱,未能亲政。今我辈出死力为国家破贼,谁则知之,不如先立点检为天子,然后北征未晚也。"都押衙上党李处耘,具以其事白太祖弟匡义。匡义时为内殿祗候、供奉官都知,即与处耘同过归德节度掌书记蓟人赵普,语未竟,诸将突入,称说纷纭,普及匡义各以事理逆顺晓譬之,曰:

---

① 太祖:宋朝开国皇帝赵匡胤的庙号。我国古代帝王死后,在太庙立室祭祀,并加以尊称,叫做庙号。赵匡胤死后被尊为太祖。 ② 陈桥驿:五代、北宋时汴京(河南开封市)到河北大名的第一个驿站,在今河南开封市东北陈桥镇。

“太尉忠赤①，必不汝赦。”诸将相顾，亦有稍稍引去者。已而复集，露刃大言曰：“军中偶语则族。今已定议，太尉若不从，则我辈亦安肯退而受祸?”普察其势不可遏，与匡义同声叱之曰：“策立，大事也，固宜审图，尔等何得便肆狂悖!”乃各就坐听命。普复谓曰：“外寇压境，将莫谁何，盍先攘却，归始议此?”诸将不可，曰：“方今政出多门，若俟寇退师还，则事变未可知也。但当亟入京城，策立太尉，徐引而北，破贼不难。太尉苟不受策，六军决亦难使向前矣②。”普顾匡义曰：“事既无可奈何，政须早为约束。”因语诸将曰：“兴王易姓，虽云天命，实系人心。前军昨已过河，节度使各据方面，京城若乱，不惟外寇愈深，四方必转生变。若能严敕军士，勿令剽劫，都城人心不摇，则四方自然宁谧，诸将亦可长保富贵矣。”皆许诺，乃共部分。夜，遣衙队军使郭延赟驰告殿前都指挥使浚仪石守信、殿前都虞候洛阳王审琦。守信、审琦，皆素归心太祖者也。将士环列待旦。

太祖醉卧，初不省。甲辰黎明，四面叫呼而起，声震原野。普与匡义入白太祖，诸将已擐甲执兵，直扣寝门

① 太尉：当时赵匡胤的官称是归德军节度使、检校太尉、殿前都点检。 ② 六军：据说西周制度，天子有六军，诸侯有三军、二军、一军不等。后来便有人用“六军”作为军队的统称。

曰："诸将无主，愿策太尉为天子。"太祖惊起披衣，未及酬应，则相与扶出听事，或以黄袍加太祖身，且罗拜庭下称万岁。太祖固拒之，众不可，遂相与扶太祖上马，拥逼南行。匡义立于马前，请以剽劫为戒。太祖度不得免，乃揽辔誓诸将曰："汝等自贪富贵，立我为天子，能从我命则可，不然，我不能为若主矣。"众皆下马，曰："惟命是听。"太祖曰："少帝及太后，我皆北面事之①，公卿大臣，皆我比肩之人也，汝等毋得辄加凌暴。近世帝王初入京城，皆纵兵大掠，擅劫府库，汝等毋得复然，事定，当厚赏汝，不然，当族诛汝。"众皆拜，乃整军自仁和门入，秋毫无所犯。先遣客省使大名潘美见执政谕意，又遣楚昭辅慰安家人。殿前都点检公署在左掖门内，时方闭关，设守备，及昭辅至，石守信开关纳之。

宰相早朝未退，闻变，范质下殿执王溥手曰："仓卒遣将，吾辈之罪也。"爪入溥手，几出血，溥噤不能对。

天平节度使、同平章事、侍卫马步军副都指挥使、在京巡检太原韩通，自内廷惶遽奔归，将率众备御。散员都指挥使蜀人王彦升遇通于路，跃马逐之，至其第，第门不及掩，遂杀之，并其妻子。

---

① 北面：古代尊长与卑幼相见、皇帝与臣下相见大都坐北朝南，卑幼和臣下则面向北。

诸将翊太祖登明德门，太祖令军士解甲还营，太祖亦归公署，释黄袍。俄而将士拥质等俱至，太祖呜咽流涕曰："吾受世宗厚恩，为六军所迫，一旦至此，惭负天地，将若之何？"质等未及对，散指挥都虞候太原罗彦瓌挺剑而前曰："我辈无主，今日必得天子。"太祖叱之，不退。质等不知所为，溥降阶先拜，质不得已从之，遂称万岁。

太祖诣崇元殿行禅代礼。召文武百官就列，至晡，班定，独未有周帝禅位制书①，翰林学士承旨新平陶穀出诸袖中，进曰："制书成矣。"遂用之。宣徽使引太祖就龙墀北面拜受。宰相扶太祖升殿，易服东序，还即位，群臣拜贺。奉周帝为郑王，太后为周太后，迁居西京。

乙巳，诏因所领节度州名，定有天下之号曰宋。改元，大赦，常赦所不原者咸赦除之。内外马步军士等第优给。命官分告天地、社稷②。遣中使乘传赍诏谕天下③，诸道节度使又别以诏赐焉。

上之入也，闾巷奸民往往乘便攘夺，于是索得数辈斩于市，被掠者官偿其赀。

---

① 制书：古代皇帝命令的一种，用于改革旧政、宽赦降虏以及重大赏罚、任免重要官爵等重大政治事件。 ② 社稷：社，土神。稷，谷神。古代用作政权的标志，新王朝建立后，都建立新的社稷。 ③ 中使：宫廷派出的使者，由宦官充任。

戊申，赠韩通中书令①，以礼葬之，嘉其临难不苟也。初，周郑王幼弱，通与上同掌宿卫，军政多决于通。通性刚愎，颇肆威虐，众情不附，目为韩瞠眼。其子微有智略，幼病伛，时号韩橐驼，见上得人望，每劝通早为之所，通不听，卒死于难。王彦升之弃命专杀也，上怒甚，将斩以徇，已而释之，然亦终身不授节钺。其后，上幸开宝寺，见壁上有橐驼及通画象，遽令扫去之。

辛亥，石守信自义成节度使、殿前都指挥使为归德节度使、侍卫马步军副都指挥使，常山高怀德自宁江节度使、马步军都指挥使为义成节度使、殿前副都点检，厌次张令铎自武信节度使、步军都指挥使为镇安节度使、马步军都虞候，王审琦自殿前都虞候、睦州防御使为泰宁节度使、殿前都指挥使，辽人张光翰自虎捷左厢都指挥使、嘉州防御使为宁江节度使、马军都指挥使，安喜赵彦徽自虎捷右厢都指挥使、岳州防御使为武信节度使、步军都指挥使，官爵勋阶并从超等，酬其翊戴之勋也。

壬子，赐文武近臣、禁军大校袭衣、犀玉带、鞍勒马有差。

---

① 赠：皇帝给予大臣或其祖先以爵位名号，生存的称封，已死的称赠。

丁巳，命宗正少卿郭玘祀周庙及嵩、庆二陵①，因诏有司以时朝拜，著于令。

甲子，以皇弟殿前都虞候匡义领睦州防御使，赐名光义。

镇州言契丹与北汉兵皆遁去。

三月乙巳，改天下州县名犯庙讳，及御名者②。

（是岁）上既即位，欲阴察群情向背，颇为微行。或谏曰："陛下新得天下，人心未安，今数轻出，万一有不虞之变，其可悔乎？"上笑曰："帝王之兴，自有天命，求之亦不可得，拒之亦不能止。周世宗见诸将方面大耳者皆杀之，然我亦终日侍侧，不能害我。若应为天下主，谁能图之，不应为天下主，虽闭户深居何益。"既而微行愈数，曰："有天命者，任自为之，我不汝禁也。"由是中外慑服。

亲军校有献手挝者，上曰："此何以异于常挝而献之？"军校密言曰："陛下试引挝首视之。挝首即剑柄也，有刃韬于柄中，居常可以杖，缓急以备不虞。"上笑投之于地曰："使我亲用此物，事将奈何，且当是时此物果足恃乎？"

一日罢朝，坐便殿，不乐者久之。左右请其故，上

① 嵩、庆二陵：后周太祖郭威的坟墓叫嵩陵，后周世宗柴荣的坟墓叫庆陵。 ② 庙讳：已死的皇帝及其父祖的名字。

曰："尔谓天子为容易耶？属乘快指挥一事而误，故不乐耳。"

尝弹雀于后苑，或称有急事请见，上亟见之，其所奏乃常事耳。上怒诘之，对曰："臣以为尚亟于弹雀。"上愈怒，举斧柄撞其口，堕两齿。其人徐俯拾齿置怀中，上骂曰："汝怀齿，欲讼我乎？"对曰："臣不能讼陛下，自当有史官书之也。"上悦，赐金帛慰劳之。

建隆三年（壬戌，九六二）

是岁，周郑王出居房州。

开宝二年（己巳，九六九）

（十二月）有辛文悦者，不知何许人，上幼从文悦肄业，及即位，召见，授太子中允、判太府寺。周郑王时在房州，上谓文悦长者，戊戌，命文悦知房州事。

开宝六年（癸酉，九七三）

三月乙卯朔，房州言周郑王殂。上素服发哀，辍视朝十日，命还葬庆陵之侧，曰顺陵，谥曰恭帝①。

【翻译】

建隆元年（庚申，960）

---

① 谥：古代帝王、贵族、大臣、士大夫死后，按照其生前事迹加以褒贬的称号。

春季正月初一日辛丑，镇、定二州报告契丹入侵，北汉军队从土门东下，和契丹兵会合。周恭帝命令太祖率领禁军将领前去抵抗。太祖经过两次升官，从殿前都虞候做到殿前都点检，掌管军政有六年之久，士卒们信服他的恩德和权势。他曾多次随从周世宗征伐，一次又一次地立过大功，人们早把希望寄托在他的身上。这时候，新即位的皇帝年纪幼小，人心疑惧，开始有了拥护太祖做皇帝的说法。

初二日壬寅，殿前司副都点检、镇宁军节度使太原（山西太原市西南）人慕容延钊统率前头部队先出发。当时京城里纷纷传说在出兵的日子里，将要策立点检为天子。士民们很害怕，争着想办法逃走，躲藏起来，只有宫廷里安静得和平时一样，什么也不知道。

初三日癸卯，大军出爱景门，纪律很严，人们的心情逐渐安定下来。军校河中（山西永济西）人苗训据说懂得天文，他看到太阳下面还有一个太阳，两个太阳之间有黑光摩擦摇动了很长时间，就指着太阳对太祖的亲吏宋城（河南商丘市）人楚昭辅说："这是上天的意旨啊。"

这天晚上，大军驻在陈桥驿，将士们聚在一起商量说："皇帝年幼弱小，不能亲自处理政事，现在我们拼死为国家打败敌人，谁能够知道呢？倒不如先立点检为天子，然后再北征也为时不晚。"都押衙上党（山西长治市）

人李处耘把这些情况都告诉了太祖的弟弟匡义。匡义当时是内殿祗候、供奉官都知，他立刻就和处耘一起去见归德掌书记蓟县（河北蓟县）人赵普，话还未曾说完，将领们就冲进门来，七嘴八舌地说了起来，赵普和匡义各自用事理的逆顺开导他们说："太尉对朝廷赤胆忠心，决不会宽恕你们。"将领们面面相顾，也有慢慢走开的。过了不久，将领们又集合起来，亮出了兵器，大声地说："在军队里说私话要灭族，现在我们已经商量定了，太尉如果不接受我们的意见，难道我们肯回去遭难吗？"赵普看到大势已经无法阻止，就和匡义同声叱责他们说："策立皇帝是非常重大的事情，本来就应该仔细地考虑，你们怎么可以这样地狂妄无理！"将领们听了这话，就都坐下来听候吩咐。赵普又对他们说："外寇压境，对谁不都是一样的，为什么不先打退敌人，回来再商量这件事情？"将领们不同意，说："如今国家当权的人很多，政令不统一，如果等到敌人退走，军队回来的时候再商量，不知道会发生什么变化。现在只是应该赶快地进入京城，策立太尉为皇帝，再慢慢地带兵北上，这样，打败敌人也不困难。如果太尉不肯接受策立，也肯定难使大军向前。"赵普回头对匡义说："事情既然已经这样，无可奈何，只能早些订出一些约束的办法来。"就对将领们说："新王朝代替旧王朝，虽说是上天的意旨，却也和人心向背有联系。前头部队已经在昨天渡过黄河，节度使们各自据守一方，如果发生变乱，不仅外寇会更加深入，各地方也必然会发生变故。如果能够严厉地告诫军士，不许抢劫，京城的人心不动摇，各地方自然会安定，将领们也就可以长久地保持富贵了。”大家都表示同意，就共同部署起来。当天夜里，派衙队军使郭延赟急速地赶回去，把情况告诉给殿前都指挥使浚仪（河南开封市）人石守信、殿前都虞候洛阳（河南洛阳市）人王审琦。守信、审琦，都是早已衷心归附太祖的人。将士们四面环列，等待天亮。

太祖喝酒醉了，睡在那里，根本不知道这些事情。初四日甲辰黎明的时候，四面响起了呼叫声，声音响得震动大地。赵普和匡义进去报告太祖的时候，将领们已经穿起了铠甲，手里拿着兵器，直扣太祖寝室的门说：“将领们没有主人，希望策立太尉为皇帝。”太祖吃惊地坐起来，刚披上衣服，还未曾来得及答话，就被大家扶出厅堂，有人把黄袍罩在他的身上，并且环绕着他在堂前下拜，口称“万岁”。太祖坚决不同意，大家不答应，一齐扶太祖上马，簇拥着逼他向南走去。匡义立在马前，请求禁止抢劫。太祖估计到无法推避，就拉着马缰告诫将领们说：“你们自己贪图富贵，立我为皇帝，如果肯服从我的命令，还可以接受你们的拥立，否则，我不能做你们的主人。”大家都下了马，说：“一定听从命令。”太祖说：“少帝和太后都是我北面侍奉的人，公卿大臣都是我的平辈，你们不许随便地欺侮侵犯。近代帝王刚进入京城的时候，都放纵兵士大抢一阵，掠夺官府储藏财物兵甲的仓库，你们不许再这样做，等到局势稳定以后，我会厚赏你们，否则杀你们的全家。”大家都下拜，表示同意。于是整顿军队从仁和门进城，纪律严明，秋毫无犯。先派客省使大名（河北大名东）人潘美去见执政官说明来意，又派楚昭辅去安慰太祖家里的人。殿前都点检官署在左掖门里，当时正关着门设置了守备，昭辅来到的时候，石守信开门让他进去了。

宰相早晨朝见皇帝还未曾退出，听到发生事变，范质下殿拉着王溥的手说：“匆忙地派遣禁军将领出征，是我们的罪过。”指甲陷进王溥的手里，几乎抓出血来，王溥紧闭着口，不能回答。

天平节度使、同平章事、侍卫马步军副都指挥使、在京巡检太原人韩通惊慌失措地往家里飞奔，准备率领军队抵抗。散员都指挥使蜀郡（四川成都市）人王彦升在路上遇到韩通，鞭打着马飞奔地追赶过去，一直追到他家里，大门没有来得及关闭，王彦升闯进去杀了他，连他的妻子和儿子也一齐杀了。

将领们护卫太祖进入明德门，太祖下令军士解甲归营，自己也回到官署，脱去黄袍。过了不久，将士们把范质等拥过来，太祖低声哭泣地说："我曾得到过周世宗的深厚恩泽，却被部队所迫，一旦到了这种地步，真是惭愧，对不起天地，到底让我怎么办呢？"范质等还未曾来得及答话，散指挥都虞候太原人罗彦瓌拔出剑来上前说："我们没有主人，今天一定要有个皇帝。"太祖大声地呵斥他，他却不肯退下去，范质等不知道怎样办才好，还是王溥先退到阶下，倒身下拜，范质等也只好跟着下拜，口称"万岁"。

太祖到崇元殿行禅代礼，召集文武百官排起班来，到申时，按官职高低的位次排定了，只是缺少周恭帝的禅位制书，翰林学士承旨新平（陕西彬县）人陶穀从袖子里拿出来走向前说："制书早已写好了。"就使用了这份制书。宣徽使引太祖在殿上有龙纹的空地上跪倒，面北下拜，接受制书。宰相再扶太祖升殿，在东厢房换上龙袍，回来登上皇帝的宝座，群臣下拜祝贺。尊奉周恭帝为郑王，太后为周太后，迁到西京洛阳去居住。

初五日乙巳，诏令宣布沿用太祖曾兼领过的节度州归德军即宋州的名称，规定新朝代的国号为"宋"。改元，大赦，平时大赦所不赦免的全都在内。朝廷内外马步军士按不同等级从优赏赐。派官分别祭告天地、社稷。派中使带着皇帝的诏令坐驿站的车通告全国各地，对各道节度使又另外颁赐皇帝的诏书。

太祖进入京城的时候，民间的坏人乘机抢劫，这时查到几个坏人，把他们在市上斩首，官府偿还被抢劫者的财物。

初八日戊申，赠韩通中书令，以相应的礼节埋葬，这是表彰他在危难的时候不苟且求免。从前，周郑王年幼弱小，韩通和太祖共同掌管禁军，有关禁军大政多半由他决定。韩通为人刚愎暴戾，喜欢擅作威福，大家对他不服，把他叫做“韩瞠眼”。他的儿子有些才智谋略，幼年因为生病而背驼了，当时被称为“韩橐驼”。他看到太祖得到人们的仰望，常劝韩通及早做出安排，韩通不听，到底死于灾难。太祖对于王彦升不待命令而专断杀人非常气愤，本来要把他斩首示众，不久又免了他的罪，但也终身不授予他代表皇帝威权的符命和斧钺去做节度使。后来太祖到开宝寺去，看到墙壁上有韩橐驼和韩通的画像，马上命令把它除掉。

十一日辛亥，石守信从义成节度使、殿前都指挥使调任归德节度使、侍卫马步军副都指挥使，常山（河北正定）人高怀德从宁江节度使、马步军都指挥使调任义成节度使、殿前副都点检，厌次（山东惠民东南）人张令铎从武信节度使、步军都指挥使调任镇安节度使、马步军都虞候，王审琦从殿前都虞候、睦州防御使调任泰宁节度使、殿前都指挥使，辽县（山西左权）人张光翰从虎捷左厢都指挥使、嘉州防御使调任宁江节度使、马军都指挥使，安喜（河北定县东）人赵彦徽从虎捷右厢都指挥使、岳州防御使调任武信节度使、步军都指挥使，官职、爵位、品阶和勋官都越级调升，以此来酬劳护卫拥戴的功劳。

十二日壬子，赐给文武近臣、禁军大校成套衣服、犀角和玉镶嵌的衣带、配备鞍和缰的马匹多少不等。

十七日丁巳，命令宗正少卿郭玘祭祀后周的太庙和嵩、庆二陵，随即诏令主管机构按时朝拜，把这些规定写成法令。

二十四日甲子，以皇弟殿前都虞候匡义兼领睦州防御使，赐名光义。

镇州报告契丹和北汉兵都退走了。

三月初六日乙巳，改触犯庙讳和皇帝名讳的全国州县名。

（这一年里，还有这样的一些事情。）太祖即位以后，想暗地里观察人心的向背，时常隐藏身份改装出去，有人规劝他说："陛下刚做皇帝不久，人心还未曾稳定下来，现在多次随便地外出，万一有意想不到的变故，后悔还来得及吗？"太祖笑着说："帝王的兴起是由上天的意旨决定的，追求既办不到，抗拒也止不住。周世宗把他看到的方面大耳将领都杀掉,可是我终日在他身边侍奉,并未曾杀掉我。如果应该做全国的主人,谁也不能谋害他,如果不该做全国的主人,就是关起门隐藏起来也没有什么好处。”不久以后,改装出去的次数更多了,他说:“凡是得有天命的人,随便怎样做都可以,我绝不加阻止。”从此朝廷内外对他畏惧而服从了。

太祖的亲军军校有人献给他手挝,太祖问:“这个手挝和一般的手挝有什么不同而值得献给我?”军校神秘地说:“请陛下试着把挝首拉出来看一看,挝首就是剑柄,有兵器藏在柄里,平时可以把它当手杖用,紧急的时候可以对付意外情况。”太祖笑着把它丢在地上说:“如果要我亲自使用这个东西,那将是什么情况,而且在那种时候,这个东西果真靠得住吗?”

有一天退朝以后,太祖坐在便殿里,很长的时间不高兴,左右的人请问是什么原故,太祖说:“你们以为皇帝是容易做的吗?刚才趁着高兴,把一件事情处理错了,所以不高兴。”

太祖有一天在后苑弹雀,有人说因为有急事请求接见,太祖急忙地接见他,那个人所说的却是平常的事情,太祖生起气来责问他,回答说:“我以为这件事情比弹雀重要。”太祖更加生气,举起斧子的柄打他的嘴,打掉了两颗牙齿,那人慢慢地弯腰拾起牙齿放在怀里,太祖骂他说:“你把打掉的牙齿放在怀里,难道是要去控告我吗?”回答说:“我不能控告陛下,自然会有史官把这件事情记下来。”太祖听了这话很高兴,赏赐给这个人金帛来安慰他。

建隆三年(壬戌,962)

这一年,周郑王出外到房州去居住。

开宝二年(己巳,969)

(十二月)有一个叫做辛文悦的人,不知道是什么地方的人,太祖幼年曾随他读书,即位以后召见他,任命为太子中允、判太府寺。当时周郑王在房州,二十五日戊戌,命令文悦知房州事。

开宝六年(癸酉,973)

三月初一日乙卯,房州报告周郑王死去。太祖穿着白色衣服公告于众,停止视朝十天,命令把他的尸体运回来葬在庆陵的旁边,叫做顺陵,谥为恭帝。

歼灭二李

宋朝政权建立后，首要的任务是巩固政权，消灭反对势力。当时，一些拥有强大武力的节度使，有的犹豫观望，有的虎视眈眈。赵匡胤对那些态度不明朗的节度使，进行监视和收买；对于那些公开反抗的节度使，则使用武力镇压。昭义节度使李筠是后周的开国功臣，野心很大，宋朝建立后不久，他就勾结北汉，声称不忘后周旧恩，公开反抗，很快地被镇压下去。不久，后周太祖郭威的外甥、久握兵权的老将、淮南节度使李重进又举兵反抗，也很快地被镇压下去。二李的失败，标志着后周残余力量的反抗完全失败，宋朝政权得到巩固。

建隆元年(庚申,九六〇)

(夏四月)昭义节度使兼中书令太原李筠,在镇逾八年,恃勇专恣,招集亡命,阴为跋扈之计,周世宗每优容之。及上遣使谕以受禅,筠即欲拒命,左右为陈历数[1],乃俛俛下拜。既延使者升阶,置酒张乐,遽索周祖画像置厅壁,涕泣不已。宾佐惶骇,告使者曰:“令公被酒[2],失其常性,幸勿怪也。”北汉主知筠有异志,潜以蜡书诱筠[3],筠虽具奏而反谋已决,筠长子守节涕泣切谏,筠不听。

上手诏慰抚,因除守节为皇城使。筠遂遣守节入朝,且伺朝廷动静。上迎谓曰:“太子,汝何故来?”守节矍然,以头击地曰:“陛下何言!此必有谗人间臣父也。”上曰:“吾亦闻汝数谏,老贼不汝听,不复顾藉,故遣汝来,欲吾杀汝耳。盍归语而父,我未为天子时,任汝自为之,我既为天子,汝独不能小让我耶?”守节驰归,具以告筠,筠谋反愈急。癸未,执监军亳州防御使周光逊、闲厩使李廷玉,遣其教练使刘继冲及判官孙孚送于北汉,纳

① 历数:古代迷信说法,以为朝代更替是由上天意旨决定而不可改变的,所以称朝代更替的次序为历数。 ② 令公:中书令的尊称。 ③ 蜡书:封在蜡丸里的信,以防泄露。

款求援。光逊，德威之子①，廷玉，嗣昭之孙②，皆有旧第在晋阳，北汉主俱释之，厚赐遣归第。筠又遣兵袭泽州，杀刺史张福，据其城。

从事闾丘仲卿说筠曰："公孤军举事，其势甚危，虽倚河东之援，恐亦不得其力。大梁兵甲精锐，难与争锋，不如西下太行，直抵怀、孟，塞虎牢，据洛邑，东向而争天下，计之上也。"③筠曰："吾周朝宿将，与世宗义同昆弟，禁卫皆吾旧人，必将倒戈来归。况吾有儋珪枪、拨汗马，何忧天下哉！"儋珪，筠爱将，善用枪；拨汗，筠所畜骏马也。

昭义反书至，枢密使吴廷祚言于上曰："潞州岩险，贼若固守，未可以岁月破。然李筠素骄易，无谋，宜速引兵击之，彼必恃勇出斗，但离巢穴即成擒矣。"上纳其言。戊子，遣侍卫副都指挥使石守信、殿前副都点检高怀德帅前军进讨。上敕守信等曰："勿纵筠下太行，急引兵扼其隘，破之必矣。"

丙申，命户部侍郎寿阳高防、兵部侍郎阳曲边光范

---

① 德威：五代时期后唐名将周德威。 ② 嗣昭：五代时期后唐名将李嗣昭。 ③ 从事闾丘仲卿：从事，官名。闾丘，复姓。河东：山西境内黄河以东地区为当时北汉统治区，借以指北汉。大梁：战国时期，魏曾迁都大梁，在今河南开封市西北。隋唐以后，通称开封为大梁。这里是借指宋朝。

并充前军转运使。

上召三司使清河张美调兵食，美言怀州刺史马令琮度李筠必反，日夜储偫以待王师。上亟令授令琮团练使。宰相范质曰：“大军北伐，方藉令琮供亿，不可移他郡。”戊戌，升怀州为团练[1]，以令琮充使焉。令琮，大名人也。

（五月）庚子，命宣徽南院使高唐昝居润赴澶州巡检，殿前都点检、镇宁节度使慕容延钊，彰德军留后太原王全斌率兵由东路与石守信、高怀德会。

辛丑，以洺州团练使博野郭进为本州防御使兼西山巡检，备北汉也。

北汉主遣内园使李弼以诏书、金帛、善马赐李筠，筠复遣刘继冲诣晋阳，请北汉主举军南下，己为前导。北汉主将谋于契丹，继冲道筠意，请无用契丹兵。北汉主从之，即日大阅，倾国自将出团柏谷，群臣饯之汾水。左仆射赵华曰：“李筠举事轻易，事必无成，陛下扫境内而赴之，臣未见其可也。”北汉主瞋目谓华曰：“朕志已决，卿安能知其必无成耶。卿有长策，顾当何如？”华未及

① 升怀州为团练：宋朝的州有四等，长官为节度使的称节度州，为防御使的称防御州，为团练使的称团练州，为刺史的称军事州，也称刺史州。怀州原是刺史州，升为团练州是升了一等，刺史升为团练使也是升了一等。

对，北汉主拂衣上马。行至太平驿，筠身率官属、耆老迎谒，北汉主命筠赞拜不名①，坐于宰相博兴卫融之上，封西平王，赐马三百匹及服玩珍异甚众。筠所献亦略与所赐等，及文武大臣皆有赂。

筠见北汉主仪卫寡弱，不似王者，内甚悔之。北汉主数召筠计事，筠自言受周氏恩，不忍负之，而北汉主与周，世仇也，闻筠言亦不悦。筠将还，别赐马及铠甲具装，遣宣徽使莱人卢赞监其军，筠心益不平。筠有马三千匹，日夜校阅，欲直趣大梁。赞尝见筠计事，筠不应，顾左右曰："大梁兵皆我昔时部曲也，见我则降耳。"赞怒，拂衣而起。北汉主闻赞与筠有隙，遣卫融诣军中和解之。筠留其长子守节守上党，自率众三万南出。

癸卯，石守信等言破筠众于长平，斩首三千余级，又攻拔其大会寨。

甲辰，诏削夺李筠官爵。

丁巳，诏亲征。以枢密使吴廷祚为东京留守，端明殿学士、知开封府吕余庆副之，皇弟殿前都虞候光义为大内都点检。侍卫马步军都指挥使韩令坤率兵屯河阳。

己未，帝发大梁。

---

① 赞拜不名：臣下朝拜皇帝时，赞礼者在旁唱礼时不直呼其名，以示尊重。

壬戌，次荥阳。召西京留守河内向拱与语，拱劝上急济河，逾太行，乘贼未集而击之，稽留浃旬，则其锋益炽矣。枢密直学士赵普亦言："贼意国家新造，未能出征，若倍道兼行，掩其不备，可一战而克。"上纳其言。

甲子，次河阳。

丙寅，次怀州。

丁卯，前军都部署石守信、副都部署高怀德破贼军三万余众于泽州南，获北汉河阳节度使范守图，杀卢赞。筠遁入泽州，婴城自固。

六月乙巳朔，上至泽州，督诸军攻城。

初，吐浑府都留后、汾州团练使王全德，帅所部从李筠战泽州南。既败，走入潞州，与筠子守节为拒守计。及上围泽州，全德大惧，与亲友数十人犯关来奔，龙捷指挥使王廷鲁亦自潞州相继出降，贼势转蹙矣。泽州城逾旬未下，上召控鹤左厢都指挥使蓟人马全乂，赐食御坐，问以计策。全乂请并力急攻，且曰："缓之恐复生变。"上即命诸军奋击。全乂率敢死士先登，飞矢贯臂，流血被体，全乂拔镞进城，士气益奋，上亲率卫兵继之。辛巳，克其战，李筠赴火死，获北汉宰相卫融。命掩尸骼，禁剽掠，放泽州民今年田租。

乙酉，进攻潞州。

丁亥，筠子守节以城降，上赦其罪。升单州为团练，用守节为使。

是日，车驾入潞州①，宴从官于行宫。

辛卯，德音：“降死罪囚，流以下原之。潞州近城三十里内勿收今年田租。诸路州府寺院经显德二年停废者勿复置，当废未毁者存之。”②

泽州之未破也，筠爱妾刘氏谓筠曰：“军州马尚有几何?”筠曰：“汝何问为?”刘氏曰：“今孤城危迫，旦暮且破，若得马数百匹，尚可以犯围走保上党，上党楼堞坚固③，且近河东，易于求援，与其守死，不犹愈乎?”筠然之。料见马且千匹，将出，左右或阻之曰：“今在帐前之人，皆云与大王同心，一旦出城，劫大王降敌，其可悔乎!”筠犹豫未决。明日城陷，筠走赴火，刘氏将从之，筠

① 车驾：皇帝乘马驾的车而行，所以借车驾或乘舆作为皇帝的代称。 ② 德音：赦令名称的一种。一般对死罪、流罪减刑，其他轻罪释放，有时也释放流罪的犯人。其宽恕地区和罪犯等级广狭不常，一般比大赦罪犯等级狭窄。显德二年停废者：后周世宗显德二年(955)下令，全国寺院非朝廷特许的一律废除，只许两京、大名府、京兆府、青州五处设立戒坛，禁止私度僧尼，非得家长允许，不许受戒出家；禁止僧俗舍身、断手足、炼指、挂灯、带钳等惑人恶俗；寺院除钟磬钹铎等可留用外，一切铜佛像都由官府收买为铸钱原料。这年废除了寺院三万三百三十六所，大量僧尼还俗。 ③ 楼堞：楼，城墙上的瞭望楼。堞，城上齿形的矮墙。

以其有娠，麾之使去。守节无子，购得之，生子，卒为筠后。

北汉主闻筠败，自太平驿遁归晋阳，谓赵华曰：“李筠无状，卒如卿言。吾幸全师以归，但恨失卫融、卢赞耳。”由是重文学之士。久之，华请老，使食其禄终身，以翰林学士承旨、兵部尚书赵弘为中书侍郎兼兵部尚书、平章事。弘，蓟人也。

丁酉，上发潞州。

秋七月戊申，至京师。

初，卫融之被执也，上诘融曰：“汝教刘钧举兵助李筠反，何也？”融从容对曰：“犬各吠非其主，臣四十口衣食刘氏，诚不忍负之。陛下宜速杀臣，臣必不为陛下用，纵不杀，终当间道走河东耳。”上怒，命左右以铁挝击其首，流血被面。融呼曰：“臣得死所矣。”上顾左右曰：“此忠臣也，释之。”命以食药敷其疮，因使融致书北汉主求周光逊等，约亦归融太原，北汉主不报。辛亥，以融为太府卿。

前司空、赵国公李谷初归洛阳，李筠以谷周朝名相，遗钱五十万，他物称是，谷受之。及筠败，谷忧恚发病，乙卯卒。上为废朝二日，赠侍中。

淮南节度使兼中书令沧人李重进，周太祖之甥也，始与上俱事世宗，分掌内外兵权，而重进以上英武出己右，心常惮焉。恭帝嗣位，重进出镇扬州，领宿卫如故。及上受禅，命韩令坤代重进为马步军都指挥使。重进请入朝，上意未欲与重进相见，谓翰林学士饶阳李昉曰："善为我辞以拒之。"昉草诏云："君为元首，臣作股肱，虽在远方，还同一体。保君臣之分，方契永图；修朝觐之仪，何须此日。"重进得诏，愈不自安，乃招集亡命，增陴浚隍，阴为叛背之计。李筠举兵泽、潞，重进遣其亲吏翟守珣间行与筠相结。守珣素识上，往还京师，潜诣枢密承旨李处耘求见，上召问曰："我欲赐重进铁券①，彼信我乎？"守珣曰："重进终无归顺之志矣。"上厚赐守珣，许以爵位，且使说重进稍缓其谋，无令二凶并作，分我兵势。守珣归，劝重进养威持重，未可轻发，重进信之。上已平泽、潞，则将经略淮南，戊申，徙重进为平卢节度使，度重进必增疑惧，庚戌，又遣六宅使陈思诲赍铁券往赐，以慰安之。

陈思诲至淮南，李重进即欲治装随思海入朝，左右沮之，重进犹豫不决。又自以前朝近亲，恐不得全，乃拘留思诲，益治反具。遣使求援于唐，唐主不敢纳。扬州都监、右屯卫将军安友规知重进必反，逾城来奔。重进疑诸将皆不附己，乃囚军校数十人，军校呼曰："吾辈

① 铁券：帝王赐给臣下享受某种特权的凭证，用铁制成。

为周室屯戍，公苟奉周室，何不使吾辈效命？”重进不听，悉杀之。己未，重进反书闻，上命马步军副都指挥使、归德节度使石守信为扬州行营都部署兼知扬州行府事，殿前都指挥使、义成节度使王审琦为副，宣徽北院使李处耘为都监，保信节度使宋延渥为都排阵使，率禁兵讨之。

癸亥，诏削李重进官爵。

（冬十月）庚午，安友规至自扬州，上以为滁州刺史，令监护前军进讨。

上问枢密副使赵普以扬州事宜，普曰：“李重进守薛公之下策①，昧武侯之远图②，凭恃长淮，缮修孤垒。无

① 薛公之下策：西汉初年，英布起兵反抗汉高祖刘邦，刘邦请曾做过战国时期楚国令尹的薛公分析形势。薛公说英布有三种办法即上、中、下三策可供采用，如果采用下策就一定失败，而英布必然采用下策。后来的事实发展果然像薛公分析的那样。 ② 武侯之远图：东汉末年，军阀混战，诸葛亮隐居隆中（湖北襄阳市西），刘备和他讨论天下大势，他建议刘备占领荆、益二州，安抚益州西部和南部的少数民族，整顿内政，外与孙权和好，等到北方有变故时再北伐曹操。后来刘备建立蜀汉政权，诸葛亮为丞相，刘备死后受封为武乡侯。

诸葛诞之恩信①，士卒离心；有袁本初之强梁②，计谋不用。外绝救援，内乏贸粮，急攻亦取，缓攻亦取，兵法尚速，不如速取之。"上纳其言。丁亥，下诏亲征，以皇弟光义为大内都部署，吴廷祚权东京留守，吕余庆副之。

庚寅，上发京师，百司六军并乘舟东下。

癸巳，次宋州。城中军有戍扬州者，父母妻子颇怀疑惧，分命中使就抚之。

十一月戊戌，次宿州。

甲辰，次泗州，舍舟登陆，命诸将鼓行而前。

丁未，至大义驿，石守信遣使驰奏扬州即破，请上亟临视。是夕，次其城下，登时攻拔之。李重进尽室赴火死，陈思诲亦为其党所害。上购得翟守珣，补殿直，俄迁供奉官。重进性鄙吝，未尝有觞酒豆肉及其士卒③，下多

---

① 诸葛诞之恩信：诸葛诞，三国时期曹魏大臣，曹魏后期为征东大将军。甘露二年(257)，起兵反抗大将军司马昭，次年兵败被杀。诸葛诞死后，部下几百人不肯投降，都被斩首，他们都说："为诸葛公死而无恨。" ② 袁本初之强梁：袁绍字本初，汉献帝建安五年(200)，他和曹操在官渡(河南中牟)大战，在两军相持的过程中，他既不听从沮受持久坚守、等待曹军粮尽后发动进攻的建议，又拒绝许攸乘曹操后方空虚，以轻兵袭击曹操根据地许昌的意见，结果大败。 ③ 觞：古代盛酒的杯子。豆：古代食器，用以盛食物。像高脚盘的样子，有的有盖，有的无盖。

怨者。兄深州刺史重兴，初闻其叛即自杀，弟解州刺史重赟、子尚食使延福，并戮于市。

乙酉，赈给扬州城中民米，人一斛，十岁以下给其半。为重进胁以隶军者，赐衣履纵之。

庚戌，诏重进家属、部曲并释罪，逃亡者听自首，尸骼暴露者收瘗之，役夫死城下者，人赐绢三匹，复其家三年。

乙丑，命宣徽北院使李处耘权知扬州①。时扬州兵火之余，阖境凋弊，处耘勤于抚绥，轻徭薄赋，召属县父老访民间疾苦，悉去之，扬州遂安。

十二月己巳，上发扬州。丁亥，至京师。

建隆二年（辛酉，九六一）

（春正月）甲子，斩泽州刺史张崇诂。初，崇诂为泗州刺史，李重进出领淮南，崇诂迎说以完聚之计。重进既败，其事乃露，故命戮焉。

【翻译】

建隆元年（庚申，960）

（夏季四月）昭义节度使兼中书令太原人李筠在镇八年多，依仗勇力专横放肆，招集逃亡在外，不顾性命地

① 权知：权，暂代某官职而非正式任命；知，主管。

犯法作恶的人，扩充势力，暗中做着专横的打算，周世宗往往宽容他。等到太祖派使者去告诉他已经接受周恭帝禅位的时候，李筠当时就想反抗，经过左右的人对他陈说历数，才勉强下拜。在请使者升阶以后，置酒张乐，进行庆祝的时候，他突然找出后周太祖郭威的画像挂在大厅墙上，哭泣不已。宾客和左右的官属都惊慌失措，急忙对使者说："令公喝多了酒，性情不正常，千万不要见怪。"北汉主知道李筠想造反，暗地里写蜡书来引诱他，李筠虽然把这件事情奏报了太祖，可是造反的打算却没有改变，他的长子守节对他哭着极力地规劝，李筠不肯接受。

太祖亲手写诏书安抚李筠，随即任命守节为皇城使。李筠就派守节到京城去朝见皇帝，并且观察朝廷动静。太祖迎着守节说："太子，你为什么到这里来？"守节惊惶四顾，用头叩地说："陛下说的是什么话！这必是有坏人说闲话离间我父亲。"太祖说："我也曾听说你几次规劝父亲，可是老贼不肯接受，他不再指望你的帮助，所以派你来，想让我杀你。回去告诉你父亲，我未曾做皇帝的时候，随他怎么办都可以，在我做了皇帝以后，难道一点也不能让我吗？"守节急忙地赶回去，把这些话全部都告诉了李筠，李筠更加紧谋反。十四日癸未，李筠逮捕了监军亳州防御使周光逊和闲厩使李廷玉，派他的教练使刘继冲和判官孙孚把他们送给北汉，向北汉投降求援。光逊是德威的儿子，廷玉是嗣昭的孙子，都在晋阳（山西太原市）有旧宅，北汉主释放了他们，赏赐很多财物以后让他们回家。李筠又派兵攻泽州（山西晋城东北），杀了刺史张福，占据了泽州城。

李筠的部下从事闾丘仲卿对他说："你孤军起事，形势很危险，尽管依靠北汉的援助，恐怕也得不到它的有力支持。大梁的军队很精锐，很难和他们争斗以决胜负，不如西下太行山，直攻怀州（河南沁阳）和孟州（河南孟州南），扼守虎牢关（在今河南荥阳汜水镇），占据洛阳，向东进攻以争天下，这是上策。"李筠说："我是周朝的老将，和周世宗的情义像兄弟一样，禁军都是我当年的部下，一定会倒戈到我这边来。况且我还有儋珪的枪法和拨汗马，有了这些条件，还怕得不到天下吗？"儋珪是李筠喜爱的将领，善于用枪，拨汗马是李筠饲养的骏马。

昭义节度使造反的报告送到了朝廷，枢密使吴廷祚对太祖说："潞州（山西长治市）地势高峻险要，敌人如果坚守，短期是攻不下的。不过李筠从来骄傲看不起人，没有计谋，应该快些带兵进攻，他一定自负勇敢，出来战斗，只要他离开根据地，就会被捉住。"太祖采纳了他的意见。十九日戊子，派侍卫马步军副都指挥使石守信、殿前副都点检高怀德统率先头部队进攻。太祖告诫石守信等人说："不要让李筠从太行山下来，赶快领兵去扼守太行山的关口，这样就肯定能打败他。"

二十七日丙申，命令户部侍郎寿阳（山西寿阳）高防和兵部侍郎阳曲（山西太原市西）人边光范都充任前军转运使。

太祖召三司使清河（河北清河西）人张美调度军粮，张美说怀州刺史马令琮预料到李筠一定会造反，因而日夜不停地储备物资，等待皇帝军队的到来。太祖急着命令授给马令琮团练使官职。宰相范质说："大军北伐，正在依靠令琮供应，不该把他调到别处去。"二十九日戊戌，升怀州为团练州，以令琮充任团练使。令琮是大名人。

（五月）初二日庚子，命令宣徽南院使高唐（山东高唐）人昝居润到澶州去巡行视察，殿前都点检、镇宁节度使慕容延钊，彰德军留后太原人王全斌率领军队由东路和石守信、高怀德会合。

初三日辛丑，以洺州团练使博野（河北博野）人郭进为本州防御使兼西山巡检，这是为的防备北汉。

北汉主派内园使李弼把诏书、金帛和良马赐给李筠，李筠再次派刘继冲到晋阳去，请求北汉主全军南下，自己做前导。北汉主准备和契丹商量，继冲转达李筠的意见，请不要动用契丹兵。北汉主同意了，当天就大阅军队，出动了全部武力，自己亲自统率着从团柏谷出兵，大臣们在汾水给他饯行。左仆射赵华说：“李筠轻率地起事，一定不会成功，陛下出动境内全部军队参加进去，我看是不妥当的。”北汉主瞪起眼睛对赵华生气地说：“我已经决定这样做了，你怎么能够知道一定不会成功。你如果有好办法，说一说到底应该怎样？”赵华还未曾来得及回答，北汉主把衣服一提，上马就走了。北汉主走到太平驿（山西长治市西北），李筠亲自率领官属和有名望的老人迎接谒见，北汉主命令李筠赞拜不名，坐在宰相博兴（山东博兴）人卫融之上，封他为西平王，赐马三百匹和很多服用玩赏的珍贵奇异物品。李筠献给北汉主的东西大体和北汉主赏赐的相当，并且对北汉主的文武大臣都赠送了财物。

李筠看到北汉主的仪仗和卫士都很单薄，不像帝王的样子，心里十分懊悔。北汉主几次召李筠去商量事情，李筠说他自己得到后周的恩德，不忍辜负，而北汉主和后周是世仇，听到李筠的这种说法也不高兴。李筠将要回去的时候，北汉主又另外赐给他马匹和全副铠甲，派宣徽使莱州（山东掖县）人卢赞前去监军，李筠心里更不高兴。李筠有三千匹马，日夜不停地操练，想要直攻京城开封。卢赞曾去见李筠商量事情，李筠不理他而看着左右的人说："开封的军队都是我当年的部下，看到我就会投降的。"卢赞生起气来，提衣起来就走了。北汉主听说卢赞和李筠不和，派卫融到军中去和解。李筠留下长子守节保卫上党，自己统率三万军队南下。

初五日癸卯，石守信等报告在长平（山西高平西北）打败李筠的军队，斩首三千多级，又攻占了大会寨。

初六日甲辰，下诏削夺李筠的官爵。

初九日丁巳，诏令宣布皇帝亲征。以枢密使吴廷祚为东京留守，端明殿学士、知开封府吕余庆辅助他，皇弟殿前都虞候光义为大内都点检，侍卫马步军都指挥使韩令坤率领军队屯驻在河阳（河南孟州）。

十一日己未，太祖从开封出发。

十四日壬戌，太祖驻在荥阳（河南荥阳），召西京留守河内（河南沁阳）人向拱谈话，向拱劝太祖赶快渡过黄河，越过太行山，在敌人还没有集中的时候进攻，他说假如停留十天，敌人的气势就更凶了。枢密直学士赵普也说："敌人以为宋朝政权刚刚建立起来，皇帝不能亲征，如果加快行军速度，一天走两天的路程，趁着敌人没有准备，发动进攻，可以一战取胜。"太祖采纳了他们的意见。

十六日甲子，太祖驻在河阳。

十八日丙寅，驻在怀州。

十九日丁卯，前军都部署石守信、副都部署高怀德在泽州南打败敌军三万多人，俘虏了北汉的河阳节度使范守图，杀了卢赞。李筠逃入泽州，据城自守。

六月初一日乙巳，太祖到泽州，亲自监督诸军攻城。

从前，吐浑府都留后、汾州团练使王全德率领部下随从李筠在泽州以南战斗，战败以后，退入潞州，和李筠的儿子守节作防守的打算。等到太祖包围了泽州，全德害怕极了，和亲友几十人冲出城关来投奔太祖，龙捷指挥使王廷鲁也接着从潞州出来投降，敌人的形势转为危急。泽州城十多天还未曾攻下来，太祖召控鹤左厢都指挥使蓟县人马全义来，在御坐赐食，问他怎样才好，全义请集中兵力急攻，并且说："如果缓攻，恐怕又会发生什么变故。"太祖就命令各军加紧进攻。全义率领敢死队首先登城，飞来的箭打穿了他的手臂，血流满了全身，全义拔出箭头，继续前进，士气更加振奋，太祖亲自率领卫兵继续前进。十三日辛巳，攻占了泽州城，李筠投火自焚死，俘虏了北汉宰相卫融。命令掩埋死尸枯骨，禁止抢劫，免收泽州人民的今年田租。

十七日乙酉，进攻潞州。

十九日丁亥，李筠的儿子守节献城投降。太祖赦免了他的罪责。升单州为团练州，以守节为团练使。

这一天，车驾进入潞州，在行宫里设宴款待随从官员。

二十二日辛卯，颁发德音："死罪囚减刑，赦免流刑以下的刑罚。潞州城附近三十里内不收今年田租。各路州府寺院经显德二年停废的不再设立，应废而未曾毁掉的继续保存下去。"

泽州没有被攻占的时候，李筠的爱妾刘氏问他："军中和地方还有多少马匹？"李筠说："你为什么要问？"刘氏说："现在孤城危急，早晚要陷落，如果能够有几百匹马，还可以突围出去保卫上党。上党楼堞坚固，并且接近北汉，容易请求他们援助，难道这样不比坚持到死好吗？"李筠认为她说得对。计算现有的马大概有一千匹的样子，正在准备突围的时候，左右的人有的出来阻止说："现在帐前的人都说和大王同心战斗，可是一旦出城以后，如果劫持大王去投降敌人，后悔还来得及吗？"李筠犹豫不决。第二天，泽州城陷落，李筠投火自焚，刘氏要随他投火，李筠因为她有孕，挥手让她走开。守节没有儿子，悬赏找到刘氏，生了一个儿子，到底给李筠留下了后代。

北汉主听说李筠失败，从太平驿逃回晋阳，对赵华说："李筠不成材，到底像你所说的那样。我庆幸能够全军回来，但是痛惜失掉了卫融和卢赞。"他从此看重有学问的人。很久以后，赵华请求退休，给他终身原俸禄养老。以翰林学士承旨、兵部尚书赵弘为中书侍郎兼兵部尚书、平章事。赵弘是蓟县人。

二十八日丁酉，太祖从潞州出发。

秋季七月初十日戊申，太祖回到京师。

从前，卫融被俘以后，太祖责问他说："你为什么教刘钧出兵帮助刘筠造反?"卫融不慌不忙地回答说："狗对于不是主人的生人都是要咬的，我家四十口人的衣食都依靠刘家，实在不忍心背弃他。陛下应该快些杀我，我一定不会为陛下服务，即使现在不杀我，我最终还是要从小路走回北汉的。"太祖生起气来，让左右的人用铁挝打他的头，血流满面。卫融呼叫说："我得到死的地方去了。"太祖看着左右的人说："这是忠臣，放了他吧!"命令用好的药敷他的伤口，让卫融给北汉主写信，要求送回周光逊等人，并且许诺把卫融也送回太原。北汉主不回答，十三日辛亥，以卫融为太府卿。

前司空、赵国公李谷，从前回洛阳的时候，因为他是后周有名的宰相，李筠曾赠送给他五十万钱，其他的东西大约也值这些钱，李谷全都接受了。等到李筠叛变，李谷因为忧愁悔恨而发病，十七日乙卯死去。太祖为此而废朝两天，赠李谷侍中。

淮南节度使兼中书令沧州(河北沧州东)人李重进是周太祖的外甥，从前和太祖都侍奉周世宗，分掌内外兵权，而重进因为太祖比他英明勇猛，心里总有些畏惧。恭帝继位后，重进出外去镇守扬州，仍然像以前一样地兼管禁军。太祖接受恭帝禅位以后，命令韩令坤代替李重进为马步军都指挥使。重进请求入朝觐见皇帝，太祖不愿意和他相见，对翰林学士饶阳（河北饶阳）人李昉说："替我用好言好语拒绝他。"李昉起草诏书说："君是头颅，臣是股肱，臣子虽然身在远方，和君主还是同属一体。保持君臣的名分，才是长远的希望，实行朝觐的礼节，何必一定在今天。"重进得到这封诏书，更加不安，就招集逃亡在外、不顾性命犯法作恶的人，扩充势力，增高城墙，挖深城壕，暗地里做背叛的打算。李筠在泽州和潞州起兵的时候，重进曾派他的亲吏翟守珣走小路去和李筠勾结。守珣早就认识太祖，他在到李筠那里去过以后回到京师，偷偷地去找枢密承旨李处耘求见，太祖召见他问道："我想赐给李重进铁券，他肯相信我吗？"守珣说："重进终归没有归顺的想法。"太祖赏赐守珣很多财物，许诺将来给予爵位，使他劝说李重进推迟反抗的打算，不使两个罪魁同时发动，分散朝廷的兵力。守珣回去以后，劝重进积蓄力量，谨慎稳重，不要轻易地发动叛乱，重进听从了他的劝告。太祖平定了泽州和潞州以后，就准备经营淮南，十一日戊申，调任重进为平卢节度使，想到重进必定更加疑虑，十三日庚戌，又派六宅使陈思诲带着铁券去赐给重进，对他进行安慰。

陈思诲到了淮南，李重进就想整理行装，随思诲入朝，他左右的人出来阻止，重进犹豫不决，又以为自己是前朝皇帝的近亲，恐怕不能得到保全，就拘禁了思诲，更加紧准备造反。他派使者到南唐去求援，南唐主不敢接受。扬州都监、右屯卫将军安友规知道重进一定要造反，越过城墙来投奔太祖。重进怀疑部下的将领不顺从他，囚禁了几十个军校，这些军校喊道："我们是为周朝屯戍的，你如果尊奉周朝，为什么不让我们舍命报效？"重进不理会这些话，把他们全部杀了。二十二日己未，重进造反的报告送到了朝廷，太祖命令马步军副都指挥使、归德节度使石守信为扬州行营都部署兼知扬州行府事，殿前都指挥使、义成节度使王审琦为副职，宣徽北院使李处耘为都监，保信节度使宋延渥为都排阵使，率领禁军讨伐李重进。

二十六日癸亥，下诏削夺李重进官爵。

（冬季十月）初四日庚午，安友规从扬州来到京师，太祖任命他为滁州刺史，监督先头部队进军讨伐李重进。

太祖征求枢密副使赵普关于扬州问题的意见，赵普说："李重进奉行薛公的下策，不懂诸葛亮的长远规划，依靠长大的淮河，修建孤单的堡垒。他没有诸葛诞那样的恩德和威信，士卒们离心离德，倒是有袁绍那样的刚愎，不听信别人的建议。外面没有什么援助的力量，内部缺少物资和粮食，急攻可以取胜，缓攻也可以取胜。兵法强调迅速，不如快些攻取扬州。”太祖采纳了他的意见。二十一日丁亥，下诏亲征，以皇弟光义为大内都部署，吴廷祚权东京留守，吕余庆辅助他。

二十四日庚寅，太祖从京师出发，随军各部门和军队都乘船东下。

二十七日癸巳，太祖驻在宋州。城里的军队有戍守扬州的，他们的父母、妻子有些疑虑害怕，分别派遣中使去安抚这些人。

十一月初二日戊戌，太祖驻在宿州。

初八日甲辰，太祖驻在泗州，舍舟登陆，命令将领们击鼓前进。

十一日丁未，太祖到了大义驿，石守信派人急速奏报扬州马上就可以攻下来，请太祖快来视察。当天晚上，太祖驻在扬州城下，立时攻下了扬州城，李重进全家投火自焚死，陈思诲也被李重进的党羽杀害。太祖悬赏找到翟守珣，任命他为殿直，不久升为供奉官。李重进为人吝啬，未曾给过部下士兵一杯酒和一盘肉，部下很多人不满意。李重进的哥哥深州刺史重兴一听到他叛变就自杀了，弟弟解州刺史重赞和儿子尚食使延福都在市上处死示众。

十三日乙酉，赈给扬州城中人民米，每人一斛，十岁以下减半。被李重进胁迫当兵的，赐给衣服和鞋子，遣散回家。

十四日庚戌，诏令宣布李重进家属、部下都免罪，逃亡的人允许自首，把暴露的尸骨收集埋葬起来，服劳役的民夫死在扬州城下的，每人赐绢三匹，免除他家的三年劳役。

二十九日乙丑，命令宣徽北院使李处耘权知扬州。当时扬州刚经过战争，全境凋弊，处耘勤于安抚人民，轻徭薄赋，召集所属各县父老询问民间疾苦，把这些民间疾苦全部免除，这样，扬州就安定了。

十二月初四日己巳，太祖从扬州出发，二十二日丁亥，回到京城。

建隆二年（辛酉，961）

（春季正月）二十九日甲子，斩泽州刺史张崇诂。从前，张崇诂做泗州刺史，李重进出外镇守淮南，崇诂主动地告诉他修缮城郭、积聚粮食的办法。重进失败以后，事情败露了，所以命令把他处死。

合并荆湖

五代后梁时，高季兴被任为荆南节度使，后唐时受封为南平王，据有荆、归、峡三州，在各割据政权中最为弱小。他的继承者对所有称帝的割据势力都称臣纳贡，在各割据政权中起缓冲作用。南平的南面原有楚政权，后来被南唐灭亡，武平节度使周行逢又割据潭、朗二州。周行逢死后，子周保权继位，大将张文表占据潭州反抗。周保权向宋朝求援，乾德元年(963)，赵匡胤以借道进兵湖南的名义占领江陵，南平割据者高继冲纳地投降。宋军继续前进，攻取了湖南。从此，宋朝对后蜀、南唐、南汉等割据政权，都处于战略有利的地位。

建隆元年(庚申,九六〇)

(八月)荆南节度使、守太傅兼中书令南平贞懿王高保融寝疾①,以其子继元幼弱,未堪承嗣,命其弟行军司马保勖总判内外军马事。甲午,保融卒。保融性迂缓,御军治民皆无法,高氏始衰。保勖眉目疏秀,羸瘠而口吃,文献王甚爱之②,虽盛怒,见保勖,怒必解,荆南人谓之“万事休郎君”③。

建隆二年(辛酉,九六一)

(九月)甲子,以荆南行军司马、宁江节度使高保勖为荆南节度使。上初闻保融之丧,遣兵部尚书万年李涛往吊,及还,上问保勖堪其事否,涛以为可任,而保勖贡奉亦数至,乃授节钺。保勖性淫恣,日召市倡集府署,择士卒之壮健者使相媟狎,保勖与姬妾帷帘共观笑之。又好营造台榭,极土木之巧,军民咸怨。记室孙光宪谏曰:“宋有天下,四方诸侯屈服面内,凡下诏书皆合仁义,此汤、武之君也。公宜克勤克俭,勿奢勿僭,上以奉朝廷,中以嗣祖宗,下以安百姓,若纵佚乐,非福也。”保勖不从。光宪,贵平人也。

---

① 南平贞懿王:五代末年,高保融受后周封为南平王,北宋建隆元年(960)死后谥贞懿。 ② 文献王:高保融的父亲高从诲死后谥文献。 ③ 郎君:对少年的尊称。

建隆三年(壬戌,九六二)

(九月)武安节度使兼中书令周行逢病革,召其将吏,以其子保权属之,曰:“吾起垄亩为团兵,同时十人皆以诛死,惟衡州刺史张文表独存,常怏怏不得行军司马。吾死,文表必叛,当以杨师璠讨之,如不能,则婴城勿战,自归朝廷可也。”师璠与行逢乡里姻戚,事行逢为亲军指挥使,数有功,行逢委信之。行逢卒,保权领留务。行逢崇信释氏,广度僧尼,斋忏不辍,每见僧,无老少辄拜之,捧匜执帨,亲为煎洗。因谓左右曰:“吾杀人多矣,不假佛力,何以解其冤乎?”

(冬十月辛丑)张文表闻周保权立,怒曰:“我与行逢俱起微贱,立功名,今日安能北面事小儿乎!”会保权遣兵更戍永州,路出衡阳,文表遂驱以叛,伪缟素,若将奔丧武陵者。过潭州,时行军司马廖简知留后,素轻文表,不为之备。方宴饮,外白文表兵至,简殊不介意,谓四座曰:“文表至则成禽,何足虑也。”饮啖如故。俄而文表率众径入府中,简醉,不能执弓矢,但箕踞大骂,与座客十余人皆遇害。文表取其印绶①,自称权留后事,具表以闻。

保权即命杨师璠悉众御文表,告以先人之言,感激

---

① 印绶:印,官印。绶,系印的丝带。

涕泣。师璠亦泣，顾谓其众曰："汝见郎君乎，年未成人而贤若此。"军士奋然，皆思自效。保权又遣使求援于荆南，且来乞师，文表亦上疏自理。

（十一月）荆南节度使高保勖寝疾，召衙内都指挥使长安梁延嗣谓曰："我疾遂不起，兄弟孰可付之后事者？"延嗣曰："公不念贞懿王乎？先王舍其子继冲，以军府付公，今继冲长矣。"保勖曰："子言是也。"即以继冲权判内外军马事①。甲戌，保勖卒。

（十二月）丁亥，以武平节度副使、权知朗州周保权为武平节度使。

甲辰，遣中使赵遂等赍诏宣谕潭、朗，听张文表归阙，且命荆南发兵助周保权。

乾德元年（癸亥，九六三）

（春正月）戊午，遣酒坊副使河间卢怀忠、毡毯使洛阳张勋、染坊副使康延泽等率步骑数千人并赴襄州。延泽，福之子也。

庚申，以山南东道节度使兼侍中慕容延钊为湖南道行营都部署，枢密副使李处耘为都监，遣使十一人发安、复、郢、陈、澶、孟、宋、亳、颍、光等州兵会襄阳，以讨张文表。

---

① 权判：权，暂代某官职而非正式任命。判，高官兼低职。

先是，卢怀忠使荆南，上谓曰："江陵人情去就，山川向背，我尽欲知之。"怀忠使还，报曰："高继冲甲兵虽整，而控弦不过三万；年谷虽登，而民困于暴敛。南通长沙，东距建康，西迫巴蜀，北奉朝廷，观其形势，盖日不暇给，取之易耳。"于是上召宰相范质等谓曰："江陵四分五裂之国，今假道出师，因而下之，蔑不济矣。"壬戌，李处耘辞，上遂以成算授之。

癸亥，命太常卿边光范权知襄州，户部判官滕白为南面军前水陆转运使。

丙寅，以张勋为南面行营马军都监，卢怀忠为步军都监。

丙子，诏荆南发水兵三千人赴潭州。

庚辰，以荆南节度副使、权知军府事高继冲为荆南节度使。

杨师璠之讨张文表也，兵稍失利。相持既久，文表出战，师璠大败之，遂取潭州，执文表。

初，文表闻王师来伐，潜送款于赵燧，具言奔丧朗州，为廖简所薄，因即私斗，实无反心。燧自以奉诏谕文表，得其归顺，甚喜，即遣使抚慰之。师璠兵既入城，纵火大掠，而燧亦继至。明日，燧将吏于延昭门，指挥使高超语其众曰："观中使之意，必活文表。若文表至阙，图害朗州，我辈无遗类矣。"乃斩文表于市，尽脔食其肉。

及宴罢，燧召文表，超曰："文表复谋为乱，已斩之矣。"燧太息久之。

（二月）上闻高继冲托以供亿王师，贷民钱帛，下诏止之。

高继冲自以年幼，未知民事，刑政、赋役委节度判官孙光宪，军旅、调度委衙内指挥使梁延嗣，谓曰："使事事得中，人无间言，吾何忧也。"

李处耘至襄州，时慕容延钊被病，诏令肩舆即戎事。处耘先遣阁门使临洺丁德裕谕继冲以假道之意，请具薪水给军。继冲与其僚佐谋，以民庶恐惧为辞，愿供刍饩百里外。处耘又遣德裕往，光宪及延嗣请许之。兵马副使李景威说继冲曰："今王师虽假道以收湖湘，然观其事势，恐因而袭我。景威愿效犬马之力，假兵三千，于荆门中道险隘处设伏，候其夜行，发伏攻其上将，王师必自退却，回军收张文表以献于朝廷，则公之功业大矣。不然，且有摇尾求食之祸。"继冲曰："吾家累岁奉朝廷，必无此事，尔无过虑，况尔又非慕容延钊之敌乎！"景威又曰："旧传江陵诸处有九十九洲，若满百则有王者兴。自武信王之初[①]，江心深浪之中，忽生一洲，遂满百数，昨此洲漂没不存，兹亦可忧也。"光宪谓继冲曰："景威，峡江一

① 武信王：高继冲的曾祖父高季兴死后谥武信。

民尔，安识成败。且中国自周世宗时，已有混一天下之志。圣宋受命，凡所措置，规模益宏远，今伐文表，如以山压卵尔。湖湘既平，岂有复假道而去耶！不若早以疆土归朝廷，去斥堠，封府库以待，则荆楚可免祸，而公亦不失富贵。”继冲以为然。景威知计不行，出而叹曰：“大事去矣，何以生为！”因扼吭而死。景威，归州人也。继冲遣延嗣与其叔掌书记保寅，奉牛酒来犒师，且觇师之所为。

壬辰，师次荆门。处耘见延嗣等，待之有加，谕令翼日先还。延嗣喜，驰使报继冲以无虞。荆门距江陵百余里，是夕，延钊召延嗣等宴饮于其帐，处耘将轻骑数千倍道前进。继冲初但俟保寅、延嗣之还，遽闻大军奄至，即皇恐出迎，遇处耘于江陵北十五里。处耘揖继冲，令待延钊，而率亲兵先入，登北门。比继冲与延钊俱还，则王师已分据冲要，布列街巷矣。继冲大惧，即诣延钊纳牌印①，遣客将王昭济等奉表以三州、十七县、十四万二千三百户来归。

王师既收荆南，益发兵，日夜趋朗州。周保权惧，召观察判官桂人李观象谋之，观象曰：“凡所以请援于朝者，诛张文表耳。今文表已诛而王师不还，必将尽取湖

---

① 牌印：牌，刻写官衔的版片。印，官印。

湘之地也。然我所恃者，北有荆渚，以为唇齿。今高氏束手听命，朗州势不独全，莫若幅巾归朝，幸不失富贵。”保权将从之，指挥使张从富等不可，乃相与为拒守计。

慕容延钊使丁德裕先路安抚。德裕至朗州，从富等不纳，尽撤部内桥梁，沉船舫，伐木塞路，德裕不敢与战，退军须朝旨。延钊以闻。庚子，荆南表至，上复命高继冲为节度使，遣枢密承旨王仁赡赴荆南巡检。

辛亥，以梁延嗣为复州防御使，孙光宪为黄州刺史，王昭济为左领军卫将军。上闻李景威之谋，曰：“忠臣也。”命王仁赡厚恤其家。

上遣使谕周保权及将校曰：“尔本请师救援，故发大军以拯尔难，今妖孽既殄，是有大造于汝辈也，何为反距王师，自取涂炭①，重扰生聚！”保权为左右所制，执迷不复，遂进讨之。慕容延钊遣战棹都监武怀节等分兵趣岳州，大破贼军于三江口，获船七百余艘，斩首四千余级，遂取岳州。

三月，张从富等出军于澧州南，与王师遇，未及交锋，贼军望风而溃。李处耘逐北至敖山寨，贼弃寨走，俘获甚众。处耘择所俘体肥者数十人，令左右分食之，少健者悉黥其面，令先入朗州。会暮，宿寨中。迟明，慕容

① 涂炭：涂，泥淖。炭，炭火。涂炭，比喻极端困苦。

延钊继至。所黥之俘得入城，悉言被擒者为王师所啖食。贼众大惧，纵火焚州城，驱略居民，奔窜山谷。壬戌，王师入朗州，擒张从富于西山下，枭其首。贼将汪端劫周保权并家属亡匿江南岸僧舍。李处耘遣麾下将田守奇往捕之。端弃保权走，守奇获保权以归。于是复湖南旧地，凡得州十四，监一，县六十六，户九万七千三百八十八。

庚午，命户部侍郎吕余庆权知潭州。

戊寅，湖南捷书至，群臣称贺。

（夏四月甲申）德音减荆南，潭、朗州死罪囚，流以下释之，配役人放还；蠲三年以前逋税及场院课利；管内文武官吏并依旧，仍加恩，立功者优其秩；行营诸军厚赐之，略获生口，各还其主。

乙酉，始命刑部郎中贾玭等通判湖南诸州。

遣给事中李昉祭南岳，寻有诏权知衡州。

戊子，禁湖南竞渡。

壬辰，遣中使赐湖南行营将士茶药，及立功将士钱帛有差。

（癸卯）慕容延钊言辰、锦、溪、叙等州各纳牌印请命。

丙午，以枢密直学士、户部侍郎薛居正权知朗州。

赐湖南民今年茶税。

(五月)甲子，高继冲籍伶官一百四十三人来献，诏悉分赐诸大臣。

丁卯，诏荆南军士年老者听自便。

六月乙酉，诏免潭州诸县旧例杂配之物。

(乙未)诏荆南兵愿归农者听，官为葺舍，给赐耕牛、种食，愿留者分隶复、郢州为剩员[1]。

丁酉，命王仁赡权知荆南军府事。

先是，上命典军列校遥领湘南诸郡，不逾岁，果得其地。辛丑，复以龙捷左厢都指挥使、岳州防御使夏津马仁瑀等为汉、彭诸州防御使。

(秋七月)甲寅，以湖南死事将校子弟三十人为殿直。

癸亥，以湖南疫，赐行营将士药。

王师既平湖湘，知溪州彭允林、前溪州刺史田洪赟等列状求内属[2]。乙丑，以允林为溪州刺史，洪赟为万州刺史。允林寻卒，命其子师晈代之。

己巳，权知朗州薛居正，言贼将汪端领数万人寇州城，都监尹重睿击走之。

---

① 剩员：士兵因年老或疾病不能征戍的，保留军籍而减少军俸，在军中从事杂役，称为剩员。 ② 状：向上级陈述事实的文书。

赐荆南管内民今年夏租之半。

甲戌，周保权诣阙待罪，诏释之，以为右千牛卫上将军。

乙亥，命增筑朗州城，浚其壕，赐管内民今年夏租。

戊寅，以定江都指挥使田汉琼为锦州刺史。

（九月丙子）慕容延钊言获汪端，磔于朗州市。端初攻州城不克，与其党聚山泽为盗。监军使疑城中僧千余人谋应端，悉捕系，欲诛之。薛居正以计缓其事，因督众翦灭群盗、生擒端而诘之，僧无与谋者，皆得全活。

（冬十月癸未）令襄州尽索湖南行营诸军所掠生口，遣吏分送其家，放潭、邵州乡兵数千人归农，减江陵府民旧租之半。

己丑，以前鼎州节度掌书记李观象为左补阙，嘉其始谋归顺也。

【翻译】

建隆元年（庚申，960）

（八月）荆南节度使、守太傅兼中书令南平贞懿王高保融卧病，因为他的儿子继元年幼弱小，如果继承他的地位还不能胜任，就命令弟弟行军司马保勖总判内外军马事。二十七日甲午，保融死。保融为人迟钝，统率军队和治理人民都没有法度，高氏从此衰落了。保勖眉清目秀，瘦弱而口吃。文献王很喜欢他，在生气非常厉害的时候，只要一看到保勖，怒气就一定消失，因而荆南人称他为“万事休郎君”。

建隆二年(辛酉,961)

(九月)初三日甲子，以荆南行军司马、宁江节度使高保勖为荆南节度使。太祖听说高保融死了，派兵部尚书万年(陕西万年)人李涛去吊丧，等到李涛回来后，太祖问他高保勖能否胜任他的职务，李涛以为可以胜任，而保勖也不断地向太祖进贡，于是就授给他代表皇帝权威的符节和斧钺，任命他为节度使。保勖为人邪恶放荡，每天召集一些倡妓到官署里来，选择一些强壮的士兵和她们胡闹，保勖和他的姬妾在帐幔后面观看玩笑。他又爱好营造台榭，极其精巧，军民都很怨恨。记室孙光宪规劝他说：“宋朝政权建立后，各地方势力都服从它的统治，皇帝颁下的诏书都符合仁义的要求，这是像商朝的汤、西周武王一样的帝王。你应该做到勤劳，做到节省，不要奢侈，不要过分，对上侍奉朝廷，对中继承祖宗，对下安定百姓，如果放荡享乐，决得不到什么幸福。”保勖不理会他的话。光宪是贵平(四川仁寿)人。

建隆三年(壬戌,962)

(九月初三日戊午)武安节度使兼中书令周行逢病危，召集部下文武官员，把儿子保权托付给他们，说：“我本是农民出身的团兵，和我同时起来的十个人被杀了，只有衡州刺史张文表还活着，他时常因为没有做到行军司马而不服气。在我死后，文表一定叛变，要用杨师璠去讨伐他，如果不能胜利就守住城池不战，归服朝廷。”师璠和行逢是同乡亲戚，在行逢部下做亲军指挥使，多次立功，得到行逢的信任重用。行逢死后，保权兼领留后事务。行逢信奉佛教，大量地度和尚、尼姑，不停地念经吃素，每次见到和尚，不管老少，全都下拜，替他们捧着洗手盛水的匜、拿着揩手的巾，亲自给他们洗手。他对左右的人说：“我杀人太多了，不借用佛的力量，怎么能够解除他们的冤屈呢？”

（十月十六日辛丑）张文表听说周保权继承了他父亲的地位，生起气来说：“我和行逢都出身微贱，立了功名，现在怎么能够面北侍奉小孩子呢！”恰好保权派兵到永州去轮换戍守，路过衡阳，文表就驱使这些人叛变，假装地穿起白色的丧服，好像是到武陵（湖南常德市）去奔丧的样子。他们路过潭州（湖南长沙）的时候，行军司马廖简在主持留后事务，廖简从来看不起文表，未曾做防范的准备。他正在设宴聚饮，外面报告说文表到了，廖简根本不在意，他对在座的人说：“文表到来就捉住他，有什么可忧虑的。”照样地吃喝。不久，文表率领士兵直闯到府里，廖简喝醉了，拿不起弓箭，只是伸出两只脚，把手放在膝上,破口大骂,结果是和在座的十几个客人都被杀死。文表拿到他的印绶,自称权留后事,写表章报告朝廷。

周保权命令杨师璠率领全部军队去抵抗张文表,把父亲的遗嘱告诉他,激动地哭了起来。师璠也哭了,回过头来对部下说:“你们看到郎君吗,还没有成年就这样的贤良。”军士们非常振奋,都愿意尽力战斗。保权又派人到荆南求援,并且派人到朝廷去请求出兵,文表也上疏为自己申辩。

(十一月初十日甲子)荆南节度使高保勖卧病,召衙内都指挥使长安(陕西西安市)人梁延嗣来对他说:“如果我病死,兄弟之中谁可以托付后事?”延嗣说:“你未曾想到贞懿王吗?先王舍弃自己的儿子继冲而把军府交给了你,现在继冲已经长大了。”保勖说:“你说的话很对。”就以继冲权判内外军马事。二十日甲戌,保勖死。

(十二月)初三日丁亥,以武平节度副使、权知朗州周保权为武平节度使。

(十二月)二十日甲辰,派中使赵遂等带着诏书到潭州、朗州宣读,命张文表回朝廷,并且命令荆南发兵帮助周保权。

乾德元年(癸亥,963)

(春季正月)初五日戊午,派酒坊副使河间(河北河间)人卢怀忠、毡毯使洛阳人张勋、染坊副使康延泽等率领步兵和骑兵几千人一起到襄州去。延泽是康福的儿子。

初七日庚申，以山南东道节度使兼侍中慕容延钊为湖南道行营都部署，枢密副使李处耘为都监，派使者十一人发安、复、郢、陈、澶、孟、宋、亳、颍、光等州兵在襄阳会合，讨伐张文表。

此前，卢怀忠出使荆南的时候，太祖曾对他说："荆南的人心向背、山川形势，我都想知道。"怀忠回来以后报告说："高继冲的军队虽然整齐，可是能够拉弓战斗的不过三万人，粮食虽然丰收，人民却由于赋税太重而贫困。荆南的南面通往长沙，东面可到建康(江苏南京市)，西面连接巴蜀，北面侍奉朝廷，观察它的形势是问题很多，来不及处理，攻取它是很容易的。"于是太祖召见宰相范质等人，对他们说："荆南是四分五裂的地方，现在向它借路出兵，趁着这个机会攻占它，不会不成功。"初九日壬戌，李处耘来辞行，太祖把已定的计划告诉了他。

初十日癸亥，命令太常卿边光范权知襄州，户部判官滕白为南面军前水陆转运使。

十三日丙寅，以张勋为南面行营马军都监，卢怀忠为步军都监。

二十三日丙子，诏令荆南发水兵三千人到潭州去。

二十七日庚辰，以荆南节度副使、权知军府事高继冲为荆南节度使。

杨师璠讨伐张文表，战斗先有些失利。相持一个较长的时间以后，文表出战，师璠把他打得大败，占领了潭州，捉住了文表。

从前，文表听说朝廷出兵讨伐他，就暗中对赵燧表示服罪，说他本是到朗州（湖南常德市）去奔丧，因为受到廖简轻视，才私斗起来，确实没有造反的意思。赵燧自以为奉命来开导文表，得到他来归顺，非常高兴，就派人去安慰他。师璠的军队进城以后，放起火来，大抢一阵，而赵燧也随后到了。第二天，在延昭门犒劳将士和文官，指挥使高超对部下说："看中使的意思，一定要让文表活下来，如果文表到了朝廷，想办法来害我们朗州的一群人，我们都活不成了。"于是在市上斩了文表，把他的肉都割碎吃下去。等到宴会散了以后，赵燧要召见文表，高超说："文表又想造反，已经把他斩了。"赵燧叹息了很长时间。

（二月初一日甲申）太祖听说高继冲假托供应朝廷军队，向人民借用钱帛，下诏制止他这样做。

高继冲自以为年纪还小，不懂政事，就把有关刑政、赋役事务托付节度判官孙光宪，把有关军事、调度事务托付衙内指挥使梁延嗣，对他们说："只要事事处理妥当，没有人说闲话，我还有什么可忧虑的呢。"

李处耘到襄州的时候，慕容延钊正在生病，诏令他坐轿子主持军事。处耘先派阁门使临洺(河北永年西)人丁德裕把借路的意思告诉高继冲，请他准备柴和水供应军队。继冲和他的官佐属吏商量，借口人民害怕，希望在一百里以外的地方供应粮草。处耘再派丁德裕去要求借路，光宪和延嗣请求答应德裕的要求。兵马副使李景威劝高继冲说："现在朝廷军队虽然说是借路去收复湖南，可是看它的动态，怕是要通过借路来进攻我们。我愿意忠诚地效劳，借用三千兵力，在荆门(湖北荆门)半路上险要的地方埋伏起来，等到朝廷军队夜里路过的时候，出动伏兵进攻他的主将，朝廷军队必然退走，我们再回军逮捕张文表献给朝廷，这样，你的功劳就够大了，否则将有摇尾求食的危险。"继冲说："我家多年侍奉朝廷，一定不会有像你所说的那种情况，你不必过分地忧虑吧，何况你又不是慕容延钊的对手!"景威又说："过去传说江陵各地有九十九个洲，如有洲满百数就有帝王兴起。从武信王的初年起，江心的深浪之中，忽然生出一个洲来，洲数就满了一百，前一天这个洲又淹没不见了，这也是使人忧虑的。"光宪对继冲说："景威不过是峡江的一个老百姓，哪里懂得什么成功和失败。中原王朝在周世宗的时候，已经有统一全国的打算，圣明的宋朝接受上天意旨建立政权以后，一切措施的规模更加远大。现在讨伐张文表就像一座山压鸡蛋一样，在它平定湖南以后，难道还会再借道回去吗！不如早些把土地归还给朝廷，取消哨所，封存府库，等待接收，这样，荆南可以免除灾难，你也不失富贵。”继冲以为他的说法是对的。景威知道自己的计划不能实行，出去叹息说：“大事完了，何必再活下去！”就掐紧咽喉，绝气而死。景威是归州（湖北秭归）人。继冲派延嗣和他的叔父掌书记保寅带着牛酒来犒劳朝廷的军队，并且侦察他们的动向。

初九日壬辰，朝廷军队驻在荆门，李处耘见到梁延嗣等，很热情地款待他们，让他们明天先回去。延嗣很高兴，派人急速报告高继冲说没有什么可忧虑的。荆门距离江陵一百多里，当天晚上，慕容延钊设宴，邀请延嗣等人在他的营帐里一起喝酒，处耘却带着几千轻便装备、行动迅速的骑兵，一天走两天路地迅速前进。继冲先是只等候高保寅和梁延嗣回来，突然听说朝廷大军来到，只好怀着惶恐的心情出城迎接，在江陵以北十五里的地方和李处耘相遇。处耘向他作揖行礼，让他等候慕容延钊，而自己率领亲兵先进城，从北门进入城里。等到继冲和延钊一同回来的时候，朝廷军队已经分别占据了在军事上或交通上重要的地方，分布在大街小巷。继冲害怕极了，就到延钊那里去交纳了牌印，派客将王昭济等向朝廷呈上表章，把所辖的三州、十七县、十四万二千三百户回归朝廷，直接统治。

（初十日癸巳）朝廷军队收复荆南以后，加紧调发军队，昼夜不停地向朗州进发。周保权害怕了，召观察判官桂州（广西桂林市）人李观象商量，观象说："我们过去所以向朝廷求援，是为了杀张文表。现在文表已经被杀而朝廷军队不肯回去，这就是一定要把湖南这块地方全部收过去。我们所依靠的是北边有荆南掩护，现在高氏捆起双手听从朝廷命令，客观形势决定了朗州不能独自保全下来，你不如用一幅绢束起头发归降朝廷，这样才能不失富贵。"保权准备采纳他的意见，指挥使张从富等不同意，就共同作抵抗的打算。

慕容延钊派丁德裕先去安抚周保权，从富等人不肯接纳，把辖区里的桥梁全部拆去，船舶沉掉，伐倒树木堵塞道路，德裕不敢贸然开战，退军回来等候朝廷旨意。延钊把情况报告上去。十七日庚子，荆南呈上的表章送到了朝廷，太祖再任命高继冲为节度使，派枢密承旨王仁赡到荆南去巡行视察。

二十八日辛亥，以梁延嗣为复州防御使，孙光宪为黄州刺史，王昭济为左领军卫将军。太祖听到李景威的计划后说："这是忠臣啊。"命令王仁赡优厚地周济他家。

太祖派使者对周保权和他部下的将校们说："本来是你们请求派遣军队来救援，所以才调发大军来拯救你们的困难，现在妖孽消灭了，这就是对你们最大的帮助，为什么反而抗拒朝廷军队，自取涂炭，又连累百姓受苦？"保权受到左右的人挟制，坚持错误而不回头，于是进军征讨。慕容延钊派战棹都监武怀节等分兵攻岳州（湖南岳阳市），在三江口大捷，俘获七百多条船，斩首四千多级，随即占领了岳州。

三月，张从富等从澧州（湖南津市西）以南出兵，和朝廷军队遭遇，还未曾交锋就望风而溃，李处耘向北追到敖山寨，守军弃寨逃走，被俘很多。处耘挑拣几十个身体肥胖的俘虏杀死，让左右的人分吃掉，把年轻壮健的俘虏全部脸上刺字以后释放，让他们先回朗州去。天色暗下来了，李处耘就在寨里住下来。黎明的时候，慕容延钊接着来到。脸上被刺字的俘虏回到朗州城后，都说被捉去的人给朝廷军队吃掉了，兵士们非常害怕，就放起火来焚烧州城，驱赶人民向山谷里逃窜。初十日壬戌，朝廷军队进入朗州，在西山下捉到张从富，把他的头砍下来示众。周保权被部将汪端劫持，全家躲藏在江南和尚住的地方。李处耘派部下将领田守奇去搜捕，汪端抛弃保权逃走，守奇俘虏了保权回来。这就完全收复了湖南旧地，共得到十四州、一监、六十六县、九万七千三百八十八户。

十八日庚午，命令户部侍郎吕余庆权知潭州。

二十六日戊寅，湖南大捷的报告送到了京师，群臣祝贺。

（夏季四月初三日甲申）颁发德音，减轻荆南和潭州、朗州死罪囚的刑罚，流刑以下释放，发配服役的人放还，免除建隆三年以前的欠税和场院的税课，上述地区的文武官吏依旧供职，并且加恩晋级，立功的人给予优厚的俸禄，行营各军给予优厚的赏赐，抢来的仆隶都归还给他们的主人。

初四日乙酉，开始命令刑部郎中贾玭等做湖南各州的通判。

派给事中李昉祭南岳衡山，接着诏令他权知衡州。

初七日戊子，禁止湖南竞渡。

十一日壬辰，派中使赏赐湖南行营将士茶药，并且赏赐立功将士钱帛多少不等。

（二十二日癸卯）慕容延钊报告辰、锦、溪、叙等州各自缴纳了牌印请示命令。

二十五日丙午，以枢密直学士、户部侍郎薛居正权知朗州。

赐给湖南人民今年茶税。

（五月）十三日甲子，高继冲呈献一百四十三个伶官，诏令把他们全部分赐给各大臣。

十六日丁卯，诏令荆南的年老兵士遣散自便。

六月初五日乙酉，诏令免除潭州各县旧例摊派的物品。

（十五日乙未）诏令荆南兵士愿意回农村种田的，官府为他修理房屋，赐给耕牛、种子、食物；愿意留下来的，分别隶属复州和郢州为剩员。

十七日丁酉，命令王仁赡权知荆南军府事。

此前，太祖命令统率军队的各军校做湖南各郡的长官而不亲自去任职，没有超过一年，果然得到那些地方。十一日辛丑，又以龙捷左厢都指挥使马仁瑀等为汉、彭等州防御使。

（秋季七月）初四日甲寅，以湖南阵亡将校子弟三十人为殿直。

十三日癸亥，因为湖南有急性传染病，赐给行营将士药品。

朝廷军队平定了湖南以后，知溪州彭允林、前溪州刺史田洪赟等列名写状，请求朝廷直接统治。十五日乙丑，以允林为溪州刺史，洪赟为万州刺史。允林不久死去，命令他的儿子师皎代他为溪州刺史。

十九日己巳，权知朗州薛居正报告湖南将领汪端率领几万人进攻州城，都监尹重睿打退了他们。

赐给荆南辖区内人民今年的一半夏租。

二十四日甲戌，周保权到朝廷来听候治罪，诏令免予处分，派他做右千牛卫上将军。

二十五日乙亥，命令增筑朗州城，加深护城河，赐给辖区内人民今年的夏租。

二十七日戊寅，以定江都指挥使田汉琼为锦州刺史。

（九月二十七日丙子）慕容延钊报告俘虏了汪端，在朗州市上把他车裂分尸了。汪端先进攻州城，攻不下来，就和他的党徒聚在山林川泽里做强盗。监军使怀疑城里的一千多和尚要响应汪端，把他们全部逮捕囚禁起来，准备杀掉。薛居正使用计谋把它延缓下来，督率军队消灭强盗，活捉汪端以后审问他，和尚没有同他合谋的，全都活下来了。

（冬季十月初五日癸未）命令襄州把湖南行营各军抢来的仆隶都搜出来，派遣官吏分别送他们回家，放免潭州和邵州的乡兵几千人回家种田，减免江陵府人民的一半田租。

十一日己丑，以前鼎州节度掌书记李观象为左补阙，这是嘉奖他最早建议归附朝廷。

灭亡后蜀

唐朝末年，王建割据四川，五代后梁初年自称皇帝，国号蜀，历史上叫做前蜀。王建任用宦官掌握军政大权，政治腐朽，其子王衍统治期间，更加荒淫无度，被后唐灭亡。后唐派节度使孟知祥去统治四川，孟知祥利用后唐统治集团内部矛盾剧烈的时机，扩充势力，减少苛税，收买民心，自称皇帝，国号也是蜀，历史上叫做后蜀。他的儿子孟昶统治前期，还比较注意政治，以前蜀的灭亡为戒，在他统治的后期，当权者贪污腐化，君臣都极为奢侈，孟昶甚至用多种珍宝装饰溺器。乾德三年(965)，宋军攻入成都，后蜀亡。

建隆三年(壬戌,九六二)

(十二月)蜀主命官磨勘四川、十六镇逋税,自广政十五年至二十年,别行追督。龙游令成都田淳上疏谏,其略曰:“今甲子欲交,阴阳变动,天运人事,合有改更。如采厚敛之末议,必乱经国之大伦,此犯天意者一也;太一所行①,将离分野②,初来为福,末去为谴,转灾作福,是宜早图。若更倍赋加租,则将有不测之祸,此犯天意者二也。四海财货③,尽属至尊,散在民间,积为赀产,或有科索,谁敢抵拒,陛下何不舍其小畜以成大有乎?此损君道者一也;夫百姓,六军之主也,百姓足则军莫不足,百姓不足,军孰与足?务夺百姓,专赡六军,此损君道者二也。”蜀主不能用。谆每谓所亲曰:“吾观僭伪改

---

① 太一:古代传说中最尊贵的天神。 ② 分野:我国古代把天象和地面上的一些地方相配合,称为分野。即把天上的星座和各地分别地对应起来,如把银河比拟为汉水,把它叫做天汉或河汉等。古人常用它来占卜吉凶。 ③ 四海:古代以为中国的四周都有海,因而把中国叫做海内,外国叫做海外。“四海”和“天下”是一个意思。这里指的是后蜀割据的地区。

厅堂为宫殿，改紫绶为黄服①，改前驱为警跸②，改僚佐为卿相③，改妻妾为妃后，何如常称成都尹，乃无灭族之祸乎！”闻者皆为之恐，淳论议自若。或谓淳曰：“如君之才，固堪重寄，宜稍低抑，便至金銮玉堂。”淳曰：“吾安能附狗鼠哉！”盖指枢密使王昭远辈也。

乾德元年（癸亥，九六三）

（夏四月）庚子，以华州团练使大城张晖为凤州团练使兼西面行营巡检壕寨使。晖前在华州，治有善状。上既诛李筠，将事河东，召晖入觐，问以计策。晖曰：“泽、潞疮痍未瘳，军务洊兴，恐不堪命，不若戢兵育民，俟富庶而后图之。”上慰劳遣还。于是始谋伐蜀，乃徙晖凤州。晖尽得其山川险易，因密疏进取之计，上览之甚悦。

（五月丁丑）蜀宰相李昊言于蜀主曰：“臣观宋氏启运，不类汉、周，天厌乱久矣，一统海内，其在此乎。若通职贡，亦保安三蜀之长策也。”④蜀主将发使，枢密使王昭

---

① 改紫绶为黄服：紫绶，紫色的丝带，用以佩带官印，汉代丞相金印紫绶，这里的紫绶借以指丞相。黄服，古代皇帝穿黄色的龙袍。 ② 改前驱为警跸：前驱，古代高官外出，有人前导，叫做前驱。警跸，古代帝王出入所经过的地方断绝行人，叫做警跸。警，左右侍卫警戒。跸，清道。 ③ 改僚佐为卿相：僚佐，同僚的官佐属吏。卿相，朝廷各部门长官和宰相。 ④ 三蜀：蜀郡、广汉、犍为，总称三蜀，泛指四川地区。

远固止之，乃以文思使景处瑭等率兵屯峡路，又遣使往涪、泸、戎等州阅櫂手①，增置水军。

乾德二年（甲子，九六四）

（十一月）先是，蜀山南节度使判官张廷伟说通奏使、知枢密院事王昭远曰："公素无勋业，一旦位至枢近，不自建立大功，何以塞时论？莫若遣使通好并门，令其发兵南下，我即自黄花、子午谷出兵应之，使中原表里受敌，则关右之地可抚而有也。"昭远然其言，劝蜀主遣枢密院大程官孙遇、兴州军校赵彦韬及杨蠲等以腊弹帛书间行遗北汉主，言已于褒、汉增兵，约北汉济河同举。遇等至都下，彦韬谮取其书以献。有穆昭嗣者，初以方伎事高氏②，于是为翰林医官，上数召见，问蜀中地理，昭嗣曰："荆南即西川、江南、广南都会也。今已克此，则水陆皆可趋蜀。"上大悦。后数日，上得彦韬所献书，览之笑曰："吾西讨有名矣。"乃并赦遇、蠲，使指陈山川形势、戍守处所、道理远近，画以为图。

甲戌，命忠武节度使王全斌为西川行营凤州路都部署，武信节度使、侍卫步军都指挥使大名崔彦进副之，枢密副使王仁赡为都监；宁江节度使、侍卫马军都指挥使

① 櫂：划船拨水的工具，形状像桨，短的叫楫、桿，长的叫櫂，也作"棹"。 ② 方伎：同"方技"，古代指医、卜、星、相。

刘光义为归州路副都部署，内客省使、枢密承旨曹彬为都监。合步骑六万，分路进讨。给事中沈义伦为随军转运使，均州刺史大名曹翰为西南面转运使。上以西川将校多北人，赐诏谕令转祸为福，有能向导大军，供饩兵食，率众归顺，举城来降者，当议优赏。行营所至，毋得焚荡庐舍，驱掠吏民，开发丘坟，剪伐桑柘，违者以军法从事。命八作司度右掖门，南临汴水，为蜀主治第，凡五百余间，供帐什物皆具，以待其至。

乙亥，全斌等辞，宴于崇政殿，赐金玉带、衣帛、鞍马、戎器有差。上出画图授全斌等，因谓曰："西川可取否?"全斌等对曰："臣等仗天威，遵妙算，克日可定也。"龙捷右厢都指挥使史延德前奏曰："西川若在天上固不可到，在地上到即平矣。"上嘉其果敢，慰勉之。又谓全斌等曰："凡克城寨，止籍其器甲、刍粮，悉以钱帛分给战士，吾所欲得者，其土地耳。"

(壬寅)蜀主闻有北师，以王昭远为北面行营都统，左右卫圣马步军都指挥使赵崇韬为都监，山南节度使韩保正为招讨使，洋州节度使李进为副招讨使，帅兵拒战。蜀主谓昭远曰："今日之师，卿所召也，勉为朕立功。"昭远好读兵书，颇以方略自任，始发成都，蜀主命宰相李昊等饯之城外。昭远手执铁如意指挥军事，自比诸葛亮，酒酣，攘臂谓昊曰："吾此行何止克敌，当领此二三万雕面恶小儿[1]，取中原如反掌耳。”

（十二月庚戌）以西川用兵，赐归、陕州民今年秋租已输者籍之，充来年之数。

辛酉，王全斌等攻拔乾渠渡、万仞、燕子等寨，遂取兴州，败蜀兵七千人，获军粮四十余万石，刺史蓝思绾退保西县。全斌又攻石图、鱼关、白水阁二十余寨，皆拔之。

蜀招讨使韩保正闻兴州破，遂弃山南退保西县。马军都指挥使史延德以先锋至，保正懦，惧不敢出，遣兵数万人，依山背城，结阵自固。延德击走之，追擒保正及其副李进，获粮三十余万斛。崔彦进与马军都监康延泽等逐北过三泉，遂至嘉川，杀虏甚众。蜀主烧绝栈道，退保葭萌。

刘光义等入峡路，连破松木、三会、巫山等寨，杀其将南光海等，死者五千余人，生擒战棹都指挥使袁德弘等千二百人，夺战舰二百余艘，又斩获水军六千余众。初，蜀于夔州锁江为浮梁，上设敌棚三重，夹江列炮具。光义等行，上出地图，指其处谓光义曰：“溯江至此，切勿以舟师争胜，当先遣步骑潜击之，俟其稍却，乃以战棹夹

① 雕面恶小儿：五代和宋朝的兵士都在脸上刺字，所以叫做雕面。恶小儿，形容凶猛。

攻，可必取也。”光义等未至锁江三十里许，舍舟，前夺浮梁，复引舟而上，遂顿兵白帝庙西。

蜀宁江节度使太原高彦俦谓副使赵崇济、监军武守谦曰：“北军涉险远来，利在速战，当坚壁待之。”守谦曰：“寇据吾城下而不击，又何待也？”戊辰，守谦独领麾下千余人以出，光义遣马军都指挥使陵川张廷翰等引兵与守谦等战于猪头铺，守谦败走，廷翰乘胜登其城，彦俦整众将出斗，而廷翰等已入其城中矣。彦俦力战不胜，身被十余创，左右皆散去。彦俦奔归府第，判官罗济劝彦俦单骑归蜀，彦俦曰：“我昔已失秦川，今复不能守此，纵人主不杀我，我何面目见蜀人乎？”济又劝其归降，彦俦曰：“老幼百口俱在成都，以一身偷生，举族何负？今日止有死耳。”即解符印授济曰：“君自为计。”乃反拒其户，整衣冠，望西北再拜，登楼，纵火自焚。后数日，光义等得其骨于灰烬中，以礼葬之。

王全斌以蜀人断栈，大军不得进，议取罗川路入蜀。康延泽潛谓崔彦进曰：“罗川路险，众难并济，不如分兵修栈，约会大军丁深度可也。”彦进遣白全斌，全斌许之。不数日，阁道成，遂进击金山寨，又破小漫天寨，而全斌亦以大军由罗川至深渡与彦进合。蜀人依江而阵，彦进遣步军都指挥使张万友等击之，夺其桥。会暮夜，蜀人退守大漫天寨。明日，彦进、延泽、万友分兵三道击之。

蜀人悉其精锐来拒，又大破之，乘胜拔其寨，擒寨主义州刺史王审超、监军赵崇渥及三泉监军刘延祚。都统王昭远、都监赵崇韬引兵来战，三战三败，追奔至利州北，昭远等遁去，渡桔柏津，焚浮梁，退保剑门。壬申晦，全斌等入利州，获军粮八十万斛。

诏西川行营所克复州县，伪署将士有窜匿者，限一月于所在陈首，释其罪。

是月，京师大雪，上设毡帷于讲武殿，衣紫貂裘帽以视事，忽谓左右曰："我被服如此，体尚觉寒，念西征将帅冲犯霜霰，何以堪处！"即解裘帽，遣中黄门驰驿赍赐全斌[1]，且谕诸将以不能偏及也。全斌拜赐感泣。

先锋都指挥使、凤州团练使张晖督兵开大散关路，躬抚士卒，且役且战，人忘其劳，至青泥岭病卒，诏优恤其家。

乾德三年（乙丑，九六五）

春正月甲戌，诏蜀将卒死锋刃者，所在官为收瘗，行营战士被伤者，主帅给以缯帛。

蜀主闻王昭远等败，甚惧，乃多出金帛，益募兵守剑

---

① 驰驿：古代官员因为有紧急的事情被召入京或由京城到外地，由沿途的驿站供给人伕和马匹、粮食，以加倍的速度赶路，途中不按站停止，耽误时间，叫做驰驿。

门，命太子玄哲为元帅，武信节度使兼侍中李廷珪及前武定节度使、同平章事张惠安副之。带甲万余，旗帜悉用文绣，绌其杠以锦。将发而雨，玄哲虑其沾湿，悉令解去。俄雨止，复旆之，则皆倒悬杠上。玄哲又辇其姬妾及伶人数十以从，见者莫不窃笑。

王全斌等自利州趋剑门，次益光，会议曰："剑门天险，古称一夫荷戈，万夫莫当，诸军各宜陈进取之策。"侍卫军头向韬曰："得降卒牟进言，益光江东越大山数重有狭径名来苏，蜀人于江西置栅，对岸可渡。自此出剑门南二十里，至青疆店与官道合。若大军行此路，则剑门之险不足恃也。"全斌等即欲卷甲赴之，康延泽曰："蜀人数战数败，胆气夺矣，可急攻而下也。且来苏狭径，主帅不宜自行，但可遣一偏将往耳。若抵青疆，北与大军夹击剑门，昭远等必成擒矣。"全斌等然之，命史延德分兵趋来苏，跨江为浮梁以济。蜀人见之，弃寨而遁。延德遂至青疆，王昭远等引兵退驻汉源坡，以其偏将守剑门，全斌等以锐兵奋击，破之。及汉源，赵崇韬布阵，策马先登，昭远据胡床不能起。崇韬战败，犹手斩数人乃被执，昭远免胄弃甲而逃。全斌等遂取剑州，杀蜀军万余人。昭远投东川，匿民仓舍下，悲嗟流涕，目尽肿，惟诵罗隐诗曰"运去英雄不自由"，俄亦为追骑所获。太子玄哲与李廷珪等日夜嬉游，不恤军政，至绵州，闻剑门已破，将退保东川。翌日，弃军西还，所过尽焚其庐舍仓廪乃去。

蜀主知剑门已破，太子玄哲亦奔还，惶骇不知所为，问左右："计将安出？"有老将石奉頵者对曰："东兵远来，势不能久，请聚兵坚守以蔽之。"蜀主叹曰："吾父子以丰衣美食养士四十年，一旦遇敌，不能为吾东向放一箭，今虽欲闭壁，谁肯效死者！"司空兼武信节度使、平章事李昊劝蜀主封府库以请降，蜀主从之，因命昊草表。己卯，遣通奏使，宣徽北院使太原伊审征奉降表诣军前。初，前蜀之亡也，降表亦昊所为，蜀人夜书其门曰"世修降表李家"，当时传以为笑。

庚辰，诏行营所经，州府长吏以牛酒犒师。

乙酉，王全斌等次魏城，伊审征以蜀主降表至。全斌受之，遣先锋都监、通事舍人田钦祚乘驿奏入。又遣康延泽领百骑趋成都，见蜀主谕以恩信，慰抚军民，留三日乃还。钦祚，汝阴人也。

初，刘光义等发夔州，万、施、开、忠等州刺史皆迎降，及遂州，知州事、少府少监陈愈亦降。光义入城，尽以府库钱帛给军士。诸将所过，咸欲屠戮以逞，独曹彬禁之，乃止，故峡路兵始终秋毫不犯。上闻之，喜曰："吾任得其人矣。"赐彬诏褒之。

辛卯，王全斌等至升仙桥，蜀主备亡国之礼，见于军门，全斌承制释之。蜀主复遣其弟保宁节度使、雅王仁贽奉表求哀。

丙申，田钦祚至自西川，孟昶降表以其先人坟庙及老母为请，上优诏答之，并谕西川将吏、百姓等使皆安堵如故。

丁酉，赦蜀管内。蠲乾德二年逋租，赐今年夏租之半。凡无名科役及增益赋调，令诸州条析以闻，当除之。成都民食盐斤为钱百六十，减六十，诸州盐减三分之一。民乏食者赈之。掳获生口还其主。伪文武官将校奉孟昶来降者，并委王全斌奏其名。亡命群盗许一月内陈首。有怀才挺操，耻仕伪庭者，所在搜访。先贤丘垅并禁樵采，前代祠庙咸加营葺。

自全斌等发京师至昶降才六十六日。凡得州四十六、县二百四十、户五十三万四千二十九。

全斌等既入成都，后数日刘光义等始至，孟昶馈遗光义等及犒师之礼并如初。已而诏书颁赏诸军亦无差降，两路将士争功，始相疾矣。

先是，全斌受诏，每制置必与诸将佥议，因是各为异同，虽小事亦不能即决。全斌及崔彦进、王仁赡等日夜饮宴，不恤军务，纵部下掠子女，夺财货，蜀人苦之。曹彬屡请旋师，全斌等不听。全斌遣右神武大将军王继涛与供奉官王守讷部送孟昶归京师，继涛求宫人及金帛于昶，守讷以白全斌，乃留继涛不遣。继涛，河朔人也。仁赡按籍诘所在军资，将治李廷珪焚荡之罪，廷珪恐，问计于康延泽，延泽曰："王公志在声色，苟足其欲，则置不问矣。"廷珪素俭约，不畜妓女，乃求诸姻戚得四人，复假金帛直数百万以遗仁赡，由是获免。

(二月)癸卯，命参知政事吕余庆权知成都府，枢密直学士马瓒权知梓州。余庆至成都，时盗四起，将士犹恃功骄恣，王全斌等不能禁。一日，药市始集，街吏驰报有军校被酒持刃夺贾人物，余庆立命擒捕，斩之以徇，军中畏伏，民乃宁居。瓒至梓州，视事才数日，会伪蜀军校上官进啸聚亡命三千余众，劫村民数万，夜攻州城。瓒曰："贼乘夜奄至，此乌合之众，以棰梃相击，必无固志，正可持重以镇之，待旦自溃矣。"城中止有云骑兵三百人，分使守诸门。瓒坐城楼，密令促其更筹①，未夜分，击五鼓，贼惊，遁去。因纵兵追之，擒上官进斩于市。招降千余人，并释其罪，令复业，州境遂安。

以兴州马步军都指挥使赵彦韬为兴州刺史，酬其向导之功也。兴州领宜口寨，寨多戍兵，监军傲很，纵部下暴横，居民苦之。通判周渭驰往，谕以祸福，斩其军校，众心大服。上闻而壮之，诏书嘉奖，命兼本寨钤辖。

---

① 更筹：古代夜间计时报更的竹签，更夫据更筹打更报时。

丙午，诏以西师所过，民有调发供亿之劳，赐秦、凤、陇、成、阶、襄、荆南、房、均等州今年夏租之半，安、复、郢、邓州，光化、汉阳军十之二，居坊郭者勿输半年屋税。

又诏伪蜀文武官并遣赴阙，赐装钱有差，治行请白为众所知者，所在州府以名闻。

庚申，孟仁赞至自成都。孟昶所上表有“自量过咎，尚切忧疑”等语，诏答之，其略曰：“既自求于多福，当尽涤于前非。朕不食言，尔无过虑。”所答诏仍不名，又呼昶母为国母。

诏自嘉、眉、忠、万至荆南沿江分置驿船，以济行李。

三月壬申朔，宴广德殿。先是，长春节后未赐宴，孟昶纳降表使至，故缓。

是月，孟昶与其官属皆挈族归朝，由峡江而下。

（夏四月辛丑朔）诏孟昶先代坟茔无得焚毁，复守冢户，官岁给粟帛充时享。

（乙丑）赐西川行营将士姜茶。

（五月）先是，上遣使以御府供帐迓孟昶于江陵，且命有司为昶官属治第，又遣使至江陵，分给鞍马东乘。乙酉，昶至近郊，皇弟开封尹光义劳之玉津园。丙戌，大陈诸军于阙前，昶与弟仁赞，子玄哲、玄珏，宰相李昊等三十三人素服待罪明德门外，诏释罪，赐昶等袭衣、冠带。上御崇元殿，备礼见之。礼毕，御明德门，观诸军按部还营，遂宴昶等于大明殿，赐物有差。

己丑，免孟昶三日朝参①。

壬辰，复宴昶及其子弟于大明殿。

伪蜀官仓纳给用斗有二等，受纳斗盛十升，出给斗盛八升七合。诏自今给纳并用十升斗。

六月甲辰，以孟昶为开府仪同三司、检校太师兼中书令、秦国公，长子玄哲为泰宁节度使，伊审征为静难节度使。戊申，以昶弟仁贽为右神武统军，仁裕右监门卫上将军，仁操左监门卫上将军，次子玄珏为左千牛卫上将军，李昊为工部尚书，欧阳炯为右散骑常侍。

庚戌，孟昶卒。上为辍五日朝，赠尚书令，追封楚王，谥恭孝，赙布帛千匹，葬事官给。初，昶母李氏随昶至京师，上屡命肩舆入宫，谓之曰："国母善自爱，无戚戚怀乡土，异日当送母归。"李氏曰："使妾安往？"上曰："归蜀耳。"李氏曰："妾家本太原，倘获归老并门，妾之愿也。"时上已有北征意，闻其言，喜曰："俟平刘钧，即如母所愿。"因厚加赉赐。及昶卒，李氏不哭，举酒酹地曰："汝不能死社稷，贪生至今日。吾所以忍死者，为汝在耳，今汝既死，吾安用生！"因不食，数日亦卒。

（秋七月己巳）遣使犒西川行营将士。

① 朝参：官员上朝参见皇帝。

上闻西川行营有大校割民妻乳而杀之者，亟召至阙，斩于都市。初，近臣营救颇切，上因流涕曰："兴师吊伐，妇人何罪而残忍至此。当速置法，以偿其冤。"

（八月）戊申，诏伪蜀将士妻子并发赴阙，官给舟乘，县次续食，有父母者别给钱五千。

殿直成德钧部送伪蜀军校，在路受赇，为人所告。戊申，斩德钧于宽仁门外。

己酉，诏川峡军民亡命者，令王全斌等恤其家。

（十一月戊子）赐西川行营将士枣，蜀土之所乏也。

（十二月）己亥，令川峡诸州监军、巡检无得与州县事。

乾德四年（丙寅，九六六）

（春正月）丙子，遣供奉官都知曹守琪等分诣江陵、凤翔，赐伪蜀群臣家属钱帛，疾病者给以医药。

（己丑）诏达州伪蜀时刺史于部下无名科率并罢之。

（二月）甲子，赐西川诸州今年夏租之半，无苗者复之。

（三月）癸未，诏川峡诸州长吏察民有伪蜀日所输烦苛，诏所未蠲者，悉便宜除之。

（秋七月）丙寅，诏自京至成都沿路州县，有伪蜀职官将吏及其亲属疾病者，所在给医药，赐以钱帛。

癸酉，赐西川行营将士钱帛有差。

(丁亥)赐川峡诸州民今年秋租之半。

八月丁酉，诏西川民欠伪蜀臣僚私债者，悉令除放。

乾德五年(丁卯，九六七)

(春正月)辛丑，赐西川诸州民今年夏租之半。

初，吕余庆至成都，王全斌但典军旅，尝谓所亲曰："我闻古将帅多不能保全功名，即欲称病东归，庶免悔咎。"或曰："今寇盗充斥，非有诏旨不可轻去。"全斌乃止。既而伪蜀臣民往往诣阙，讼全斌及王仁赡、崔彦进等破蜀时豪夺子女玉帛，及擅发府库、隐没货财诸不法事。使者每自蜀至，上问之，尽得其状。于是与诸将同时召还，仁赡先入见，上诘之，仁赡历诋诸将过失，冀自解免，上曰："纳李廷珪妓女，开丰德库取金贝，此岂诸将所为耶?"仁赡惶恐不能对。上以全斌等新有功，不欲付之狱吏，令中书门下逮仁赡及全斌、彦进与讼者质证。凡所取受、隐没，共为钱六十四万四千八百余贯，而蜀宫珍宝及外府他藏不著籍者又不与焉。并按以擅克削兵士装钱、杀降致寇之由，全斌、仁赡、彦进皆具伏。

壬子，令御史台集百官于朝堂，议全斌等罪。

癸丑，百官表言全斌、仁赡、彦进法当死，上特赦之。

【翻译】

建隆三年(壬戌，962)

（十二月）蜀主命令官员检查四川、十六镇拖欠的税收，从广政十五年（952）到二十年（957），另外追缴。龙游县令成都人田淳上书规劝，大略说："现在快到甲子年了，阴阳都有变动，天道运行和人事关系也要有所变更。如果采纳尽量多收税的这种不足取的主张，必然扰乱治理国家的根本原则，这是触犯天意的第一条。太一所巡视的地区，快要离开我们这块分野了，它最初到来是降福，最后离开是责备，怎样变灾害为幸福，应该早些想办法。如果还是成倍地加收租赋，将有想不到的苦难，这是触犯天意的第二条。四海之内的财富都属于统治者所有，把它分散在民间，作为资产积蓄起来，需要的时候依法取用，谁也不敢抗拒，陛下为什么不舍弃小的积蓄以成就大的占有呢？这是损害君道的第一条。百姓是军队的主人，百姓富足，军队不会不富足，百姓不富足，军队怎么富得起来？一心掠夺百姓，专养军队，这是损害君道的第二条。"蜀主不肯采纳他的意见。田淳时常对他亲近的人说："据我看割据政权把厅堂改成宫殿，紫色的丝带改成黄色的龙袍，前驱改成警跸，僚佐改成卿相，妻妾改成后妃，还不如始终做成都府尹，才可以没有灭族的灾难。"听到这些话的人都为他害怕，他却照常地这样发表议论。有人对田淳说："以你的才能，本来能够承担统治者的重大寄托，只要稍微克制一些，就可以到皇帝的金銮殿和翰林学士院去做大官了。”田淳说：“我怎么能够去附和狗鼠之流呢？”他指的是枢密使王昭远之流。

乾德元年（癸亥，963）

（夏季四月）十九日庚子，以华州团练使大城（河北大城）人张晖为凤州团练使兼西面行营巡检壕寨使。张晖从前在华州有很好的政绩。太祖讨平李筠以后，准备攻取北汉，召张晖到朝廷来觐见皇帝，征求他的意见。张晖说：“泽州和潞州的战争创伤还未曾痊愈，如果接连发动军事行动，恐怕承担不起，不如停止军事行动，抚育人民，等到富庶以后再作打算。”太祖对他加以慰劳后，让他回去了。这时开始策划讨伐后蜀，才把张晖调到凤州（陕西凤县东）来。张晖在全部了解到后蜀的地理情况后，就秘密地分条陈述攻取的办法，太祖看到以后，非常高兴。

（五月二十六日丁丑）后蜀宰相李昊对蜀主说：“我看宋朝政权的建立，和后汉、后周不一样，上天厌恶变乱已经很久了，统一中国的事业，大概要由它来完成。如果向朝廷进贡表示服从，也是保全三蜀的良好办法。”蜀主准备采纳他的建议，派使者到朝廷去，枢密使王昭远坚决阻止，于是派文思使景处瑭率领军队屯驻峡路，又派人到涪、泸、戎等州检阅櫂手，增设水军。

乾德二年(甲子,964)

(十一月)此前,后蜀山南节度使判官张廷伟劝说通奏使、知枢密院事王昭远:“你从来没有建立过什么功绩事业,一旦做到接近统治者的知枢密院事,如果不自己建立大功,怎么能够对付大家的议论?不如派使者到北汉去建立友好关系,让他们发兵南下,我们从黄花谷和子午谷出兵响应,使中原内外受敌,这样,函谷关以西的地区就可以拿过来占有。”昭远同意他的说法,劝蜀主派枢密院大程官孙遇、兴州军校赵彦韬和杨蠲等带着用帛写的信装在蜡丸里,走小路送给北汉主,信里说已经在褒城和汉中增加了兵力,约北汉军队渡过黄河,同时发动进攻。孙遇等到了京师,彦韬暗地里把帛书献给了太祖。有一个叫做穆昭嗣的人,从前曾以方伎侍奉荆南高氏,这时是翰林医官,太祖多次召见,问他四川地区的地理情况,昭嗣说:“荆南是西川、江南、广南的枢纽,现在已经占有此地,无论从水路或陆路都可以到四川地区去。”太祖很高兴。几天以后,太祖得到彦韬所献的帛书,看了以后笑着说:“我西征有了名义了。”就一起赦免了孙遇和杨蠲,让他们指明后蜀的山川形势、戍守处所、道里远近,画成地图。

初二日甲戌,命令忠武节度使王全斌为西川行营凤州路都部署,武信节度使、侍卫步军都指挥使大名人崔彦进辅助他，枢密副使王仁赡为都监；宁江节度使、侍卫马军都指挥使刘光义为归州路副都部署，内客省使、枢密承旨曹彬为都监。统率步兵和骑兵共六万人，分路进讨后蜀。以给事中沈义伦为随军转运使，均州刺史大名人曹翰为西南面转运使。太祖因为西川的将校很多是北方人，特别颁赐诏书告诉他们应该转祸为福，如果有人能够做大军的向导，供应兵食，全城投降，给予优厚的奖赏。诏令行营所到的地方，不许焚烧房屋，抢劫吏民，发掘坟墓，剪伐桑柘，违反命令的以军法处理。命令八作司在右掖门外，南临汴水，为蜀主修建住宅，共五百多间，帷帐什物等一应俱全，只等待他的到来。

初三日乙亥，王全斌等辞行，在崇德殿设宴，赏赐给他们镶嵌金玉的衣带、做衣服的帛、备鞍的马匹、兵器多少不等。太祖拿出画图交给全斌等人，随即问他们："西川可以攻取下来吗？"全斌等回答说："我们仰仗皇帝的天威，遵照皇帝的奇妙计谋，可以在限定的日期里平定西川。"龙捷右厢都指挥使史延德上前奏说："西川如果是在天上，根本就无法到达，只要是在地上，一到那里就会平定下来。"太祖赞美他的果敢，对他加以安慰勉励，又对全斌等人说："凡是攻下城寨，只要登记兵器、铠甲、饲料、粮食，把钱帛都分给战士，我想得到的只是后蜀的土地。"

三十日壬寅，蜀主听说有北方军队来进攻，以王昭远为北面行营都统，左右卫圣马步军都指挥使赵崇韬为都监，山南节度使韩保正为招讨使，洋州节度使李进为副招讨使，率兵抵抗。蜀主对王昭远说："现在北方的军队是你招来的，要努力为我立功。"昭远好读兵书，以为自己很有一套计谋策略，在成都出发的时候，蜀主命令宰相李昊等为他饯行。昭远手里拿着铁如意指挥军事，自比为诸葛亮，他在畅饮高兴的时候，捋起衣服，举着手臂对李昊说："我这次出去哪里只是打败敌人，我要领着这二三万雕面恶小儿，像反掌那样容易地取得中原。"

（十二月初八日庚戌）因为西川有军事行动，归州和峡州人民已经缴纳今年秋租的，恩赐登记起来，充作明年秋租的数目。

十九日辛酉，王全斌等攻占乾渠渡和万仞、燕子等寨，攻取了兴州（陕西略阳），打败后蜀兵七千人，获得军粮四十多万石，后蜀刺史蓝思绾退守西县（陕西沔县西）。全斌又进攻石图、鱼关、白水阁等二十多寨，全都攻占了。

后蜀招讨使韩保正听说兴州陷落，就放弃了山南，退守西县。先锋马军都指挥使史延德领兵直迫县城，保正怯懦不敢出战，派遣几万军队依山背城结成阵势固守。延德打败了他们，追着捉到保正和他的副手李进，获得食粮三十多万斛。崔彦进和马军都监康延泽等追击后蜀败兵过了三泉，直到嘉川，杀掳很多。蜀主烧绝了栈道，退守葭萌(四川昭化南)。

刘光义等进入峡路，连破松木、三会、巫山等寨，杀后蜀将领南光海等，后蜀军队死了五千多人，活捉战棹都指挥使袁德弘等一千二百人，夺取战舰二百多艘，又斩获水军六千多人。从前，后蜀在夔州(重庆奉节)锁江，架设浮桥，浮桥上设置三层敌棚，江的两岸排列着大炮，守备森严。光义等出发的时候，太祖拿出地图，指着锁江的地方对光义说："沿江而上到这里，千万不要用水军去争胜，要先派步兵和骑兵偷袭，等到敌人稍微后退，才用战船夹攻，一定可以胜利。"光义等在距离锁江处三十多里的地方舍舟登陆，前去夺取了浮桥，再上船前进，在白帝庙西驻军。

后蜀宁江节度使太原人高彦俦对副使赵崇济、监军武守谦说："北方军队从远处经过险要地区来到此地，利于速战，应该用坚守壁垒的办法来对付他们。"守谦说："敌人盘踞我们城下而不出击，还等待什么?"二十六日戊辰，守谦独自率领部下一千多人出城，光义派马军都指挥使陵川(山西陵川)人张廷翰等带兵和守谦等在猪头铺战斗，守谦败走，廷翰乘胜登城，彦俦整顿军队准备出战，而廷翰已经进入城里。彦俦奋力战斗失败，身上十多处受伤，左右的人都溃散离去。彦俦奔回官府，判官罗济劝他一个人骑马回成都去，彦俦说："我在过去曾失去秦川，现在又守不住这里，即使统治者不杀我，我还有什么面目见后蜀的人呢？"罗济又劝他投降朝廷，彦俦说："我全家老小百口都在成都，自己一个人偷生下去，怎么对得起全族的人呢？今天只有一死而已。"就解下符印交给罗济说："你自做打算吧。"再反扣房门，整理衣服和帽子以后，对着西北再拜，上楼放火自焚。几天以后，光义等在灰烬里得到他的尸骨，用相当的礼节埋葬了。

王全斌因为后蜀烧绝了栈道，大军无法前进，准备取罗川这条路攻进去。康延泽暗地里对崔彦进说："罗川这条路险要，很多困难都集中在这里，不如分兵修复栈道，约定在深渡和大军会合。"彦进派他去对全斌说，全斌同意了他的意见。没有经过几天，栈道修成了，就进攻金山寨，又攻占了小漫天寨，而全斌也率领大军由罗川到深渡和彦进会师。后蜀军队依江列阵，彦进派步军都指挥使张万友等进攻，夺得桥梁。这时已经到了下半夜，后蜀军队退守大漫天寨。第二天，彦进、延泽、万友分兵三路进攻。后蜀出动全部精锐军队来抵抗，宋军又大破蜀军，乘胜攻占大漫天寨，捉住寨主本州刺史王审超、监军赵崇渥和三泉监军刘延祚。都统王昭远、都监赵崇韬领兵来迎战，三战三败，宋军一直追到利州（四川广元）以北，昭远等逃走，渡过桔柏津，焚毁浮桥，退守剑门。三十日壬申，全斌等进入利州，获得军粮八十万斛。

诏令西川行营所克复的州县，后蜀将士有逃窜藏匿的，限一个月内向所在地自首，赦免他的罪过。

本月京师下大雪，太祖在讲武殿设毡帐幕，穿紫貂成衣并戴紫貂皮帽处理政事，忽然对左右的人说："我这样的穿戴还觉得冷，想到西征的将帅们冒着霜霰战斗，怎么受得了呢?"就脱下皮衣和帽子，派宦官中黄门带着驰驿送给王全斌，并且对各将领说明无法普遍地赏赐。全斌下拜接受，感动得哭了起来。

先锋都指挥使、凤州团练使张晖监督士兵开大散关路，亲自安抚士兵，一面开路一面战斗，大家都忘记了劳苦。当道路开到青泥岭的时候，张晖病死，诏令优厚周济他家。

乾德三年（乙丑，965）

春季正月初二日甲戌，诏令后蜀阵亡的军官和士兵由所在地区的官府掩埋起来，行营受伤的战士，由主帅发给缯帛。

蜀主听说王昭远等人战败，非常害怕，就拿出很多金帛，多募兵士防守剑门，命令太子玄哲做元帅，武信节度使兼侍中李廷珪和前任武定节度使、同平章事张惠安辅助他。他统率披甲的战士有一万多人，旗帜都用彩色的刺绣制成，旗杆上缠绕着蜀锦。正要出发的时候下起雨来，玄哲恐怕绣旗沾湿，命令卸下来，不久雨停，再把旗帜系上，却都是倒挂在旗杆上。玄哲并且把他的姬妾和几十个伶人一起带着走，看到的人没有不暗中好笑的。

王全斌等从利州向剑门进发，驻在益光（四川昭化）的时候，召集会议说："剑门天险，古来就有'一夫荷戈，万夫莫当'的说法，请大家各自谈一谈进取的办法。"侍卫军头向韬说："听降卒牟进说，益光江东越过几重大山，有一条狭窄的小路叫做来苏，后蜀在江西设置了栅栏，可以从对岸渡过去。从这里出去到剑门以南二十里的地方，到青疆店和官道会合。如果大军走这条路，剑门天险也就靠不住了。"全斌等人听说以后，就想收起铁甲走这条路，康延泽说："后蜀的人经过几次战斗几次失败，已经破胆丧气，可以急速地攻下来。况且像来苏这样狭窄的路，主帅亲自去走也是不合适的，只可以派一个偏将前去。如果到了青疆，向北去和大军夹攻剑门，一定可以捉住王昭远等人。"王全斌等人同意他的说法，命令史延德分兵到来苏，跨江架起浮桥过江，后蜀军见到他们，弃寨逃走。延德到了青疆，王昭远等领兵退驻汉源坡(四川剑阁东),用他的偏将防守剑门,全斌等用精锐军队猛烈进攻,打败了后蜀军,进到汉源(四川汉源)。赵崇韬布阵迎战,他跃身上马,昭远却靠在交椅上站不起来。崇韬战败,还亲手杀了几个人才被俘虏,昭远又免胄弃甲而逃。全斌等攻占了剑州,杀蜀军一万多人。昭远逃到东川(四川三台),躲藏在百姓仓库房舍的下面,悲伤叹息,哭泣流涕,眼睛也哭得全肿起来了,只是背诵罗隐的诗"运去英雄不自由",不久也被追来的骑兵俘虏。太子玄哲和李廷珪等白天晚上的游玩,不管军政。他们走到绵州(四川绵阳)的时候,听说剑门已经失守,准备退守东川,次日就弃军西去,所过之处把房屋和仓廪全部烧光才走。

蜀主知道剑门已经失守,太子也逃了回来以后,惊慌失措,不知怎样才好,他问左右的人:"有什么办法可想?"有一个老将叫石奉頵的回答说:"东方的军队远来此地,客观形势是不能持久的,可以集中军队坚守,使他们疲惫。"蜀主叹气说:"我父子用丰衣美食养兵四十年,一旦遇到敌人,却不能为我向东放一箭,现在纵然想关闭壁垒坚守下去,可是有谁肯拼死效力呢?"司空兼武信节度使、平章事李昊劝蜀主封起府库来请求投降,蜀主听从了他的建议,就命令李昊起草降表。初七日己卯,派通奏使、宣徽北院使太原人伊审征到军前送上降表。

从前,前蜀灭亡的时候,降表也是李昊写的,后蜀人夜里在他家的门上写了“世修降表李家”,当时传为笑谈。

初八日庚辰,诏令行营所经过的地方,州府的长官用牛酒犒劳军队。

十三日乙酉,王全斌等驻在魏城,伊审征带着蜀主的降表来到。全斌接受了降表,派先锋都监、通事舍人田钦祚乘驿马送到朝廷去。他又派康延泽率领一百骑兵到成都去见蜀主,用恩信来开导他,并且慰问安抚军民,停留三天才回来。钦祚是汝阴(安徽阜阳)人。

从前,刘光义等从夔州出发,万、施、开、忠等州刺史都迎降,到遂州(四川遂宁)的时候,知州事、少府少监陈愈也投降了。光义进入城里,把府库的钱帛都分给了军士。各将领在他们所经过的地方,都想任意地屠杀一番,只因曹彬禁止这样做,才未曾大屠杀,所以峡路兵始终纪律严明,秋毫无犯。太祖听说以后,高兴地说:“我任用的人是很妥当的。”赐给曹彬诏书嘉奖他。

十九日辛卯,王全斌等到了升仙桥,蜀主用亡国的礼节在军门来见,全斌秉承皇帝的旨意释放了他。蜀主又派他的弟弟保宁节度使、雅王仁贽上表请求哀怜。

二十四日丙申,田钦祚从西川回到京师。孟昶在降表里请求照顾他的先人坟墓和老母亲,太祖用很客气的诏书给予答复,并且告示西川的将吏、百姓,使他们都像过去那样地安居。

二十五日丁酉，赦后蜀统治区。免除乾德二年(964)欠租，赐给今年的一半夏租。凡是没有正当理由而强加的劳役和额外加收的赋调，命令各州分条报告上来，予以废除。成都人民食盐原来每斤一百六十钱，减去六十钱，各州盐价减少三分之一。赈济缺食的人民。掳来的仆隶还给他的主人。伪文武官员将校随孟昶来投降的，都由王全斌奏报他们的姓名。亡命的盗贼允许一个月内自首。如果有人怀才而坚守节操，不肯在后蜀做官的，各地加以搜访。禁止在先贤的坟墓打柴，前代的祠庙都加以修葺。

从王全斌等在京师出发到孟昶投降，才六十六天，总共得到四十六州、二百四十县、五十三万四千二十九户。

王全斌等进入成都以后，过了几天，刘光义等才来到，孟昶赠送给光义等的财物和犒劳军队的礼节都和以前一样。不久诏书颁赏各军也没有什么区别，两路将士争功，开始互相妒忌。

此前，王全斌接到诏书，一切决策都和各将领共同商量，因此而各有各的看法，即使是小事也不能立即决定。全斌和崔彦进、王仁赡等白天晚上地饮宴，不理军务，放任部下掳掠人民，抢劫财物，四川地区人民为此所苦。曹彬屡次请求回师,全斌等不肯听从。全斌派右神武大将军王继涛和供奉官王守讷送孟昶到京师去,继涛要求孟昶送给他宫人和金帛,守讷报告了全斌,就留下继涛,不让他去京师。继涛是河北人。王仁赡审查簿册后责问各处的军事物资情况,准备惩办李廷珪焚毁军事物资的罪行,廷珪害怕了,请康延泽替他想办法,延泽说:"王公所想的是声色,只要能够满足他的欲望,他就会放下不问了。"廷珪从来生活俭朴,不养妓女,就向亲戚要来四个妓女,又借来值几百万钱的金帛送给仁赡,因此得以免罪。

(二月)初二日癸卯,命令参知政事吕余庆权知成都府,枢密直学士冯瓒权知梓州。余庆到成都的时候,到处有强盗,将士还在依仗军功骄傲放纵,王全斌等人管不住。有一天,药市刚才开始,街吏赶来报告有军校喝醉了酒,拿刀抢商人的东西,余庆立刻下令把他逮捕起来斩首示众,这样,军队害怕服从了,人民才安静地生活下去。冯瓒到梓州任职才几天,后蜀军校上官进聚集了逃亡在外,不顾性命犯法作恶的三千多人,劫持几万村民,在夜里进攻州城。冯瓒说:"他们趁着天黑的时候突然来到,这是乌合之众,他们用棍棒攻打,一定没有坚定的决心,根据这种情况,正是可以谨慎稳重地镇服他们,等到天亮,他们就自然溃散了。"城里只有骑兵三百人,使他们分别地防守各城门。冯瓒坐在城楼上，秘密地命令加快传呼更筹，还不到半夜就打了五鼓，那些人惊慌逃走，冯瓒就发兵追赶，捉住上官进，在市上把他斩首。招降了一千多人，全部免罪，让他们复业，州境就安定下来了。

以兴州马步军都指挥使赵彦韬为兴州刺史，这是酬劳他的向导之功。兴州管辖的罝口寨，监军傲慢凶狠，放任他的部下强暴横行，居民痛恨他们。通判周渭急速地到那里去，用祸福开导他们，斩了他们的军校，使大家非常心服。太祖听说后，很赏识周渭的魄力，颁发诏书予以嘉奖，命令他兼任本寨钤辖。

初五日丙午，诏令宣布西征军队所经过的地方，由于人民有调发供应的劳苦，赐给今年的一半夏租，安、复、郢、邓州，光化、汉阳军夏租的十分之二，住在城里和郊区的人民只收半年屋税。

又诏令把后蜀的文武官员都遣送到朝廷来，赐给多少不等的治装钱，政绩清白为大家所了解的人，所在的州府把他们的姓名报上来。

十九日庚申，孟仁贽从成都来到京师。孟昶所上的表里有“衡量自己的罪过，还很忧愁和疑惧”等语，诏书回答他，大略说：“既然自己争取好福气，就要洗尽以前的过失。我不失信，你不必想的太多。”回答他的诏书仍然不直呼他的名字，并且称呼孟昶的母亲为国母。

诏令从嘉、眉、忠、万等州到荆南，沿江分别地设置驿船，以供官府人员乘坐。

三月初一日壬申，在广德殿设宴。此前，在太祖生日的长春节过后未曾设宴，是因为孟昶送降表的使者到来，所以延缓了。

本月孟昶和他的官属都带着家属到朝廷来，沿峡江而下。

（夏季四月初一日辛丑）诏令不许焚毁孟昶前代人的坟茔，免除看守坟茔人家的差役，官府每年发给粟和帛作为四时祭祀之用。

（二十五日乙丑）赐给西川行营将士姜茶。

（五月）此前，太祖派使者在江陵以宫廷帷帐等陈设迎接孟昶，并且命令主管机构为孟昶的官属准备住宅，又派使者到江陵去，分别地给他们以配鞍的马匹和车辆。十五日乙酉，孟昶来到京师近郊，皇弟开封府尹光义在玉津园为他接风慰劳。十六日丙戌，在宫门前郑重地陈列诸军，孟昶和他的弟弟仁贽，儿子玄哲、玄珏，宰相李昊等三十三人穿着白色衣服在明德门外听候治罪，诏令宣布免罪，赏赐给孟昶等人成套衣服和帽子、衣带。太祖来到崇元殿，备礼见孟昶等人，礼毕，前往明德门去观看各军按部回营。在大明殿设宴款待孟昶等人，赐给他们多少不等的物品。

十九日己丑,免去孟昶三天朝参。

二十二日壬辰,又在大明殿设宴款待孟昶和他的子弟。

后蜀官仓收进和发出使用两种斗,收进的斗盛十升,发出的斗盛八升七合。诏令从现在起,收进和发出都使用盛十升的斗。

六月初五日甲辰,以孟昶为开府仪同三司、检校太师兼中书令、秦国公,长子玄哲为泰宁节度使,伊审征为静难节度使。初九日戊申,以孟昶的弟弟仁贽为右神武统军,仁裕为右监门卫上将军,仁操为左监门卫上将军,次子玄珏为左千牛卫上将军,李昊为工部尚书,欧阳炯为右散骑常侍。

十一日庚戌,孟昶死。太祖为他停止视朝五天,赠尚书令,追封楚王,赙布帛一千匹,由官府操办丧事。从前,孟昶的母亲李氏随他到京师,太祖屡次命令她乘轿入宫,对她说:“国母要好好地爱护自己,不要忧愁地怀念故乡,过几天送你回去。”李氏说:“送我到什么地方去?”太祖说:“回四川呀。”李氏说:“我的家乡本是太原,如果能够回到山西去养老,就是我的愿望。”当时太祖已经有北征北汉的意思,听到她的话以后,高兴地说:“等到消灭了北汉刘钧,就满足你的愿望。”随即赏赐给她很多财物。孟昶死后，李氏不哭而举起酒来洒在地上祭奠说："你不能为后蜀政权而死，贪生到了现在，我之所以临死挣扎，就是因为你还活着，现在你既然已经死了，我何必还活下去呢！"就不肯再吃饭，几天以后也死去了。

（秋季七月初六日己巳）派使者犒劳西川行营将士。

太祖听说西川行营有一个大校抢夺民妻，割去乳房后杀死，赶快把他召到朝廷来，在市上斩首。开始的时候，曾有近臣极力地营救他，太祖流泪说："出兵是为了吊民伐罪，这个妇女有什么罪而这样残忍地对待她，一定要依法处置以抵偿那个妇女的冤屈。"

（八月）十一日戊申，诏令把后蜀将士的妻子都发送到朝廷来，公家供给车船，沿途各县供给食物，有父母的人另给五千钱。

殿直成德钧部送后蜀的军校，在路上接受贿赂被人告发，十一日戊申，在宽仁门外斩首。

十二日己酉，诏令川峡军民逃亡的，命令王全斌等周济他们的家庭。

（十一月二十二日戊子）把枣赐给西川行营将士，这是四川地区所缺少的东西。

（十二月）初三日己亥，命令川峡各州的监军、巡检不许干预州县事务。

乾德四年（丙寅，966）

（春季正月）初十日丙子，派供奉官都知曹守琪等分别到江陵、凤翔，赐给后蜀群臣家属钱帛，有病的人给予医药。

（二十三日己丑）诏令达州后蜀时刺史对所辖地区无正当理由的摊派全部废除。

（二月）二十九日甲子，赐给西川各州今年的一半夏租，没有青苗的人免除差役。

（三月）二十一日癸未，诏令川峡各州长官检查人民在后蜀时期所缴纳的苛捐杂税，凡是未曾诏令免除的，全部斟酌废除。

（秋季七月）初三日丙寅，诏令从京城到成都沿路州县，如果有后蜀职官将吏和他们的亲属生病，所在地区给予医药，赐给钱帛。

初十日癸酉，赐给西川行营将士钱帛多少不等。

（二十四日丁亥）赐给川峡各州人民今年的一半秋租。

八月初五日丁酉，诏令西川人民欠后蜀臣僚私债的，全部命令免除。

乾德五年（丁卯，967）

（春季正月）十二月辛丑，赐给西川各州人民今年的一半夏租。

从前，吕余庆到了成都以后，王全斌只主管军事，曾对他亲近的人说:“我听说自古以来将帅多半不能保全功名,现在我想说是有病回到东方去,希望这样能够免除灾难。”有人说:“现在到处都是强盗,如果没有诏书指示不可轻易地离开。”全斌就没有走。不久后蜀的大臣和人民常常地到朝廷来,控告全斌和王仁赡、崔彦进等人在打败后蜀时仗势掠夺女子和玉帛,以及随便地打开府库、隐没财物等等不法的事情。派去的使者每次从四川回来,太祖询问他们,知道了一切情况。这时候把王全斌和将领们都召回来,仁赡先来见皇帝,太祖责问他,仁赡一个一个地毁谤将领们的过失,希望能够免脱自己,太祖说:“收纳李廷珪的妓女,打开丰德库取走金贝,这也是其他将领干的吗?”仁赡恐慌害怕,不能回答。太祖因为全斌等人新立了战功,不愿意把他们交给狱吏,命令中书门下逮捕仁赡和全斌、彦进和控告者对质。他们夺取、隐没的一共有六十四万四千八百多贯钱,而后蜀宫廷的珍宝和在外地官府另外收藏的不在内。并且审问他们随便地克扣兵士治装钱、屠杀投降的兵士以至造成盗贼等的经过,全斌、仁赡、彦进都全部承认。

二十三日壬子,命令御史台在朝堂召集百官,讨论全斌等人的罪行。

二十四日癸丑,百官上表说全斌、仁赡、彦进依法应该处死,太祖特别赦免了他们。

统一岭南

唐朝末年，清海军节度使刘隐利用中原多事的时机，扩充地方势力。五代初年，刘隐受后梁封为大彭郡王，进封南海王，派弟刘岩率兵平定岭南其他割据势力。刘隐死后，弟刘岩继位，后梁贞明三年(917)，自称皇帝，国号大越，次年，改国号为汉，建都广州，历史上叫做南汉。刘岩和他的历代继承人都很荒淫残暴，《旧五代史・僭伪列传》说，南汉统治下的人民生活，如同坐在炉火上一样地痛苦。刘铱即位以后，把大权交给宦官掌握，政治更加腐败。开宝四年(971)，宋军入广州，刘铱投降，南汉亡。

建隆元年(庚申,九六〇)

(三月丙辰)南汉宦者陈延寿言于南汉主曰:“陛下所以得立,由先帝尽杀群弟故也。”南汉主以为然,丁巳,杀其弟桂王旋兴。

建隆二年(辛酉,九六一)

初,南汉女巫樊胡子自言玉皇降其身,因宦者陈延寿以见南汉主。南汉主于内殿设幄帐,陈宝贝,胡子冠远游冠,衣紫,踞坐①帐中宣祸福,呼南汉主为太子皇帝,国事皆决于胡子,内太师龚澄枢、女侍中卢琼仙等附之。胡子每为南汉主言,琼仙、澄枢、延寿等皆上天使来辅太子,有罪不可问。是岁,芝菌生宫中,野兽触寝门,苑中羊吐珠,井旁石自起,行百余步乃仆。胡子皆以为符瑞,讽群臣入贺。

建隆三年(壬戌,九六一)

南汉许彦真既杀钟允章,益恣横,恶龚澄枢等居已上,颇侵其权,澄枢怒。会有告彦真与先主丽妃私通者,澄枢发其事。彦真惧,与其子谋杀澄枢。澄枢遣西班将军王仁遇告彦真父子谋反,下狱,族诛之。

南汉主纳李托二女,长为贵妃,次为美人,皆有宠。拜托为内太师,政事必先禀托而后行。

---

① 踞坐:坐时两膝高耸。

乾德二年(甲子,九六四)

(九月)戊子,南面兵马都监、引进使丁德裕与潭州防御使潘美、朗州团练使尹崇珂、衡州刺史张勋帅兵攻郴州,克之,杀其刺史陆光图及招讨使暨彦赟,余众退保韶州。崇珂,相州人也。初,内常侍、禹余宫使邵廷琄言于南汉主曰:"汉承唐乱,居此五十余年,幸中国多故,干戈不及,而汉益骄于无事,今兵不识旗鼓,而人主不知存亡。夫天下乱久矣,乱久必治,今闻真主已出,将尽有海内,其势非一天下不能已,请饬兵备,不然,悉内府琛宝遣使通好也。"南汉主懵然莫以为虑,恶廷琄言直,深恨之。及是始惧,思廷琄言,乃以廷琄为招讨使,领舟师屯洸口。廷琄,循州人也。

乾德三年(乙丑,九六五)

(六月)初,南汉邵廷琄屯于洸口以待王师,会王师退舍,廷琄招缉亡叛,训士卒,修战备,国人赖以少安。有投匿名书谮廷琄将图不轨,南汉主信之,是月,遣使赐廷琄死。士卒排军门见使者,诉廷琄无反状,请加考验,弗许,乃相与立庙洸口祠之。

(八月)甲子,南汉宦者莫少璘等七人来降。

乾德四年(丙寅,九六六)

(十二月)南汉西北面招讨使吴怀恩为部下所杀。先是,南汉主命怀恩治战舰于桂州,怀恩督役严,稍有良窳不等及制度疏略者辄行捶挞，执役者皆怨之。于是作龙舟成，怀恩躬自临视，以绵幂其手，遍扪钩楯，匠区彦希在侧，因运斤斫其首堕船中，左右惊散。后数日乃擒彦希斩于市。怀恩为将数有功，及被害，国人愈恐。南汉主命潘崇彻代其任。

开宝元年（戊辰，九六八）

（三月）南汉西北面招讨使潘崇彻以飞语见疑，南汉主遣内侍监番禺郭崇岳来觇其军，戒之曰："崇彻果有异志，即就诛之。"崇岳至桂州，崇彻严兵卫以见之，崇岳不敢发，还白南汉主曰："崇彻日夕领伶官百余辈，并衣锦绣，吹玉笛，为长夜之饮，不恤军政，非有反谋也。"南汉主怒。会崇彻单骑来归，南汉主释不问，但夺其兵权而已。

（九月）初，王师克郴州，获南汉内品十余人，有余延业者，人质幺么，上见之，问曰："尔在岭南为何官？"对曰："为扈驾弓官。"乃授以弓矢，延业极力控弦不开，上笑，因问其国政事，延业具言累世奢侈残酷之状，上惊骇曰："吾当救此一方之民。"于是，道州刺史王继勋言刘𬬮肆为昏暴，民被其毒，又数出寇边，请王师南伐。上犹未欲亟加以兵，乃命唐主谕意，令南汉主先以湖南旧地来献，唐主遣使致书，南汉不从。

开宝二年（己巳，九六九）

（六月）癸未，以右补阙大名王明为荆湖转运使，将用兵于岭南也。

开宝三年（庚午，九七〇）

（八月庚寅）唐主复令知制诰潘佑作书数千言谕南汉主以归款于中国，遣给事中龚慎仪往使。南汉主得书，大怒，遂囚慎仪。驿书答唐主甚不逊，唐主以其书来上，上始决意伐之。

九月己亥朔，以潭州防御使潘美为贺州道行营兵马都部署，朗州团练使郧人尹崇珂副之，道州刺史王继勋为行营马军都监。仍遣使发诸州兵赴贺州城下。

丁卯，潘美等言大败南汉万余众，克富州。

先是，南汉旧将多以谗死，宗室剪灭殆尽，掌兵者惟宦者数辈，城壁壕隍但饰为宫馆池沼，楼舰器甲辄腐败不治。及王师次于白霞，贺州刺史陈守忠遣使告急，内外震恐。南汉主遣龚澄枢驰驿往贺州宣慰，时士卒久在边，多贫乏，闻澄枢至，以为必大加赏赉，皆喜，而澄枢出空诏抚谕，众皆解体。王师拔冯乘，前锋至芳林，澄枢惶惧，乘轻舸遁归。是月癸丑，王师遂围贺州。

南汉主诏大臣议，皆请以潘崇彻将兵距王师。崇彻自罢兵柄，常怏怏，于是辞以目疾，南汉主怒曰："何须崇彻，伍彦柔独无方略耶！"遂使彦柔将兵来援。

戊午，王师闻彦柔至，退二十里，潜以奇兵伏南乡岸①。彦柔夜泊南乡，舣舟岸侧，迟明，挟弹登岸踞胡床指挥，而伏兵卒起，彦柔众大乱，死者十七八。擒彦柔，斩之，枭其首以示城中，城中人犹坚守弗下。随军转运使王明言于潘美曰："当急击之，恐援兵再至，则为所乘，我师老矣。"诸将颇犹豫，明乃躬擐甲胄，率所部护送辎重卒百余人，丁夫数千，畚锸皆作，堙其堑，直抵城门。城中人大惧，遂开门以纳王师。王师督战舰，声言顺流趋广州，南汉主忧迫，计无所出，乃加潘崇彻为内太师、马步军都统，领众三万屯贺江。会王师径趋昭州，崇彻但拥兵自保而已。

（十月）辛巳，曲赦贺州管内②。

（辛卯）王师破南汉开建寨，杀数千人，擒其将靳晖。昭州刺史田行稠弃城遁，桂州刺史李承进亦奔还，遂取昭州、桂州。

是月，王师克连州，南汉招讨使卢收率其众退保清远。南汉主闻之，谓左右曰："昭、桂、连、贺本属湖南，今北师取之足矣，其不复南也。"

---

① 奇兵：乘敌不备而突袭的部队。 ② 曲赦：因为皇帝来到或有自然灾害等特殊情况而赦免一路、一州或某地的罪人。

（十二月）初，南汉取桂、连二州，皆徙其民毋得居城内。戊子，令长吏招抚，立里闬，给庐舍以处之。

王师长驱至韶州，都统李承渥领兵十余万，阵于莲华峰下。南汉人教象为阵，每象载十数人，皆执兵仗，凡战必置阵前，以壮军威。王师集劲弩射之，象奔踶，乘者皆坠，反践承渥军，军遂大败，承渥以身免。遂取韶州，擒其刺史辛延渥及谏议大夫邹文远。

延渥间道遣使劝南汉主迎降，六军观军容使李托坚沮其议，国中震恐。南汉主始命堑东壕为距守计，顾诸将无可使者，宫媪梁鸾真荐其养子郭崇岳可用[1]，乃以为招讨使，与大将植廷晓统众六万屯马迳，列栅以抗王师，距番禺才百余里。

开宝四年（辛巳，九七一）

春正月，王师克英、雄二州。南汉都统潘崇彻来降。

是月，王师次泷头，南汉主遣使请和，且求缓师。泷头山水险恶，潘美等疑有伏兵，乃挟其使而速度诸险。甲子，至栅口。乙丑，至马迳、屯双女山，直瞰郭崇岳栅。游骑数出挑战，崇岳本无将才，所将多韶、英败卒，斗志皆尽。植廷晓欲战，崇岳不从，但坚壁自守，昼夜祷祠鬼神而已。

---

① 宫媪：在宫中侍奉帝后的妇女。

南汉主取船十余艘，载金宝、妃嫔欲入海，未及发，宦官乐范与卫兵千余盗其船以走。南汉主惧，乃遣右仆射萧漼、中书舍人卓惟休奉表诣军门乞降，潘美即令部送赴阙。漼等既入不反，南汉主益惧，复令崇岳戒严①。

二月丁卯朔，又遣其弟判六军十二卫、祯王保兴率国内兵来距。植廷晓谓郭崇岳曰："北军乘席卷之势，其锋不可当也。吾士旅虽众，然皆伤痍之余，今不驱策而前，亦坐受其毙矣。"庚午，廷晓乃领前锋据水而阵，令崇岳殿后，御其奔冲。既而王师济水，廷晓力战不胜，遂死之，崇岳奔还其栅。潘美谓王明曰："彼编竹木为栅，若篝火焚之，必扰乱。因其扰乱夹击之，此万全策也。"遂分遣丁夫，人持二炬，间道造其栅。会暮夜，万炬俱发，天大风，烟埃坌起，南汉军大败。崇岳死于乱兵，保兴逃归。龚澄枢、李托与内侍中薛崇誉等谋曰："北军之来，利吾国中珍宝尔。今尽焚之，使得空城，必不能久驻，当自还也。"乃纵火焚府库、宫殿，一夕皆尽。

辛未，王师至白田，南汉主素服出降，潘美承制释之，遂入广州，俘其宗室、官属九十七人，与南汉主皆縻于龙德宫。保兴初匿民间，后乃获之。有阉工百余辈盛

① 戒严：战时或在特殊情况下采取严格的警戒措施。

服请见[1]，美曰："是椓人多矣，吾奉诏伐罪，正为此等。"命悉斩之。美以露布告捷[2]，己丑，至京师。庚寅，群臣称贺，遂赐宴。凡得州六十，县二百十四，户十七万二百六十三。

辛卯，赦广南管内州县常赦所不原者。伪署官并仍旧。无名赋敛咸蠲除之。除开宝三年以前逋租。亡命山泽者释罪招诱。吏民僧道被驱率者，官给牒听自便。民饥者发廪赈之。诸军俘获悉还其主。纵遣刘鋹父祖守坟宫人。俊士奇士所在询访。修辞挺节，耻仕伪邦者，长吏以名闻。祠宇丘垅悉加营护。

三月庚子，禁岭南民买良人黥面为奴婢庸雇取直。

辛丑，以萧漼为太子中允，卓惟休为太仆寺丞。

（丁巳）诏岭南诸州长吏察伪政有害于民者以闻，当悉除去。

（四月）己巳，诏岭南商税及盐法并依荆湖例，酒麹仍勿禁。

壬申，以南面行营都部署潘美、副都部署尹崇珂同知广州。

潘美遣使部送刘鋹及其宗党、官属献于京师。鋹至

---

① 阉工：被阉割过的乐工。 ② 露布：不加封的报捷文书。

公安，邸吏庞师进迎谒[①]，学士黄德昭侍𬬮，𬬮因问师进何人，德昭曰："本国人也。"𬬮曰："何为在此？"德昭曰："高皇帝居藩日[②]，岁贡大朝，辎重皆历荆州，乃令师进置邸于此，造车乘以给馈运耳。"𬬮叹曰："我在位十四年，未尝闻此言，今日始知祖宗河山乃大朝境土也。"因泣下久之。

既至，舍于玉津园，上遣参知政事吕余庆劾问翻复及焚府库之罪，𬬮归罪于龚澄枢、李托、薛崇誉。上复遣使问澄枢等此谁之谋，皆俛首不对。谏议大夫王珪谓托曰："昔在广州，机务并尔等所专，火又自内中起，今尚欲推过何人？"遂唾而批其颊，澄枢等乃引伏。

五月乙未朔，有司以帛系𬬮及其官属，先献太庙、太社[③]。上御明德门，遣摄刑部尚书卢多逊宣诏诘责𬬮，𬬮对曰："臣年十六僭伪号，澄枢等皆先臣旧人，每事，臣不得自由。在国时，臣却是臣下，澄枢却是国主。"对讫，伏地待罪。上命摄大理卿高继申引澄枢、托、崇誉斩于千秋门外。释𬬮罪，并其官属祯王保兴等，各赐以冠带、器币、鞍马。寻以保兴为右监门卫率府率。

---

① 邸吏：邸，客馆，高级官员办事、居住的处所。邸吏是主管这种处所的官员。 ② 高皇帝：刘𬬮的祖父刘陟庙号高祖。 ③ 太庙太社：太庙，帝王的祖庙。太社，土地神庙。

初议献俘之礼，朝臣莫能知，乃遣使就问吏部尚书致仕张昭，昭卧病，口占以授使者，咸服其该博，遂用之。

辛丑，宴刘鋹于崇政殿。

（六月）壬申，初置市舶司于广州，以知州潘美、尹崇珂并兼使，通判谢玭兼判官。

命学士院试广南伪官，取书判稍优者授上佐、令录、簿尉。

壬午，以刘鋹为右千牛卫大将军，员外置，封恩赦侯，俸外别给钱五万，米麦五十斛。鋹体态丰硕，眉目俱疏，有口辩，性绝巧，尝以真珠结鞍勒马为戏龙之状，尤为精妙，诏示尚方诸工官①，皆骇伏。上给钱百五十万偿其直，因谓左右曰："鋹好工巧，遂习以成性，倘能移于治国，岂至灭亡哉！"

鋹在国时，多置鸩以毒臣下。一日，上乘肩舆，从十数骑幸讲武池，从官未集，鋹先至，诏赐鋹卮酒②，鋹疑之，奉杯泣曰："臣承祖父基业，拒违朝廷，劳王师致讨，罪固当死，陛下不杀臣，今见太平，为大梁布衣矣，愿延旦夕之命，以全陛下生成之恩，臣未敢饮此酒。"上笑曰："朕推心置人腹，安有此事！"命取鋹酒自饮之，别酌以赐

---

① 尚方：掌管制造帝王所用器物的官署。 ② 卮：古代的一种盛酒器。

张,张大惭,顿首谢。

(十月)丙戌,诏岭南诸州刘张日烦苛赋敛并除之,平民为兵者释其籍,流亡者招诱复业。

开宝五年(壬申,九七二)

(三月乙亥)岭南民有逋赋者,县吏或为代输,或于兼并之家假贷,则皆纳其妻女以为质。知容州毋守素表其事,甲申,诏所在严禁之。

(四月丙午)禁岭南诸州略卖生口。

(五月)丙寅,诏废岭南道媚川都,选其少壮者为静江军,老弱者听自便,仍禁民不得以采珠为业。

先是,刘张于海门镇募兵能采珠者二千人,号"媚川都"。凡采珠,必以石缒索系于足而设焉,深或至五百尺,溺死者甚众。张所居栋宇皆饰以玳瑁、珠、翠,穷极侈靡。及王师至,并府库悉焚之。于是,潘美等于煨烬中得所余玳瑁、真珠来献,且言采珠危苦之状,上亟命小黄门持示宰相,速降诏罢之。

开宝六年(癸酉,九七三)

(五月甲戌)南汉静海节度使丁琏闻岭南悉平,遣使朝贡,表称其父部领之命。戊寅,以琏为静海节度使。

开宝八年(乙亥,九七五)

(五月)甲午,静海节度使丁琏遣使来贡方物。

(十二月)己未,以恩赦侯刘张为左监门卫上将军,封彭城郡公，去恩赦侯之号。

开宝九年（丙子，九七六）

（十月）癸丑，上崩于万岁殿。

甲寅，太宗即位，群臣谒见万岁殿之东楹，帝号恸殒绝。

（十一月）是月，刘铱封卫国公，李煜封陇西郡公。煜去违命侯之号。

太平兴国二年（丁丑，九七七）

（二月）己未，诏刘铱、李煜常俸外增以它给。

太平兴国四年（己卯，九七九）

（春正月）乙未，宴潘美等于长春殿，上亲授方略以遣之。时刘铱及淮海王俶、武宁节度使陈洪进等皆与，铱因言："朝廷威灵及远，四方僭窃之主，今日尽在坐中。旦夕平太原，刘继元又至，臣率先来朝，愿得执梃为诸国降王长。"上大笑，赏赐甚厚，铱诙谐类此。

太平兴国五年（庚辰，九八〇）

（三月戊子）赠太师、南越王刘铱卒，辍三日朝。

【翻译】

建隆元年（庚申，960）

（三月十七日丙辰）南汉宦官陈延寿对南汉主说："陛下之所以能够即位，是由于先帝把他的弟弟们都杀光了。”南汉主以为他说的对，十八日丁巳，杀了弟弟桂王旋兴。

建隆二年(辛酉,961)

从前，南汉女巫樊胡子自己说玉皇大帝降附在她的身上，通过宦官陈延寿见到南汉主。南汉主在内殿设置幔帐，摆设贵重的大贝壳，胡子戴远游冠，穿紫色的衣服，踞坐在帐中讲说祸福，称呼南汉主为太子皇帝，国家大事都由胡子决定，内太师龚澄枢、女侍中卢琼仙等都附和她。胡子时常对南汉主说，琼仙、澄枢、延寿等人都是上天派来辅佐太子的，有罪也不该过问。这一年，宫里生长出灵芝，野兽走来触寝门，园林里的羊吐出珍珠，井旁的石头自己立起来，走了一百多步才倒下。胡子说，这些都是祥瑞的征兆，暗示群臣入宫祝贺。

建隆三年(壬戌,962)

南汉许彦真在杀了钟允章以后，更加放肆专横，他憎恨龚澄枢等人的地位比他高，时常侵夺他们的权力，澄枢很愤怒。正好有人检举彦真和老统治者的丽妃私通，澄枢揭发了这件事情。彦真害怕了，和他的儿子策划杀澄枢，澄枢派西班将军王仁遇控告彦真父子谋反，把他们下狱，杀了他们全家。

南汉主娶李托的两个女儿，大的做贵妃，小的做美人，都得到宠爱。南汉主任命李托为内太师，政事都先禀告李托而后施行。

乾德二年(甲子,964)

(九月)十五日戊子,南面兵马都监、引进使丁德裕和潭州防御使潘美、朗州团练使尹崇珂、衡州刺史张勋率兵攻取郴州,杀了它的刺史陆光图和招讨使暨彦赟,南汉余众退守韶州,崇珂是相州(河南安阳)人。从前,内常侍、禹余宫使邵廷琄曾多次对南汉主说:“南汉承受唐朝的混乱局面,在这里割据了五十多年,幸亏中原多事,才未曾受到攻击,而南汉越发因为没有战争而骄傲起来,现在是兵士们不认识什么是旗帜和战鼓,统治者不懂得什么是生存和灭亡。想到天下已经混乱了很长的时间,乱了很久以后,一定要安定下来,现在真主已经出现,将要统治全国,形势是非要统一全国不可,请你赶快整顿军事,否则就把宫廷的珍宝全部拿出来,派遣使者去表示和好。”南汉主糊涂无知地不考虑这些事情,讨厌廷琄说话直率,非常恨他。到了这时才害怕起来,想到廷琄说过的话,就以廷琄为招讨使,率领水军屯驻洸口。廷琄是循州(广东龙川)人。

乾德三年(乙丑,965)

(六月)从前,南汉邵廷琄屯驻在洸口以等待抵抗朝廷的军队,恰好朝廷军队退走,廷琄招抚逃亡和反叛的人,训练士卒,整顿战备,南汉人靠了这些,稍微安定下来。有人写匿名信说廷琄要造反。南汉主听信了这种谗言，这月里，派使者去赐廷琄死。士兵们推开军门去见使者，诉说廷琄根本没有造反的形迹，请求加以考查验证，使者不答应，士兵们就共同在洸口立庙祭祀他。

（八月）二十七日甲子，南汉宦官莫少璘等七人前来投降。

乾德四年（丙寅，966）

（十二月）南汉西北面招讨使吴怀恩被部下所杀。此前，南汉主命令怀恩在桂州建造战舰，怀恩监督工役很严格，如果所用木料好坏不齐和规程简略不详，就用棍子、鞭子抽打，服役的人都怨恨他。这时龙船建成了，怀恩亲自来检查，他用丝绵罩着手，摸遍了钩和楯，工匠区彦希立在他的旁边，拿起斧头就把他的头砍落在船里，左右的人惊慌逃散。几天以后捉到区彦希，把他在市上斩首。怀恩带兵曾多次立功，在他被杀以后，南汉人更加恐惧了。南汉主命令潘崇彻代替他的职务。

开宝元年（戊辰，968）

（三月）南汉西北面招讨使潘崇彻因为有人散布流言蜚语而被怀疑，南汉主派内侍监番禺（广东广州市）人郭崇岳去察看潘崇彻统率的军队，命令他说："如果崇彻确实要叛变，就地杀了他。"崇岳到了桂州，崇彻带很多卫兵会见他，崇岳不敢动，回去报告南汉主说："崇彻白天晚上地和一百多个伶官厮混，他们都穿着华丽的丝绣衣服，吹着玉笛，整夜地喝酒，不管军务，并没有造反的意图。”南汉主生气了。正好崇彻独身骑马回来，南汉主未曾对他问罪，只是夺了他的兵权而已。

（九月）从前，朝廷军队克复郴州（湖南郴州），俘虏了南汉的十几个内品，其中有一个叫做余延业的，为人生得很瘦小，太祖看到他，问道："你在岭南做什么官？"回答说："随从皇帝车驾的弓官。"就交给他一付弓箭，让他试一试，延业用尽力气也拉不开弓，太祖笑了，就问他关于南汉的政治情况，延业把南汉主历代奢侈残酷的情况都说了，太祖惊骇地说："我要拯救这个地区的人民。"这时候，道州刺史王继勋报告刘张昏暴到极点，人民深受其害，又多次扰乱边地，请求朝廷军队南伐。太祖还不愿意很快地动用武力，就命令南唐主转达，要南汉先把原属湖南的旧地献出来，南唐主派使者送去了书信，南汉主不听。

开宝二年（己巳，969）

（六月）初八日癸未，以右补阙大名人王明为荆湖转运使，是因为准备在岭南发动战争的原故。

开宝三年（庚午，970）

（八月二十一日庚寅）南唐主又命令知制诰潘佑写几千字的信劝南汉主服从朝廷，派给事中龚慎仪为使者到南汉去。南汉主看到信以后，大怒起来，囚禁了慎仪。南汉主通过驿站送回信给南唐主，言语很不客气，南唐主把这封信送给了太祖，太祖这才决心去讨伐他。

九月初一日己亥，以潭州防御使潘美为贺州道行营兵马都部署，朗州团练使邺县（河南安阳市北）人尹崇珂辅助他，道州刺史王继勋为行营马军都监，并且派使者调发各州兵去到贺州城下。

二十九日丁卯，潘美等报告大败南汉军队一万多人，攻占了富州（广西昭平）。

此前，南汉的很多老将因为有人说坏话而被杀，皇族也几乎被杀光，掌握兵权的只是几个宦官，他们只会把城郭壁垒和护城壕沟装饰成离宫别馆和池沼的样子，兵舰和兵器铠甲却听任它们毁坏而不加修理。等到朝廷军队进驻白霞的时候，贺州刺史陈守忠派使者去告急，南汉小朝廷内外都震动害怕了。南汉主派龚澄枢驰驿急速赶到贺州（广西贺州东南）去宣慰，当时的士兵长期戍守在南汉边地，很多人非常贫苦，听说澄枢来到，以为一定会有很多的赏赐，都很高兴，不料澄枢只是拿出一道空洞的诏书来安慰一番，大家都灰心了。朝廷军队攻占冯乘，前锋到达芳林，澄枢惊慌害怕，坐条小船逃回广州。本月十五日癸丑，朝廷军队包围了贺州。

南汉主诏令大臣们讨论，大家都请求起用潘崇彻统率军队去抵抗朝廷军队。崇彻自从被剥夺了兵权以后，常不服气，这时用有眼病来推辞，南汉主生气地说："为什么一定要用崇彻，难道伍彦柔就没有什么计谋策略吗?"就派彦柔带兵去援救贺州。

二十日戊午，朝廷军队听说彦柔来到，向后退了二十里，暗中在南乡镇的江边埋伏下一支奇兵。彦柔在夜里停留在南乡镇，把船靠在岸边，黎明的时候，拿着弹弓登岸，踞坐在胡床上指挥军事，正在这时候，伏兵突然发起进攻，彦柔部下大乱，被杀死十分之七八。朝廷军队俘虏了彦柔，把他斩首，砍下头来拿给城里的人看，城里的人仍然坚守，不肯投降。随军转运使王明对潘美说："应该赶快进攻，恐怕他们再增派援兵来，我们将陷于被动，我们的部队已经没有锐气了。"在将领们还很犹豫的时候，王明就穿戴起甲胄，率领护送辎重的士兵一百多人、民夫几千人，都带着挖运泥土的工具，挖土填塞护城河，直到城门。城里的守军害怕极了，才开门投降，接纳朝廷军队。朝廷军队的战舰扬言要顺流而下，直到广州，南汉主忧虑焦急，无法可想，就起用潘崇彻为内太师、马步军都统，领兵三万屯驻贺江。恰好朝廷军队直奔昭州，崇彻只能拥兵自保而已。

(十月)十三日辛巳，曲赦贺州管辖地区。

(二十三日辛卯)朝廷军队攻下开建寨(广西平乐东

南),杀了几千人,捉住南汉将领靳晖。昭州刺史田行稠弃城逃走,桂州刺史李承进也逃回广州去,朝廷军队占领了昭州(广西平乐)和桂州(广西桂林市)。

这月里,朝廷军队又攻占了连州(广东连州),南汉招讨使卢收率领他的部下退守清远。南汉主听到这些情况后,对左右的人说:"昭州、桂州、连州、贺州本来就是属于湖南的,现在北方军队已经全部得到,不会再向南来了。"

(十二月)以前,南汉攻取桂州和连州以后,都把当地人民迁出来,不许住在城里。二十一日戊子,命令州县长官招抚人民,建立里门,给他们简易的房屋居住。

朝廷军队顺利地进攻到韶州(广东韶关市),南汉都统李承渥领兵十多万在莲华峰下布阵抵抗。南汉人教象结成战阵,每头象乘坐十几个人,都拿着兵器,每次出战都把象布列在阵前,用以壮大军队的声威。朝廷军队集合了强力的弩射去,大象跳跃奔窜,坐在象身上的士兵都坠落下来,大象掉过头来践踏承渥的军队,南汉兵大败,承渥只是自身保存性命。朝廷军队攻取了韶州,俘虏了南汉的韶州刺史辛延渥和谏议大夫邹文远。

延渥从小路派使者劝南汉主迎降,六军观军容使李托坚决地反对他的建议,南汉都城的人震动惊恐。南汉主命令挖东壕作拒守的打算,可是没有适当的将领可以派遣，宫媪梁鸾真推荐他的养子郭崇岳可以胜任，就以他为招讨使，和大将植廷晓统率六万军队屯驻在马迳，建立营栅，抗拒朝廷军队，这里距离番禺只有一百多里。

开宝四年(辛巳，971)

春季正月，朝廷军队攻占了英(广东英德)、雄(广东南雄)二州，南汉都统潘崇彻投降。

这月里，朝廷军队屯驻在泷头(广东英德南)，南汉主派使者来求和，并且请求暂缓进攻。泷头地形险恶，潘美等人怀疑南汉有伏兵，挟持着南汉使者很快地越过各险要地区。二十七日甲子，朝廷军队到了栅口。二十七日乙丑，到了马迳，屯驻在双女山，可以直接俯视郭崇岳战棚。朝廷流动突袭的骑兵多次出动挑战，崇岳本来没有带兵的才能，所统率的又多半是韶州和英州的败兵，根本就没有斗志。植廷晓要出战，崇岳不同意，只是坚壁自守，白天晚上地向鬼神祈祷而已。

南汉主用十几条船戴着金宝和妃嫔，准备逃出海外，还未曾来得及出发，宦官乐范和一千多卫兵把船只盗走了。南汉主害怕了。就派右仆射萧漼、中书舍人卓惟休奉表到军门求降，潘美命令把他们送到朝廷去。萧漼等人到了潘美的军营以后没有回来，南汉主更害怕了，又命令崇岳戒严。

二月初一丁卯，南汉主又派他的弟弟判六军十二卫、祯王保兴率领城内兵来抗拒朝廷军队。植廷晓对郭崇岳说："北方军队趁着类似卷席那样的胜利势头前进，它的攻势是不可阻挡的。我们的士兵虽然众多，却都是战败受伤的人之中侥幸留下来的，现在如果不驱赶他们向前，只有坐着等死。"初四日庚午，廷晓率领前锋军队，在河边列阵，让崇岳殿后，防御朝廷军队的冲击。不久，朝廷军队涉水渡河，廷晓极力战斗失利而死，崇岳奔回营栅。潘美对王明说："他们用竹木编成营栅，如果用火去焚烧，敌军必然扰乱起来，趁着扰乱的时候夹攻，是个万无一失的办法。"就分别派遣丁夫，每人拿着两把火炬，从小路去到南汉营栅。正好是后半夜，上万的火炬一齐点起火来，又有大风，烧得烟埃蔽天，南汉军大败。崇岳死在乱兵之中，保兴逃回广州。龚澄枢、李托和内侍中薛崇誉等商量说："北方军队到这里来，不过是为了得到我们的珍宝，如果把珍宝全部烧光，使他们只得到一座空城，他们一定不能久留，会自动回去的。"于是就放火焚烧府库、宫殿，一夜之间，把它们都烧光了。

初五日辛未，朝廷军队到了白田，南汉主穿着白色衣服出来投降，潘美秉承皇帝的旨意释放了他，进入广州后，俘虏了南汉皇族、官属九十七人，把这些人和南汉主都软禁在龙德宫里。保兴先藏在民间，后来也被俘了。有一百多个阉工穿着很华丽的衣服来求见，潘美说："这些人害人多了，我接受诏令讨伐罪人，正是这些人。"命令把他们全斩了。潘美用露布告捷，二十三日己丑，捷报到了京师。二十四日庚寅，群臣祝贺大捷，随即赐宴。总共得到六十州、二百十四县、十七万二百六十三户。

二十五日辛卯，赦免广南辖区内州县一般大赦所不赦免的人。南汉任命的官员照旧供职。没有正当理由的赋税摊派全部免除。免除开宝三年(970)以前的欠租。逃亡山林的人免罪，招引他们回来。被胁从的吏民僧道，官府给以凭证遣散。发放粮仓的食粮救济饥民。各军俘获的奴仆都归还原主。让刘鋹父亲和祖父的守坟官人回家。命令各地探询查访俊士奇才。严词拒绝南汉政权的引诱，坚持节操不肯在南汉做官的人，州县长官把他们的名字报上来。一切庙宇坟墓等都加以修缮保护。

三月初五日庚子，禁止岭南人买平民在脸上刺字为奴仆，让别人雇去以取得报酬。

初六日辛丑，以萧漼为太子中允，卓惟休为太仆寺丞。

(二十二日丁巳)诏令岭南各州的州县长官检查南汉政权的于民有害的措施，把它们报上来，要全部废除。

(四月)初四日己巳，诏令岭南的商税和盐法都依照荆湖成例，酒麴仍然不禁止民间买卖。

初七日壬申，以南面行营都部署潘美、副都部署尹崇珂同知广州。

潘美派使者部送刘𬬮和他的家属、官属献给京师。刘𬬮到公安的时候，邸吏庞师进迎接谒见，学士黄德昭在旁侍奉刘𬬮，刘𬬮问师进是什么地方人，德昭说："是南汉人。"刘𬬮问："怎么会到这里来呢？"德昭说："高皇帝在做节度使的时候，每年向中原的朝廷进贡，辎重都要经过荆州，就让师进在这里设立了办事处，制造车辆作为运输之用。"刘𬬮叹气说："我在位十四年，从未曾听到过这种话，今天才知道先人的土地原来是中原王朝的疆土。"随后哭了很长时间。

刘𬬮到了京师以后，住在玉津园，太祖派参知政事吕余庆审问他求降反复和焚烧府库的罪行，刘𬬮归罪于龚澄枢、李托、薛崇誉。太祖又派使者问澄枢等谁是主谋，都低头不回答。谏议大夫王珪对李托说："当年在广州的时候，你们把持着一切机要事务，火又是从宫殿里烧起来的，现在还要把罪过推给什么人？"说过就唾他并且打他的两腮，澄枢等无奈服罪。

五月初一日乙未，主管机构用帛拴着刘𬬮和他的官属，先献太庙、太社。太祖来到明德门，派摄刑部尚书卢多逊宣读诏书责问刘𬬮，刘𬬮回答说："我十六岁时冒用伪皇帝的名号，澄枢等都是我父亲用的旧人，在每件事情上，我都不得自由。在南汉的时候，我倒像是臣下，澄枢反而像是国君。”回答以后，伏在地上听候治罪。太祖命令摄大理卿高继申把澄枢、李托、崇誉拉到千秋门外斩首。刘鋹免罪，赐给他和他的官属祯王保兴等帽子和衣带、玉帛、配鞍的马匹。不久，以保兴为右监门卫率府率。

刚开始讨论献俘礼的时候，朝臣都不知道该怎样举行，就派使者到退休的吏部尚书张昭家里去问他。张昭有病卧床，口述给使者听，大家都佩服他的博学多识，采用了他的说法。

初七日辛丑，在崇政殿设宴款待刘鋹。

（六月）初八日壬申，开始在广州置市舶司，以知州潘美、尹崇珂同时兼任市舶使，通判谢玭兼任判官。

命令学士院考试广南伪官，录取书法和文理比较好的任命为州郡长官部属、县令、录事参军、主簿、县尉。

十八日壬午，以刘鋹为右千牛卫大将军，是在编制以外设置的，封恩赦侯，本俸外另给五万钱、五十斛米麦。刘鋹身躯魁梧，眉目宽舒，口才很好，非常灵巧，曾用珍珠结成配备鞍勒的马和龙游戏的样子，特别精致巧妙，诏令把它拿给尚方各工官看，都惊骇佩服。太祖给他一百五十万钱作为代价，随后对左右的人说：“刘鋹喜欢动手做精巧的东西，习惯成自然，假如把这种心思用在治理他的统治区上，怎么至于灭亡呢！”

刘鋹在南汉时，常用毒酒来毒死臣下。有一天，太祖坐着轿子，十几个人骑马随从在后，来到了讲武池，侍从的官员还未到齐，刘鋹先到了，诏令赐给刘鋹一卮酒，刘鋹怀疑是毒酒，捧着酒杯哭泣说：“我继承祖父的基业，抗拒朝廷，烦劳朝廷军队前来讨伐，罪行本来该死，陛下不杀我，我现在已经看到天下太平、做京师的百姓了，希望能够延长我的短暂性命，成全陛下赐给生命的恩德，我不敢喝这种酒。”太祖笑着说：“我以至诚待人，哪里有这样的事情！”命令取来刘鋹的酒自己喝了，另外斟酒赐给刘鋹，刘鋹非常惭愧，叩头道歉。

（十月）二十四日丙戌，诏令全部废除岭南各州在刘鋹统治时期的苛捐杂税，平民当兵的免除兵籍，招诱流亡的人回来生产。

开宝五年（壬申，972）

（三月二十一日乙亥）岭南地区有人欠交租税，或是各县官吏代替缴纳，或是向地主借贷交税，这些官吏和地主都霸占欠税人的妻女作为抵押。知容州毋守素上表报告这种情况，三十日甲申，诏令各地严格禁止这类事情。

（四月十七日丙午）禁止岭南各州掳掠人口卖作

奴婢。

（五月）初八日丙寅，诏令废除岭南道媚川都，选其中少壮的编为静江军，老弱的遣散，并且禁止人民以采珍珠为业。

此前，刘𬬮在海门镇招募会采珍珠的兵二千人，叫做“媚川都”。凡是采取珍珠的时候，一定要把石头用绳索拴在脚上沉入水中，有时深到五百尺，淹死的人很多。刘𬬮所住的房屋都用玳瑁、珍珠、翠玉装饰起来，穷奢极侈。等到朝廷军队来到的时候，像宫殿和府库都烧光了。这时候，潘美等把在灰烬里拾到剩下的玳瑁、珍珠等贡献上来，并且谈到采珠的危险痛苦样子，太祖赶快命令宦官小黄门拿去给宰相看，让他快些颁下诏令废除“媚川都”。

开宝六年（癸酉，973）

（五月二十一日甲戌）南汉静海节度使丁琏听说岭南已经全部平定，派遣使者来朝贡，上表说这是奉他父亲丁部岭的命令。二十五日戊寅，以丁琏为静海节度使。

开宝八年（乙亥，975）

（五月）二十三日甲午，静海节度使丁琏派使者来贡献土产。

（十二月）二十二日己未，以恩赦侯刘𬬮为左监门卫上将军，封彭城郡公，废去恩赦侯的封号。

开宝九年(丙子,976)

(冬季十月)二十日癸丑，太祖在万岁殿死去。

二十一日甲寅，太宗即位，群臣在万岁殿的东侧谒见新皇帝，太宗哭得昏厥过去。

(十一月)这月里，刘𬬮封卫国公，李煜封陇西郡公。废去李煜违命侯的封号。

太平兴国二年(丁丑,977)

(二月)二十八日己未，诏令在刘𬬮、李煜的常俸以外，加给其他名义的财物。

太平兴国四年(己卯,979)

(春季正月)十五日乙未，在长春殿设宴款待潘美等人，太宗亲自把谋划策略告诉他们，派他们去征北汉。当时刘𬬮和淮海王钱俶、武宁节度使陈洪进等都在坐，刘𬬮说："朝廷的声威到达远方，各地超越名分冒用帝王名号的人都在坐，短期内消灭太原的北汉割据政权，刘继元又要来到，我是先来投降的，希望能够拿着木棒做各地投降君主的首领。"太宗大笑，赏赐给他很多东西，刘𬬮的诙谐都类似这样。

太平兴国五年(庚辰,980)

(三月二十五日戊子)赠太师、南越王刘𬬮死，停止视朝三天。

平定南唐

唐朝末年，淮南节度使杨行密受封为吴王。五代后梁时，杨隆演自称吴国王，改元，用天子礼。后唐时，杨溥称帝。后晋初年，李升废杨溥，自称皇帝，国号唐，历史上叫做南唐。南唐元宗李景灭南面的割据政权闽和西面的割据政权楚，但是被后周世宗柴荣打败，被迫献出淮南江北十四州。南唐后主李煜生活奢侈，沉溺声色，爱好奉承，迷信佛法。李景和李煜都对宋朝屈服，李煜并且自动削去南唐国号，改称江南，贬损仪制，摇尾乞怜，希图偏安江南，延长南唐寿命，但无济于事。开宝八年(975)，宋军攻入金陵，南唐亡。

建隆元年（庚申，九六〇）

（春正月戊申）赐唐主李景诏，谕以受禅意。

癸丑，放周显德中江南降将周成等三十四人复归于唐。

（三月）丙辰，唐主景遣使来贺登极。

（丁巳）唐主景复遣使来贺长春节①。

（秋七月）乙丑，唐主景遣使贺平泽、潞。丁卯，又遣其礼部郎中龚慎仪来贡乘舆服御物。

（八月）庚午，宴近臣于广德殿，江南、吴越朝贡使皆预。自是，江南、吴越使来朝，即宴如例。

乙未，唐主景又遣使来贺帝还京。

（十一月）乙卯，唐主景遣左仆射江都严续来犒师。

庚申，复遣其子蒋国公从镒、户部尚书新安冯延鲁来买宴②，上厉色谓延鲁曰："汝国主何故与我叛臣交通？"延鲁曰："陛下徒知其交通，不知预其反谋也。"上诘其故，延鲁曰："重进使者馆于臣家，国主令臣语之曰：'男子不得志，固有反者，但时有可、不可。陛下初立，人心未安，交兵上党，当是时不反，今人心已定，方隅无事，乃欲以残破扬州，数千敝卒，抗万乘之师，借使韩、白复

---

① 长春节：宋太祖赵匡胤的生日。 ② 买宴：把金钱献给皇帝设宴。

生，必无成理，虽有兵食，不敢相资。’重进卒以失援而败。”上曰：“虽然，诸将皆劝吾乘胜济江，何如？”延鲁曰：“陛下神武，御六师以临小国，蕞尔江南，安敢抗天威，然国主有侍卫数万，皆先主亲兵，誓同生死，陛下能弃数万之众与之血战则可矣。且大江风涛，苟进未克城，退乏粮道，亦大国之忧也。”上笑曰：“聊戏卿耳，岂听卿游说耶。”

上使诸军习战舰于迎銮，唐主惧甚。其小臣杜著颇有辞辯，伪作商人，由建安渡来归，而彭泽令薛良坐事责池州文学，亦挺身来奔，且献平南策。唐主闻之益惧。上命斩著为下蜀市，良配隶庐州牙校，唐主乃少安，终以国境蹙弱，遂决迁都之计。

（十二月）是月，唐清源节度使留从效遣使奉表称藩，上亦遣使厚赐以抚之。

建隆二年（辛酉，九六一）

（春正月）己酉，上御明德门观灯，宴从臣，江南、吴越使皆预焉。楼前设灯山火树，露台张乐①，陈百戏。外国客各献本国歌舞，遂赐以酒食。

（二月）丁丑，唐主景遣使来贺长春节。

---

① 露台：平台无顶而有栏杆，可以在上面休息并作各种表演。也叫做“灵台”。

己卯，遣通事舍人王守正使江南，劳唐主之迁都也。

是月，唐主始迁于南都，立吴王从嘉为太子，监国①。留左仆射严续知枢密院事，汤悦佐之。悦即殷崇义，池州人也，姓犯宣祖讳②，故改焉。

三月，唐主至南都。城邑迫隘，官府营廨，十不容一二，力役虽繁，无所施巧，群臣日夜思归。唐主悔怒，欲诛始谋者，枢密副使、给事中唐镐发病卒。

（闰三月）壬申，唐主遣使贡金器二千两、银器万两、锦绮二千段，谢生辰之赐也。

（六月）是月，唐主景殂于南都。

秋七月，唐主景丧归金陵。有司议梓宫不宜复大内③，太子从嘉不可，乃殡于正寝。从嘉即位，改名煜。尊母钟氏为太后，太后父名泰章，易其号曰圣尊后。立妃周氏为国后，封弟邓王从善为韩王，莒公从镒为邓王，从谦为宜春王，从度为昭平郡公，从信为文阳郡公。右仆射严续为司空、平章事，吏部尚书、门下侍郎、知枢密院汤悦为右仆射、枢密使。大赦境内，文武进位有差。

罢诸道屯田务归本州县。先是，唐主用尚书员外郎

---

① 监国：帝王外出而由太子留守京师，代帝王处理国事。② 宣祖：宋太祖赵匡胤的父亲赵弘殷，建隆元年(960)被追谥为武昭皇帝，庙号宣祖。 ③ 梓宫：帝后所用以梓木做成的棺材。

李德明议，兴复旷土，为屯田以广兵食，水部员外郎贾彬嗣成之。所使典掌者皆非其人，侵扰州县，豪夺民利，大为时患。及用兵淮南，罢其尤剧者，尚处处有之。至是，悉罢使职，委所属县令佐与常赋俱征，随所租入，十分赐一以为禄廪，民稍休息焉。

唐句容尉广陵张佖上书陈十事，其一举简要，二略繁小，三明赏罚，四重名器，五择贤良，六均赋役，七纳谏诤，八究毁誉，九节用，十屈己。唐主嘉纳，擢为监察御史。佖因劾奏德昌宫使傅宏妄毁都城，所创楼堞率多隳坏；礼宾使孟骈建议于星子造大舰以御敌，累年不能成，蠹国害民，皆请置法。唐主不听，手诏开谕之。

八月甲辰，唐桂阳郡公徐邈奉其主景遗表来上。

九月壬戌，唐主煜遣中书侍郎冯谧来贡。谧，即延鲁也。唐主手表自陈本志冲淡，不得已而绍袭，事大国不敢有二，邻于吴越，恐为所谗。上优诏以答焉。初，周世宗既取江北，贻书江南，如唐与回鹘可汗之式，但呼国主而已，上因之。于是，始改书称诏。

戊子，遣鞍辔库使梁义如江南吊祭，上召见，面赐约束。因谓左右曰："朕每遣使四方，常谕以谨饬，颇闻鲜克由礼，远人何观焉。"左右请齐之以刑，上曰："齐之以刑，岂若其自然耶？要当审择其人耳。"

冬十月癸巳，唐主以皇太后山陵，遣户部侍郎北海韩熙载、太府卿田霖来助葬。

丙申，命枢密承旨方城王仁赡使江南，以唐主新立，往申庆赐也。

（丙午）唐主以南都留守韩王从善为司徒兼侍中、诸道兵马副元帅，邓王从镒为司空、南都留守。令诸司无职事官四品以下至九品，日二员待制于内殿，仍各上封事三两条①。时有才高位下者，私喜其言得达，多所开陈，而迄莫施行，众始失望。

（十一月）癸丑，遣供奉官李崇赟使江南，殿直孙全璋使吴越，赐以羊、马、橐驼等。

（十二月）唐主煜追谥其父景为明道崇德文宣孝皇帝，庙号元宗，陵号顺陵。盖因冯谧以请于上而为之。

建隆三年（壬戌，九六二）

（三月）乙亥，遣使如江南，赐唐主生辰国信物。

（丁亥）唐冯谧表求舒州旧宅及田，诏赐之。

初，留从效既来称藩，闻唐主南迁，疑将袭己，颇惧，乃遣其子绍镇重币往谢，又潜遣使假道吴越入贡。绍镇至豫章而元宗之丧已东归，绍镇因抵金陵，唐主留之。上亦遣使厚赐从效，未至而从效疽发背死。少子绍镃掌

---

① 封事：官员上书奏报机密，用皂囊封缄，以防泄漏，叫做封事，也叫封章。

留务，居无何，吴越遣使聘泉州，绍镃夜召其使与之燕语，统军使陈洪进诬绍镃谋叛，欲以其地入吴越，执绍镃送于唐，推统军副使张汉思为留后，己为副使。

夏四月乙未，诏奉使江南者，毋得将其国所用钱过江北。

先是，唐将士降者，其家属犹在江南。五月丁巳朔，诏唐主寻访发遣。

（秋七月）庚申，唐主遣客省使翟如璧来贡，谢生辰之赐也。

江南降卒，其弱者不能军，壬戌，归数千人于唐。

乾德元年（癸亥，九六三）

（春正月）己未，赐江南及吴越战马、驼、羊有差。

（夏四月）清源留后张汉思年老淳谨，不能治军旅，事皆决于副使陈洪进。汉思诸子并为牙将，颇不平，图害洪进。汉思亦患其专，乃大飨将吏，伏甲于内，将杀洪进。酒数行，地忽大震，栋宇倾侧，坐立皆不自持，同谋者惧，以告洪进。洪进亟出，众惊悸而散。汉思事不成，虑洪进先发，常严兵为备。洪进子文显、文灏俱为指挥使，勒所部欲击汉思，洪进不许。

癸卯，洪进袖置大锁，从二子常服安步入府中，直兵数百人皆叱去之，汉思方出内阁，洪进即自外锁其门，谓汉思曰："军吏以公耄荒，请洪进知留务，众情不可违，当以印见授。”汉思错迕不知所为，乃自门扇间投印与之。洪进遽召将校吏士告之曰：“汉思不能为政，授吾印矣。”将吏皆贺。即日迁汉思外舍，以兵卫送，遣使请命于唐，又遣牙将魏仁济间道奉表来告。汉思退居数年，以寿终。

五月壬子朔，慕容延钊言唐主以牛酒来犒师。

（六月）唐主虽通职贡，然亦增修战备。己酉，命镇国节度使宋延渥帅禁旅数千习战于新池，上数临观焉。

（八月）先是，上命唐主发遣扬州户口及周显德以来将吏隔在江南者，唐主遣使请缓期。戊子，许之。

（丙申）泉州陈洪进遣使朝贡。

（冬十月丁未）魏仁济以陈洪进表至。洪进自称清源节度副使、权知泉、南等州，听命于朝。上先遣通事舍人王班赍诏抚谕。

十一月丁巳，赐唐主诏，具言所以纳洪进之意，且将授旄钺也。

丙寅，唐主遣使来助祭南郊及贺册尊号。

（十二月己亥）陈洪进遣使来朝贡。

癸卯，唐主上表言陈洪进首鼠两端，不可听，乞寝其旄钺。上复以诏谕之，唐主乃听命。

乙巳，唐主上表乞呼名，诏不允。

乾德二年（甲子，九六四）

（春正月）庚子，改清源军为平海军，命陈洪进为节度使，其子文显为副使，文颢为南州刺史。洪进每岁贡奉，多厚敛于民，又籍民赀百万以上者，令入钱补协律、奉礼郎而蠲其丁役。子弟亲戚交通贿赂，二州之民甚苦之。

（二月甲寅）唐主上表谢示谕陈洪进事，乙卯，诏答之。

甲戌，唐主遣使修贡，助安陵改卜也①。

（三月）初，唐废永通大钱，更用韩熙载之议，铸当二铁钱。熙载由中书舍人迁户部侍郎，充铸钱使。宰相严续数言铁钱不便，熙载争于朝堂，声色俱厉，左迁秘书监，不逾年，复拜吏部侍郎。是月始用铁钱，擢熙载兵部尚书、勤政殿学士。民间多藏匿旧钱，旧钱益少，商贾出境，辄以铁钱十易铜钱一，官不能禁，因从其便。官吏皆增俸，而以铜钱兼之，由是物价益贵至数倍，熙载颇亦自悔。

（七月乙未）始于江北置折博务，禁商旅过江。诏谕唐主，恐其挟中国之势，有所侵扰也。

是月，唐主封长子仲寓为清源公，次子仲宜为宣城公。

---

① 安陵：赵匡胤父亲赵弘殷的坟墓。

（冬十月）是月，唐宣城公仲宣卒，封岐王，谥怀献。仲宣早慧，昭惠后周氏甚爱之，因伤悲得疾。

十一月，唐昭惠后殂。

十二月癸卯朔，泉州陈洪进遣使朝贡。

甲子，唐主遣使来修贡。

乾德三年（乙丑，九六五）

（二月癸卯）唐主煜及吴越王俶并遣使修贡，贺长春节。

（夏四月）癸丑，唐主遣使来修贡，贺平蜀也。

（五月）是月，唐司空、平章事严续出为润州节度使。时机务多归枢密院，宰相备位而已。中书舍人、枢密副使豫章陈乔柔懦畏怯，吏潜结权倖，多为非法，皆不能制。乔累迁门下侍郎、枢密使。

（九月）是月，唐光穆圣章后钟氏殂，江左笼山泽之利，国帑甚富。德昌宫，其外府也，簿籍淆乱，不可稽考。刘承勋掌宫事，盗用无算。后表，卫士当给服者皆无布，但赋以钱。其后德昌宫中屋坏，得布四十间，殆千万端，盖义祖相吴日所贮也[①]。其无政事类此。

冬十月戊申，遣染院副使李光嗣如江南吊祭。

乾德四年（丙寅，九六六）

---

① 义祖：南唐后主李煜祖父李昪追尊其养父徐温为义祖。

（五月癸酉）唐主遣使来贡，贺文明殿成也。

（闰八月己丑）唐主遣使来贡，助修乾元殿。

乾德五年（丁卯，九六七）

（三月）唐主命两省侍郎、谏议大夫、给事中、中书舍人、集贤勤政殿学士分夕于光政殿宿直，与之剧谈，或至夜分乃罢。唐主事佛甚谨，中书舍人张泊每见辄谈佛法，由是骤有宠。初，唐主于宫苑造寺，僧尼常数百人，先代嫔嫱悉度为尼。朝退则僧服诵经，拜跪尽瘁不厌。僧或犯奸，有司请论如律，唐主曰："刑之则纵其欲矣。"但令礼佛三百，赦其罪。有为塔像佛饰侈靡者，唐主尤之。僧曰："陛下不读华严经，岂知佛富贵乎？"国人化之，佛事逾炽。当时大臣亦多蔬食持戒以奉佛，中书舍人徐铉独否，然绝好鬼神之说。

开宝元年（戊辰，九六八）

（三月）戊申，唐主以枢密使、右仆射汤悦为左仆射兼门下侍郎、平章事。悦素奖待清辉殿学士张泊。泊能伺人主颜色，善构同列短长，以悦四子布列三省、枢密院，密表云"亲切之地，鱼贯其间"，又言"悦非经纶才，不宜居相位"。国主以悦文学旧臣，罢泊学士，俄复故。

（五月）丁未，赐江南米十万斛，民饥故也。

（是月）唐主以勤政殿学士承旨、兵部尚书、修国史韩熙载为中书侍郎、百胜节度使兼中书令。熙载上疏论刑政之要，古今之势，灾异之变，及献所撰格言。唐主手诏褒答而有是命。

（十一月）唐主纳后周氏，昭惠后之妹也，美姿容，以姻戚往来，先得幸于唐主。昭惠疾甚，忽见后入，顾问："妹几时至宫？"后幼，未有所知，乃以实对，曰："数日矣。"昭惠怒，遂转身而卧，不复顾。既殂，后常出入禁中，至是纳以为后。其夕宴群臣，韩熙载等皆赋诗以风，唐主亦不之谴也。

初议婚礼，诏中书舍人徐铉、知制诰潘佑与礼官参定。婚礼古不用乐，佑以为古今不相沿袭，固请用乐。又按《礼》，房中乐无钟鼓，佑谓铉曰："'窈窕淑女，钟鼓乐之'，此非房中乐而何？"后初见帝，北齐礼有"后先拜后起，帝后拜先起"之文，盖冠礼所谓母答子奇拜者也，铉以为夫妇人伦之本，所以承祖宗，主祭祀，请答奇拜。佑以为王者婚礼不与庶人同，请不答拜。又车服之制多所驳异，议久不决。唐主命文安郡公徐游详其是非，时佑方有宠，游希旨，奏用佑议。游寻病殂，铉戏谓人曰："周、孔亦能为祟乎？"佑，广陵人也。

唐主既纳周后，颇留情乐府，监察御史张宪上疏，其略曰："大展教坊，广开第宅，下条制则教人廉隅，处宫苑则多方奇巧。道路皆言以户部侍郎孟拱辰宅与教坊使袁承进，昔高祖欲拜舞胡安叱奴为散骑侍郎，举朝皆笑。

今虽不拜承进为侍郎而赐以侍郎居宅，事亦相类矣。”唐主批谕再三，赐帛三十段，旌其敢言，然终不能改也。

开宝二年（己巳，九六九）

（春正月丙午）唐枢密使、左仆射、平章事汤悦罢为镇海节度使。悦不乐居藩，上章求解，于是改授太子太傅、监修国史，仍领镇海节度使。

（三月丁未）唐右仆射、判省事游简言躬亲薄领，督责稽缓，僚吏畏之。然暗于大体，不为士大夫所重，人有请托者，必故违戾，不复顾其是否。数以疾辞位，唐主不许。是月，命简言兼门下侍郎、平章事。

（五月）是月，唐右仆射兼门下侍郎、平章事游简言卒。

（六月己丑）唐主遣其弟吉王谦来贡，辛卯，见于昨城县。唐水部员外郎查元方掌从谦笺奏，上命知制诰卢多逊燕从谦于馆。多逊弈棋次，谓元方曰：“江南竟如何？”元方敛衽对曰：“江南事大朝十余年，极尽君臣之礼，不知其他。”多逊愧谢曰：“孰谓江南无人。”元方，文徽子也。

（十一月）是月，唐主校猎于青龙山①，还至大理寺，亲录系囚，多所原宥。中书侍郎韩熙载劾奏：“狱必由有

① 校猎：用栅栏圈围后再猎取野兽。

司，囹圄之中非车驾所宜至，请省司罚内帑钱三百万充军储。”

开宝三年(庚午，九七〇)

(秋七月)丙寅，唐中书舍人韩熙载卒。初，唐主以熙载尽忠，能直言，欲用为相，而熙载任情弃礼，后房姬妾数十人，多出外舍私侍宾客，唐主以此难之。俄被劾奏，左迁右庶子，分司南都，熙载尽斥诸妓，单车即路，且上表求哀，唐主喜，留之，寻复其位。已而诸妓稍稍复还，唐主曰：“吾无如之何矣。”及卒，唐主叹曰：“吾终不得熙载为相也。”欲赠以平章事，问前世有此比否，近臣对曰：“昔刘穆之赠开府仪同三司。”乃手书赠熙载平章事。熙载家无余财，棺椁衣衾皆唐主赐之。

(八月庚寅)唐主复令知制诰潘佑作书数千言谕南汉主以归款于中国，遣给事中龚慎仪往使。南汉主得书大怒，遂囚慎仪。驿书答唐主甚不逊，唐主以其书来上，上始决意伐之。

(十二月)是冬，唐南都留守建安林仁肇密表言：“淮南诸州戍兵各不过千人，宋朝前年灭蜀，今又取岭表，往返数千里，师旅罢敝。愿假臣兵数万，自寿春北渡，径据正阳，因思旧之民，可复江北旧境。彼纵来援，臣据淮对垒而御之，势不能敌。兵起之日，请以臣举兵外叛闻于宋朝，事成国家享其利，败则族臣家，明陛下无二心。”唐主惧无成功，徒速败，不从。

初，宜春人卢绛诣枢密使陈乔献书，乔异之，擢为本院承旨，迁沿江巡检，召募亡命习水战，屡要吴越兵于海门，获舟舰数百。尝说唐主曰："吴越，仇雠也。他日必为北朝乡导，掎角攻我，当先灭之。"唐主曰："大朝附庸，安敢加兵？"绛曰："臣请诈以宣、歙州叛，陛下声言讨伐，且乞兵于吴越，兵至拒击，臣蹑而攻之，其国必亡。"唐主亦不能用。

开宝四年（辛巳，九七一）

（夏四月庚寅）唐主遣其弟吉王从谦来朝贡且买宴，珍宝器币，其数皆倍于前。

十一月癸巳朔，江南国主煜遣其弟郑王从善来朝贡。于是始去唐号，改印文为"江南国印"，赐诏乞呼名，从之。先是，国主以银五万两遗宰相赵善，普告于上，上曰："此不可不受，但以书答谢，少赂其使者可也。"普叩头辞让，上曰："大国之体，不可自为削弱，当使之不测。"及从善入觐，常赐外，密赉白金如遗普之数，江南国君臣闻之皆震骇，服上伟度。

（十二月）江南国主以太子太傅、监修国史汤悦为司空，判三司、尚书都省。

占城、阇婆、大食国皆遣使致方物于江南国主，国主不敢受，遣使来上，诏自今勿以为献。

开宝五年(壬申,九七二)

二月壬戌朔,以江南进奉使刘崇谅为都官员外郎。崇谅,仁赡之子也。

(庚寅)上既平广南,渐欲经理江南,因郑王从善入贡,遂留之,国主大惧。是月,始损制度,下令称教,改中书、门下为左、右内史府,尚书省为司会府,御史台为司宪府,翰林为修文馆,枢密院为光政院,从善为南楚国公,从镒为江国公,从谦为鄂国公,宫殿悉除去鸱吻。

(闰二月)癸巳,以江南进奉使李从善为泰宁节度使,赐第京师。时国主虽外示畏服,修藩臣之礼,而内实缮甲募兵,阴为战守计。上使从善致书风国主入朝,国主不从,但增岁贡而已。

南都留守兼侍中林仁肇有威名,朝廷忌之,赂其侍者窃取仁肇画象,悬之别室,引江南使者观之,问何人,使者曰:"林仁肇也。"曰:"仁肇将来降,先持此为信。"又指空馆曰:"将以此赐仁肇。"国主不知其间,鸩杀仁肇。

开宝六年(癸酉,九七三)

(夏四月辛丑)是日,遣卢多逊为江南生辰国信使。多逊至江南,得其臣主欢心。及还,舣舟宣化口,使人白国主曰:"朝廷重修天下图经,史馆独阙江南诸州,愿各求一本以归。"国主亟令缮写,命中书舍人徐锴等通夕雠对,送与之,多逊乃发。于是江南十九州之形势,屯戍远近，户口多寡，多逊尽得之矣，归即言江南衰弱可取状。上嘉其谋，始有意大用。

先是，江南饥，诏谕国主借船漕湖南米麦以赈之。辛亥，国主遣使修贡谢恩。

江南国主以司空、判三司、尚书都省汤悦知左、右内史事。悦以身老国危固辞，不许。

江南内史舍人潘佑与户部侍郎李平最相亲善。佑好神仙事，平颇知修炼导养之术，言多妖妄，佑特信之。平自言与仙人通接，佑父处常今已为仙官，甚贵重，而已及佑亦仙官也。各于其家置净室，图像神怪，披发裸袒而祭，人莫得窥。平语佑曰："六朝大臣冢中多宝剑及宝鉴，得而佩之，可以辟鬼，去人仙矣。"佑求之甚切，不能得。会张洎亦好方士之说，乃共买鸡笼山前古冢地数十顷以为别墅，遇休沐，则相与联骑，率仆夫具畚锸而往。破一冢，得古器，必传玩良久，吟啸自若，曰："未知此生发得几冢？"其怪诞类此。

佑尝言于国主曰："富国之本，在厚农桑。"因请复井田之法，深抑兼并，有买贫者田，皆令归之。又依《周礼》造民籍，复造牛籍，使尽阙旷土以种桑，荐平判司农寺以督之。符命行下，急于星火，百姓大扰，国主遽遣罢之。佑疑执政沮已，乃历诋大臣与握兵者两两为朋，旦夕将谋窃发，且言国将亡，非已为相不可救。江南政事多在尚书省，因荐平可知省事，司天监杨熙证可任枢密，军校侯英可典禁卫。国主不纳，佑益忿，抗疏请诛宰相汤悦等数十人。国主手书教诫之，佑遂不复朝谒，居家上表言："陛下既不能强，又不能弱，不如以兵十万助收河东，因率官吏朝觐，此亦保国之良策也。"国主始恨之，不复答。佑复请致仕，入山避难，国主以为狂，悉置不问。

冬十月壬午，佑上第七表曰："臣闻三军可夺帅也，匹夫不可夺志也。臣近者连贡封章，指陈奸宄，画一其罪，将数万言，皎若丹青，坦然明白，词穷理当，忠邪洞分，皆陛下党蔽奸回，曲容谄伪，受贼臣之佞媚，保贼臣如骨肉，使国家愔愔，如日将暮。不顾亿兆之患，不忧宗庙之复，以古观之，则陛下之为君，无道深矣。古有桀、纣、孙皓，破国亡家，自己而作，尚为千古所笑。今陛下取则奸回，以败乱其国家，是陛下之为君，不及桀、纣、孙皓远矣。臣必退之心，有死而已，终不能与奸臣杂处而事亡国之主，使一旦为天下笑。陛下若以臣为罪，愿赐诛戮，以谢中外。"国主大怒，推其狂悖谤讪始由李平，乃先收平下大理狱，后始收佑，佑即自杀，母及妻子徙饶州。平亦缢死狱中。国主寻谓左右曰："吾诛佑，思之逾旬不决，盖不获已也。"明年，皆宥其家，廪给之。

佑初与张洎为忘形之交，其后俱为中书舍人，不双立，稍相持。佑尝答洎书云："堂堂乎张也，难与并为仁矣。”佑之死，洎颇有力焉。洎时为清辉殿学士，参预机密，恩宠莫二。清辉殿在后苑中，国主不欲洎远离左右，故授以此职。洎与太子太傅临汝郡公徐辽、太子太保文安郡公徐游别居澄心堂，密画中旨，多自澄心堂出，游从子元楀等出入宣行之，中书、密院乃同散地。

开宝七年（甲戌，九七四）

江南国主天性孝友。初，李从善与钟谟亲狎，尝有夺宗之谋，及元宗殂于豫章，独从善与诸弟扈从，因怀非望，就宰相徐游求遗诏，游正色不与，至建业，具以闻，国主不问，待之愈厚。从善既被留，国主悲恋不已，岁时宴会皆罢，为《却登高》文以见意。于是遣常州刺史陆昭符入贡，奉手疏求从善归国，上不许，出其疏示从善，慰抚之。六月甲申，以从善掌书记江直木为司门员外郎、通判兖州，僚佐悉推恩。寻又封从善母凌氏为吴国太夫人。

昭符在江南与张洎有隙，上雅知之，因从容谓昭符曰：“尔国弄权者结喉小儿张洎何不入使？尔归，可谕令一来，朕欲观之。”昭符惧，遂不敢归。

（秋七月壬子）卢多逊既还，江南国主知上有南伐意，遣使愿受封策，上不许，于是复遣阁门使梁迥使焉。迥从容问国主曰：“朝廷今冬有柴燎之礼①，国主盍来助

---

① 柴燎之礼：烧柴祭天。

祭?”国主唯唯不答。迥归,上始决意伐之。

初,江南人樊若冰举进士不中第,上书言事,不报,遂谋北归,先钓鱼采石江上,以小舫载丝绳其中,维南岸而疾棹抵北岸,以度江之广狭,凡数十往返而得其丈尺之数,遂诣阙自言有策可取江南。上令学士院试,赐及第,授舒州团练推官。若冰告上以母及亲属皆在江南,恐为李煜所害,愿迎至治所。上即诏国主护送,国主听命,戊辰,召若冰为赞善大夫,且遣使诣荆湖,如若冰之策,造大舰及黄黑龙船数千艘,将浮江以济师也。

先是,吴越王俶遣元帅府判官福人黄夷简入贡,上谓之曰:“汝归语元帅,当训练兵甲,江南倔强不朝,我将发师讨之。元帅当助我,无惑人言,云皮之不存,毛将安傅也。”特命有司造大第于薰风门外,连亘数坊,栋宇宏丽,储偫什物,无不悉具。乃召进奉使钱文贽谓之曰:“朕数年前令学士承旨陶榖草诏,比于城南建离宫①,今赐名礼贤宅,以待李煜及汝主,先来朝者赐之。”且以诏草示文贽,遂遣文贽赐俶羊马,谕旨于俶。戊寅,俶遣其行军司马孙承祐入贡。丁亥,辞归,上厚赐俶器币,且密告以师期。承祐,俶妃之兄,本伶人,以妃故,贵近用事,专其国政,时谓之“孙总监”,言无所不领辖也。

① 离宫:正式宫殿以外的宫室。

九月癸亥，命颍州团练使曹翰领兵先赴荆南。丙寅，复命宣徽南院使曹彬、侍卫马军都虞候洛阳李汉琼、判四方馆事田钦祚同领兵继之。

上已部分诸将而未有出师之名，欲先遣使召李煜入朝，择群臣可遣者。先是，左拾遗、知制诰开封李穆与参知政事卢多逊同门生，上尝谓多逊曰："穆性仁善，文辞之外无所豫。"多逊曰："穆操行端直，临事不以生死易节，仁而有勇者也。"上曰："诚如是，吾当诚之。"丁卯，遂遣穆使江南。穆至，谕旨，国主将从之，光政使、门下侍郎陈乔曰："臣与陛下俱受元宗顾命，今往，必见留，其若社稷何！臣虽死，无以见元宗于九泉矣。"清辉殿学士、右内史舍人张洎亦劝国主无入朝。时乔与洎俱掌机密，国主委信之，遂称疾固辞，且言："谨事大国者，盖望全济之恩。今若此，有死而已。"穆曰："朝与否，国主自处之。然朝廷兵甲精锐，物力雄富，恐不易当其锋也，宜熟计虑，无自贻后悔。"使还，具言其状，上以为所谕要切，江南亦谓穆言不欺己。

是日，又命山南东道节度使潘美、侍卫步军都虞候清池刘遇、东上閤门使梁迥等同领兵赴荆南。

甲戌，以太子中允、知荆湖转运使许仲宣兼南面随军转运使事。仲宣，青州人也。

(冬十月)甲申，上幸迎春苑，登汴堤，发战舰东下。

丙戌，复幸迎春苑，登汴堤，观诸军习战，遂幸东水门，发战棹东下。

江南国主复遣其弟江国公从镒、水部郎中潘慎修重币入贡且买宴，上皆留之，不报。

曹彬与诸将入辞，上谓彬曰："南方之事，一以委卿，切勿暴略生民，务广威信，使自归顺，不须急击也。"且以匣剑授彬曰："副将以下，不用命者斩之。"潘美等皆失色，不敢仰视。自王全斌平蜀多杀人，上每恨之，彬性仁厚，故专任焉。

壬辰，曹彬等发荆南，赴金陵。

丁酉，以吴越王俶为升州东南面行营招抚制置使，仍赐战马二百匹，遣客省使丁德裕以禁兵步骑千人为俶前锋，且监其军。

己亥，曹彬等自蕲阳过江，破峡口寨，杀守卒八百人，生擒二百七十人，获池州牙校王仁震、王宴、钱兴等三人。

甲辰，以曹彬为升州西南面行营马步军战棹都部署，潘美为都监，曹翰为先锋都指挥使。

初，王师直趋池州，缘江屯戍皆谓每岁朝廷所遣巡兵，但闭壁自守，遣使奉牛酒来犒师。寻觉异于他日，池州守将戈彦遂弃城走。闰十月己酉，曹彬等入池州。

先是，上遣八作使郝守濬率丁匠自荆南以大舰载巨竹絙，并下朗州所造黄黑龙船，于采石矶跨江为浮梁。或谓江阔水深，古未有浮梁而济者，乃先试于石牌口。既成，命前汝州防御使灵丘陆万友往守之。

丁巳，曹彬等及江南兵战于铜陵，败之，获战舰二百余艘，生擒八百余人。

壬戌，曹彬等至当涂，雄远军判官婺源魏羽以城降。雄远，即当涂也。江南置军于其县。王师先拔芜湖，又克当涂，遂屯采石矶。

丁卯，曹彬等败江南二万余众于采石矶，生擒一千余人及马步军副都部署杨收、兵马都监孙震等，又获战马三百余匹。初，江南无战马，朝廷每岁赐与百匹，至是，驱为前锋，以拒王师，既获之，验其印记，皆朝廷所赐者也。

十一月乙亥朔，潭州兵入江南界，攻萍乡，为其制置使刘茂忠所败，国主即授茂忠袁州刺史。茂忠，安福人也。

癸未，籍泰宁节度使李从善麾下及江南水军凡千三百余人为禁旅，号曰归圣。

(甲申)诏移石牌镇浮梁于采石矶，系缆三日而成，不差尺寸，王师过之，如履平地。

初为浮梁，国主闻之，以语清辉殿学士张洎，洎对曰："载籍以来，无有此事，此必不成。"国主曰："吾亦谓此儿戏耳。”于是遣镇海节度使、同平章事郑彦华督水军万人，天德都虞候杜真领步军万余人，同逆王师。将行，国主诫之曰：“两军水陆相济，无不捷矣。”

戊子，吴越王俶遣使修贡，谢招抚制置之命也。并上江南国主所遗书，其略曰：“今日无我，明日岂有君！明天子一旦易地酬勋，王亦大梁一布衣耳。”

甲午，曹彬等言败江南兵数千人于新林寨，获战舰三十艘。

（壬寅）郑彦华、杜真与王师遇，真以所部先战，彦华拥兵不救，真众遂败。

十二月，金陵始戒严，下令去开宝之号，公私记籍但称甲戌岁。益募民为兵，民以财及粟献者官爵之。

丁未，汉阳兵马监押宁光祚败鄂州水军三千余人于江北岸。

（己未）吴越王俶率兵围常州，俘其军二百五十人、马八十匹于常州城下。癸亥，拔利城寨，破其军三千余众，生擒六百余人。

丙寅，曹彬等破江南兵于新林港口，斩首二千级，焚战舰六百余艘。

辛未，吴越王俶破江南兵万余众于常州北境上。

开宝八年（乙亥，九七五）

春正月丙子，权知池州樊若冰败江南兵四千人于州界。

初，曹彬等师未出，上命韶州刺史王明为黄州刺史，面授方略。明既视事，亟修葺城垒，训练士卒，众莫谕其意。及彬等出师，即以明为池州至岳州江路巡检、战棹都部署。辛巳，明遣兵马都监武守谦等领兵渡江，败江南兵万余人于武昌，杀七百人，拔樊山寨。

是日，行营左厢战棹都监田钦祚领兵败江南兵万余人于溧水，斩其都统李雄。

甲申，王明言败鄂州兵三百余人于江南岸。

丙戌，樊若冰遣兵马监押王侁领兵败江南兵四千余众于宣州界。侁，朴子也。

庚寅，曹彬等进攻金陵，行营马军都指挥使李汉琼率所部渡秦淮南，取巨舰实以葭苇，顺风纵火，攻其水寨，拔之，斩首数千级。初次秦淮，江南兵水陆十余万，背城而阵，时舟楫未具，潘美下令曰："美提骁果数万人，战必胜，攻必取，岂限此一衣带水而不径度乎？"遂率所部先济，王师随之，江南兵大败。江南复出兵，将溯流夺采石浮梁，美旋击破之，擒其神卫都军头郑宾等七人。

癸巳，命京西转运使李符益调荆湖军食赴金陵城下。

二月丙午，权知潭州朱洞遣兵马钤辖石曦领众败江南兵二千余人于袁州西界。曦，太原人也。

癸丑，曹彬等败江南兵万余众于白鹭州，斩首五千余级，擒百余人，获战舰五十艘。

乙卯，拔升州关城，守陴者皆遁入其内城，杀千余众，溺死者又千计。天德军都知兵马使张进等九人来降。

壬戌，赐吴越王俶军衣五万副，俾分给其行营将士。

癸亥，权知扬州侯陟，以所部兵败江南千余众于宣化镇。

(三月)丁亥，权知庐州邢琪领兵渡江至宣州界，攻拔义安寨，斩首千余级。

庚寅，曹彬等败江南兵三千余众于江中，擒五百人。

壬寅，遣中使王继恩领兵数千人赴江南。

(夏四月乙巳)王明言败江南兵于江州界，斩首二千余级。

癸丑，幸都亭驿临河亭阅新战船。

吴越兵围常州，刺史禹万成距守，大将金成礼劫万成以城降。吴越初起兵，丞相沈虎子者谏曰："江南，国之藩蔽，今大王自撤其藩蔽，将何以卫社稷乎?"不听，遂罢虎子政事，命通儒学士崔仁冀代之，总其兵要。仁冀，钱塘人也。

壬戌，幸都亭驿，临汴观飞江兵乘刀鱼船习战。

曹彬等言败江南兵二千余人秦淮北。

（五月）甲申，吴越王俶言江阴宁远军及缘江诸寨皆降。

丁酉，王明言破江南万余众于武昌，夺战舰五百艘。

初，陈乔、张洎为江南国主谋，请所在坚壁以老王师。师入其境，国主弗忧也，日于后苑引僧及道士诵经讲《易》高谈，不恤政事。军书告急，非徐元楀等皆莫得通，师薄城下累月，国主犹不知。时宿将皆前死，神卫统军都指挥使皇甫继勋者，晖之子也，年尚少，国主委以兵柄。继勋素贵骄，初无效死意，但欲国主速降而口不敢发，每与众言，辄云："北军强劲，谁能御之！"闻兵败则喜见颜色，曰："吾固知其不胜也。"继勋从子绍杰，以继勋故，亦为巡检使，亲近，继勋尝令绍杰密陈归命之计，国主不从。偏裨有募敢死士欲夜出营邀王师者，继勋必鞭其背，拘囚之，由是众情愤怒。又托以军中多务，罕入朝谒，国主召之，亦不时至。是月，国主自出巡城，见王师列寨城外，旌旗满野，知为左右所蔽，始惊惧，乃收继勋赴狱，责以流言惑众及不用命之状，并绍杰杀之，军士争脔割其肉，顷刻都尽。

继勋既诛，凡兵机处分皆自澄心堂宣出，实洎等专之也。于是，遣使召神卫军都虞候朱令赟以上江兵入援。令赟，业之子也，拥十万众屯湖口，诸将请乘涨江速下，令赟曰："我今进前，敌人必反据我后，战而捷，可也；

不捷，粮道且绝，其为害益深矣。”乃以书召南都留守柴克贞使代镇湖口，克贞先已病，迁延不行，令赟亦不敢进，国主累促之，令赟不从。克贞，再用子也。

六月癸卯，曹彬等言败江南兵二万余众于其城下，夺战舰数千艘。

（秋七月）初，江南捷书累至，邸吏督李从镒入贺，潘慎修以为“国且亡，当待罪，何贺也”！自是，群臣称庆，从镒即奉表请罪。上嘉其得体，遣中使慰抚，供帐牢饩悉从优给。壬午，复命李穆送从镒还其国，手诏促国主来降，且令诸将缓攻以待之。

先是，诏吴越王俶归其国，俶以兵属其大将乌程沈承礼，随王师进讨。甲申，遣使入贡谢恩。

左司员外郎、权知扬州侯陟受财不法，为部下所讼，追赴京师。陟素善参知政事卢多逊，自度系狱必穷屈，乃私遣人求哀于多逊。时金陵未拔，上颇厌兵，南土卑湿，方秋暑，军中又多疾疫。上议令曹彬等退屯广陵，休士马以为后图，多逊争不能得。会陟新从广陵来，知金陵危蹙，多逊教令上急变言江南事。陟时被病，上令皇城卒掖入，见即大言曰：“江南平在朝夕，陛下奈何欲罢兵？愿急取之。臣若误陛下，请夷三族。”上屏左右，召升殿问状，遽寝前议，赦陟罪不治。八月甲辰，复以陟判吏部流内铨。

江南吉州刺史胡公霸脱身来降，以公霸为和州刺史。

癸亥，丁德裕言败江南兵五千余人于润州城下。时德裕与吴越兵围润州也。

（九月）王师初起，江南以京口要害，当得良将，侍卫都虞候刘澄旧事藩邸，国主尤亲任之，乃擢为润州留后，临行，谓曰："卿本未合离孤，孤亦难与卿别，但此非卿不可副孤心。"澄涕泣奉辞，归家尽辇金玉以往，谓人曰："此皆前后所赐，今国家有难，当散此以图勋业。"国主闻之，喜。及吴越兵初至，营垒未成，左右请出兵掩之，时澄已怀向背，乃曰："兵胜则可，不胜，立为虏矣。救至而后图战未晚也。"国主寻命凌波都虞候卢绛，自金陵引所部舟师八千，突长围来救。绛至京口，舍舟登岸与吴越兵战，吴越兵少却，绛方入城，围复合。固守逾月，自相猜忌，澄已通降款，虑为绛所谋，徐谓绛曰："间者言都城受围日急，若都城不守，守此亦何为？"绛亦知城终陷，乃曰："君为守将，不可弃城而去，宜赴难者唯绛耳。"澄伪为难色久之，曰："君言是也。"绛遂溃围而出。

初，绛怒一裨将，议杀之，未决，澄私谓曰："卢公怒尔，尔不生矣。"裨将泣涕请命，澄因曰："吾有一言告尔，非徒免死，且得富贵。"因谕以降事，令先出导意。裨将曰："某家在都城，将奈何？"澄曰："事急矣，当自为谋。

我家百口，亦不暇顾矣。”于是裨将逾城而出。绛犹未知。明日，澄与绛同食，主兵者来告，澄作色曰：“吾谓公已斩之矣，何得令逃也。”绛已去，澄遍召诸将卒，告曰：“澄守城数旬，志不负国，事势如此，须为生计，诸君以为如何？”将卒皆发声大哭。澄惧有变，亦泣曰：“澄受恩固深于诸君，且有父母在都城，宁不知忠孝乎，但力不能抗尔，诸君不闻楚州耶？”初，周世宗围楚州，久不下，既克，尽屠之。故澄以此胁众。戊寅，澄率将吏开门请降。润州平。绛闻金陵危甚，乃趋宣州，日夕酣饮为乐，或劝赴难，皆不答。

丁德裕部送润州降卒数千人赴升州城下，卒多道亡，曹彬发檄招诱，稍稍来集，虑其为变，又尽杀之。庚寅，彬等言败润州溃卒数千人于升州，斩首七百级。

初，李从镒至江南谕上旨，国主欲出降，陈乔、张洎广陈符命，以为金汤之固，未易取也，北军旦夕当自退矣，国主乃止。李穆既还，上复命诸将进兵。及润州平，外围愈急，始谋遣使入贡，求援兵。

道士周惟简者，鄱阳人，隐居洪州西山。国主召之，馆于紫极宫，常以冠褐侍讲《周易》，累官至虞部郎中致仕。于是，张洎荐惟简有远略，可以谈笑弭兵锋。复召为给事中，与修文馆学士承旨徐铉同使京师。时国主屡督朱令赟举湖口兵来援，谓铉曰：“汝既行，即当止上江援兵，勿令东下。”铉曰：“臣此行，未必能排难解纷，城中所恃者援兵耳，奈何止之！”国主曰：“方求和好而复召兵，自相矛盾，于汝岂不危乎？”铉曰：“要以社稷为计，置臣度外耳。”国主泣下，即拜左仆射、参知左右内史事，铉固辞。国主又以惟简雅素高尚，不近荣利，亲写十数纸，题为奏目，令惟简乘间求哀，欲谢政养病。冬十月己亥朔，曹彬等遣使送铉及惟简赴阙。

铉居江南，以名臣自负，其来也，将以口舌驰说存其国。其日夜计谋思虑，言语应对之际详矣。于是大臣亦先白上，言铉博学有才辩，宜有以待之。上笑曰：“第去，非尔所知也。”既而铉朝于廷，仰而言曰：“李煜无罪，陛下师出无名。”上徐召之升殿，使毕其说。铉曰：“李煜以小事大，如子事父，未有过失，奈何见伐？”其说累数百，上曰：“尔谓父子者为两家可乎？”铉不能对。惟简寻以奏目进，上览之，谓曰：“尔主所言，我一不晓也。”上虽不为援兵，然所以待铉者皆如未举兵时，壬寅，铉等辞归江南。

丁巳，江南国主复遣使入贡，求援兵。

朱令赟自湖口以众入援，号十五万，缚木为筏，长百余丈，战舰大者容千人，顺流而下，将焚采石浮梁。王明率所部兵屯独树口，遣其子驰骑入奏，且请增造战船三百，以袭令赟。上曰：“此非应急之策也。令赟朝夕至，金陵之围解矣。"乃密遣使令明于洲浦间多立长木若帆樯之状。令赟望见,疑有伏,即稍逗留。时江水浅涸,不利行舟,令赟独乘大舫,高十余重,上建大将旗旛,至皖口。行营步军都指挥使刘遇聚兵急攻之,令赟势蹙,因纵火拒斗。会北风甚,火反及之,其众悉溃。己未,生擒令赟及战棹都虞候王晖等,获兵仗数万。金陵独恃此援,由是孤城愈危蹙矣。

(十一月)徐铉及周惟简还江南,未几,国主复遣入奏,辛未,对于便殿。铉言李煜事大之礼甚恭,徒以被病,未任朝谒,非敢拒诏也,乞援兵以全一邦之命。其言甚切至,上与反复数四,铉声气愈厉。上怒,因按剑谓铉曰:"不须多言,江南亦有何罪,但天下一家,卧榻之侧,岂容他人鼾睡乎!"铉皇恐而退。上复诘责惟简,惟简益惧,乃言:"臣本居山野,非有仕进意,李煜强遣臣来耳。臣素闻终南山多灵药,它日愿得栖隐。"上怜而许之,仍各厚赐遣还。

庚辰,王明言败江南兵万余人于湖口,获战船五百艘,兵仗称是。

先是,曹彬等列三寨攻城,潘美居其北,以图来上。上视之,指北寨谓使者曰:"此宜深沟自固,江南人必夜出兵来寇,尔亟去语曹彬等并力速成之。不然,终为所乘矣。"赐使者食,且召枢密使楚昭辅草诏,令徙置战棹,以防它变，使者食已即行。彬等承命，自督丁夫掘堑，堑成。丙戌，江南人果夜出兵五千袭北寨，人持一炬，鼓噪而进。彬等纵其至，乃徐击之，皆歼焉，其将帅佩符印者凡十数人。

王师围金陵，自春徂冬，居民樵采路绝，兵又数败，城中夺气。曹彬终欲降之，故每缓攻，累遣人告国主曰："此月二十七日，城必破矣，宜早为之所。"国主不得已，约先令其子清源郡公仲寓入朝，既而久不出。前数日，彬日遣人督之，且告曰："郎君不须远适，若到寨即四面罢攻矣。"国主终惑左右之言，以为城坚如此，岂可克日而破，但报云："仲寓趣装未办，宫中宴饯未毕，二十七日乃可出也。"彬又遣人告曰："若二十六日出亦无及矣。"国主不听。

先是，上数因使者谕曹彬以勿伤城中人，若犹困斗，李煜一门切勿加害。于是，彬忽称疾不视事，诸将皆来问疾，彬曰："余之病非药石所愈，须诸公共为信誓，破城日不妄杀一人，则彬之疾愈矣。"诸将许诺，乃相与焚香约言。既毕，彬即称愈。乙未，城陷。初，陈乔、张洎同建不降之议，事急，又相要以同死社稷。然洎实无死志，于是携妻子及橐装入止宫中，引乔同见国主。乔曰："臣负陛下，愿加显戮。若中朝有所诘问，请以臣为辞。"国主曰："运数已尽，卿死无益也。"乔曰："陛下纵不杀臣，臣亦何面目见国人乎。”遂缢。洎乃告国主曰：“臣与乔同掌枢务，今国亡，当俱死。又念陛下入朝，谁与陛下辨明此事，所以不死者，将有待也。”

彬整军成列，至于宫殿，国主乃奉表纳降，与其群臣迎拜于门。即选精卒千人守其门外，令曰：“有欲入者，一切拒之。”始，国主令积薪宫中，自言若社稷失守，则尽室赴火死。及见彬，彬慰安之，且谕以归朝俸赐有限，费用至广，当厚自赍，既为有司所籍，一物不可复得矣。因复遣煜入宫，惟意所欲取。行营在厢战棹都监梁迥及田钦祚等皆谏曰：“苟有不虞，咎将谁执？”彬但笑而不答。迥等力争不已，彬曰：“煜素无断，今已降，必不能自引决，可亡虑也。”又遣五百人为辇载辎重。煜方愤叹国亡，无意蓄财，所操持极鲜，颇以黄金分赐近臣，独右内史、学士张佖不受，诣彬自陈，愿奏其事，彬谓佖邀名，不许，但取金输之官。

彬既入金陵，申严禁暴之令，士大夫赖彬保全，各得其所，亲属为军士所掠者，即时遣还之。因大搜于军，无得匿人妻女，仓廪府库委转运使许仲宣按籍检视，彬一不问，师旋，舟中惟图籍衣衾而已。

十二月己亥朔，江南捷书至，凡得州十九、军三、县一百有八、户六十五万五千六十有五。群臣皆称贺，上泣谓左右曰：“宇县分割，民受其祸，思布声教以抚养之。

攻城之际，必有横罹锋刃者，此实可哀也。”即诏出米十万石，赈城中饥民。

辛丑，赦江南管内州县常赦所不原者，伪署文武官吏见厘务者，并仍其旧。曾经兵戈处百姓给复二年，不经兵戈处给复一年。诸色人及僧道被驱率为兵者，给牒听自便。令诸州条析旧政，赋敛烦重者蠲除之。军人俘获生口，年七岁以上，官给绢五匹赎还其家，七岁以下即还之。又诏不得侵犯李煜父祖丘垅，令太子洗马河东吕龟祥诣金陵，籍李煜所藏图书送阙下。

开宝九年(丙子，九七六)

(春正月)辛未，曹彬遣翰林副使太原郭守文奉露布，以江南国主李煜及其子弟、官属等五十五人来献。上御明德门受献，煜等素服待罪，诏并释之，各赐冠带、器币、鞍马有差。时有司议献俘之礼如刘铱，上曰：“煜尝奉正朔，非铱比也。”寝露布不宣。煜初以拒命，颇怀忧恚，不欲生见上，守文察知之，因谓煜曰：“国家止务恢复疆土，以致太平，岂复有后至之责耶。”煜心始安。徐铉从煜至京师，上召见铉，责以不早劝煜归朝，声色甚厉。铉对曰：“臣为江南大臣而国灭亡，罪固当死，不当问其他。”上曰：“忠臣也。事我如事李氏。”赐坐，慰抚之。又责张洎曰：“汝教李煜不降，使至今日。”因出帛书示之，乃王师围城，洎所草召江上救兵蜡弹内书也。洎顿首请死，曰："书实臣所为也。犬吠非其主，此其一耳，他尚多。今得死，臣之分也。"辞色不变。上初欲杀泊，及是奇之。谓曰："卿大有胆，朕不罪卿。今事我，无替昔之忠也。"

乙亥，以李煜为右千牛卫上将军，封违命侯。其子弟皆授诸卫大将军，宗属皆授诸卫将军。

丙子，以煜司空、知左右内史事汤悦为太子少詹事，太子太保徐游、左内史侍郎徐铉为太子率更令，右内史舍人张泊、王克贞为太子中允。克贞，新淦人，在江南守道中立，国人称其长者。

铉性质直无矫饰。有卢氏薄谢岳者，铉之故人也。凡铨选之制①，年七十即罢去。岳与虢州刺史有隙，奏岳年过，不堪其任。时江南人士爵齿，有司疑者必质于铉。岳求哀曰："犬马之齿，公实知之。岳家贫，亲属多，仰俸禄以给，今罢去即填沟壑，愿公言不知。"铉曰："我实知而言不知，是欺天也。"卒以实对，吏部遂罢岳官。然故人子弟及亲族之孤贫者求依铉，铉必分俸开馆以纳之。

以两浙都钤辖使沈承礼为威武节度使。初，围润州，城中兵夜出焚栅，或请往救之。承礼曰："兵法所谓击东南而备西北者此也。"命士擐甲不动。既而焚栅兵

① 铨选：任用官吏的制度。

去攻他壁，诸将不设备者悉惊扰，独承礼所部，敌人不敢窥焉。

初，卢绛在宣州，闻金陵陷。帅众趋福建，欲割据岭表。至歙州，刺史龚慎仪闭城拒之，绛怒，攻拔其城，杀慎仪，纵火大略，所过莫不惊扰。传檄至福州，观察判官查元方斩其使。己卯，上闻绛叛，遣其弟袭赍诏书诏谕之。

（夏四月）初，李煜既降，曹彬令煜作书谕江南诸城守，皆相继归顺，独江州军校胡则与牙校宋德明杀刺史，据城不降，诏先锋都指挥使曹翰为招安巡检使，率兵讨焉。江州城险固，翰攻之不克，自冬讫夏，死者甚众。丁巳，始拔之，众犹巷斗，则时病甚，卧床上，翰执缚，责其拒命，对曰："犬吠非其主，公何怪也。"命腰斩之，并杀德明。

先是，上命右补阙张霁知江州，与翰俱入城，翰兵掠民家，民诉于霁，霁按诛翰兵。翰以江州民拒守，又忿民诉诛其兵，发怒屠城。死者数万人，取其尸投井坎皆填溢，余悉弃江中。诬奏霁，徙知饶州。民家货赀巨万皆为翰所得。上闻江州城垂破，遣使持诏赐翰，禁止杀戮。使者至独树浦，值大风不能渡，比至，城已屠矣。翰因请载庐山东林寺五百铁罗汉像归，至颍州新造佛舍。遂调发巨舰十余艘，尽载金帛，置铁像于其上，时号为"押纲罗汉”。

江南之未平也，左赞善大夫、知汉阳军李恕屡率兵渡江破贼。甲子，以恕为驾部员外郎。

（五月己巳）卢绛承诏赴阙，方引对，时龚慎仪之兄子颖为右赞善大夫，遇绛于朝，诘之曰：“反贼，汝专杀我叔父，我伺尔久矣，今乃在此耶？”遂执绛诉冤。上以绛属吏，枢密使曹彬言绛骁勇，愿宥其死。上曰：“绛状貌酷类侯霸荣，安可留也？”乙亥，斩首西市。

六月己亥，以颍州团练使曹翰为桂州观察使，仍判颍州，赏平江南之功也。

（八月）初平江南，袁州刺史刘茂忠与吉州刺史屠令坚相约拒命，会令坚死，监军侍其祯权知吉州，其事遂寝，乃与祯俱入朝。茂忠常侵掠边邑，上诘之，茂忠曰：“臣事李煜惟力是视，虽陛下亲征，臣当殒身不顾。”上嘉其忠悫。庚戌，以茂忠为登州刺史，祯为闲厩使。

废江南诸县伪署制置使。

（九月）初平江南，命著作佐郎建阳杨沏通判虔州，就曹彬分兵之任。节度使郭载兴方拥兵自固，沏单骑直趋其垒，谕以国威信，载兴即委符听命。辛巳，命载兴为海川刺史，沏悉料城中军士之勇壮者五百人为一纲，部送京师。士豪黎、罗二姓，依山聚党作乱，沏讨平之，擒二豪，械送阙下。

(冬十月)癸丑,上崩于万岁殿。

甲寅,太宗即位,群臣谒见万岁殿之东楹,帝号恸殒绝。

(十一月)是月,刘𬬮封卫国公,李煜封陇西郡公。煜去违命侯之号。

(十二月)壬子,毁江南诸州城上白露屋。

太平兴国二年(丁丑,九七七)

(春正月辛卯)初,江南诸州官市茶十分之八,余二分复税其什一,然后给符,听其货鬻,商人旁缘为奸,逾江涉淮,颇紊国法。转运使樊若冰请禁之,仍增所市之直以便民。

李煜旧用铁钱,于民不便。二月壬辰朔,若冰请置监于升、鄂、饶等州,大铸铜钱,凡山之出铜者悉禁民采,并取以给官铸。诸州官所贮铜钱数,尽发以市金帛轻货上供及博籴麦。铜钱既不渡江,益以新钱,民间钱愈多,铁钱自当不用,悉铸为农器,以给江北流民之归附者,且除铜钱渡江之禁。诏从其请,民甚便之。然煜用兵之际,权宜调敛,若冰悉奏以为常赋,民颇怨怼。若冰少贫贱,尝为豫章富人洪氏所辱,心恨之。既而洪氏掌本郡榷酤,负煜时岁课铁钱数百万,若冰悉收铜钱,洪氏几至破产。

右千牛卫上将军李煜自言其贫,乙未,诏赐钱三百万。煜虽贫，张洎犹丐索之，煜以白金颒面器与洎，洎意歉然。时潘慎修掌煜记室，洎疑慎修教煜，素与慎修善，自是亦稍疏焉。

己未，诏刘鋹、李煜常俸外增以它给。

（三月）乙丑，始颁铜禁于江南诸州。

（五月）初，曹翰屠江州，民无噍类，其田宅悉为江北贾人所占有。诏州长吏访寻其民之乡里疏远亲属给还之。知州张霁受贾人赂，为隐蔽，不尽与民，民诉其事，戊寅，霁决杖流海岛。

太平兴国三年（戊寅，九七八）

（二月）辛未，上幸西绫锦院，命近臣观织室机杼。还，幸崇文院观书，悉亲王、宰相检阅问难。复召刘鋹、李煜令纵观，上谓煜曰："闻卿在江南好读书，此中简策多卿旧物，近犹读书否？"煜顿首谢，因赐饮中堂，至醉而罢。

（三月）初平江南，太祖以周惟简为国子博士。惟简先有愿隐终南之言，不得已，乃上书述前志，求解官，改虞部郎中致仕。惟简实非本心，又无禄养，上即位，自东南至阙下求入见，有司以致仕官非有诏召无求对之制，于是惟简击登闻鼓，上表复求出仕。壬辰，授以故官，士论薄之。

（秋七月）壬辰，赠太师、吴王李煜卒，上为辍朝三日。初，郑彦华之子文宝，仕煜为校书郎，归朝，不复叙故官。煜时在环卫，文宝欲一见，虑守者难之，乃披蓑荷笠为渔者，既得入，因说煜以圣主宽宥之意，宜谨节奉上，勿为他虑。议者叹其忠。

【翻译】

建隆元年（庚申，960）

（春季正月初八日戊申）赐给南唐主李景诏书，把接受周恭帝禅位的意思告诉他。

十三日癸丑，释放后周显德年间（954—959）江南降将周成等三十四人再回南唐。

（三月）十七日丙辰，南唐主李景派使者来祝贺太祖登极。

（十八日丁巳）南唐主李景又派使者来祝贺长春节。

（秋季七月）二十七日乙丑，南唐主李景派使者来祝贺平定泽州和潞州李筠的反抗。二十九日丁卯，又派礼部郎中龚慎仪来进贡皇帝所用的衣服车马等物。慎仪是邵武（福建邵武）人。

（八月）初三日庚午，在广德殿设宴款待近臣，南唐和吴越的朝贡使都参加了。从此以后，南唐和吴越的使者来朝见皇帝的时候，就按照这次的样子设宴款待。

二十八日乙未，南唐主李景又派使者来祝贺太祖打败李筠后回到京师。

(十一月)十九日乙卯,南唐主李景派左仆射江都(江苏扬州市)人严续来犒劳打败李重进的部队。

二十四日庚申,李景又派他的儿子蒋国公从镒、户部尚书新安(安徽歙县)人冯延鲁来买宴,太祖面色严厉地问延鲁:“你们国主为什么和我的叛乱大臣往来?”延鲁回答说:“陛下仅知道彼此往来,不知道国主还曾过问了他们造反的打算。”太祖追问这是怎么回事,延鲁说:“李重进的使者住在我家,南唐国主让我对他说:‘不得意的男子汉,确实有人要造反,但是有的时间可以造反,有的时间就不可以。在陛下刚即位的时候,人心还未曾稳定下来,陛下又在上党和李筠作战,在这个时间不造反,现在人心已经稳定下来,全国安定无事,反而要凭着残破的扬州,几千个衰弱的士兵抵抗皇帝的强大军队,即使善于用兵的韩信和白起复活,也绝对不会成功,我们虽然有军粮也不敢资助你们。’重进到底由于无外援而失败了。”太祖说:“尽管这样,将领们都劝我乘胜渡过长江,你看怎么样?”延鲁说:“陛下神明英武,如果统率军队压迫小国,小小的江南怎敢对抗天子的权威,不过南唐国主也有几万侍卫,都是老国主的亲兵,决心和国主同生共死,假如陛下肯牺牲几万军队和他们拼死战斗当然可以。可是长江的风浪很大,如果前进不能攻占南唐的都城，后退又缺少运粮的道路，也是您皇帝大国的忧患啊。”太祖笑着说：“不过和你开玩笑罢了，难道是在听你游说吗！”

太祖命令各军在迎銮（江苏仪征）演习战舰，南唐主非常害怕。南唐的小官杜著很有口才，伪装成商人，由建安渡来投奔朝廷，而南唐的彭泽县令因事被降职为池州文学，也脱身来投奔，并且献上平定南方的办法，南唐主听到以后，更加害怕。太祖下令把杜著在下蜀市上斩首，发配薛良到庐州牙校处去服苦役，南唐主这才稍微安心，但是统治范围毕竟比过去减缩而弱小，因而决定迁都。

（十二月）这月里，南唐清源节度使留从效派使者上表归附，太祖也派使者赏赐很多财物安抚他。

建隆二年（辛酉，961）

（春季正月）十四日己酉，太祖来到明德门观灯，设宴款待随从大臣，江南和吴越的使者都参加了。楼前设灯山火树，露台上演奏音乐，表演各种戏剧、曲艺、杂技等。外国来的人各自表演本国的歌舞，随后赐给他们酒食。

（二月）十三日丁丑，南唐主李景派使者来祝贺长春节。

十五日己卯，派通事舍人王守正到江南去，是去慰劳南唐主的迁都。

这月里，南唐主开始迁到南都去，立吴王从嘉为太子，监国。留左仆射严续主管枢密院，汤悦辅助他。汤悦就是殷崇义，池州（安徽贵池）人，因为他的姓犯宣祖的名讳，所以改姓汤。

三月，南唐主到了南都。南都城池狭隘，官府的办公房舍和军营连十分之一都容纳不下，尽管服劳役的人民非常繁忙，却无法施展他们的技能，大臣们白天夜里都想回去。南唐主后悔发怒，要杀最先建议迁都的人，枢密副使、给事中唐镐发病死去。

（闰三月）初九日壬申，南唐主派使者贡献金器二千两、银器一万两、锦绮二千段，回谢对他生日的赏赐。

（六月）这月里，南唐主李景死在南都。

秋季七月，南唐主李景的遗体送回到了金陵（江苏南京市）。主管部门认为梓宫不应该再回到皇宫来，太子从嘉不同意，就把棺材停在正屋里。从嘉即位，改名煜。尊称母亲钟氏为太后，因为太后的父亲名泰章，就改称太后为圣尊后。立妃周氏为国后，封弟从善为韩王，莒公从镒为邓王，从谦为宜春王，从度为昭平郡公，从信为文阳郡公。右仆射严续为司空、平章事，吏部尚书、门下侍郎、知枢密院汤悦为右仆射、枢密使。大赦境内，文武官员按等第升级。

撤消各道的屯田务，把它们改属各自的本州县。此前，南唐主采纳尚书员外郎李德明的建议，开发荒芜的土地，置立屯田以增加军粮，水部员外郎贾彬继续完成了这件事。他们所用的主管人都不是恰当的人选，这些人侵扰州县，依仗权势压榨人民，成为当时的一大弊政。等到淮南发生战争时，曾废去一些祸害最严重的，但仍然是到处有屯田务。到这时候，把屯田使全部撤消，由所属的县令、县丞和正规的赋税一齐征收，根据田租收入的数目，把十分之一作为禄米，这样，人民才稍微得到休息。

南唐句容县尉广陵(江苏扬州市)人张佖上书陈述十项建议：一是掌握根本性的重要问题，二是省略繁多琐碎的小事，三是赏罚要分明，四是重视不同等级的名物制度，五是选用有才能、品德好的人，六是均平赋税和劳役，七是要接受直言规劝，八是要追究对人的毁誉是否符合事实，九是节省开支，十是自己要谦虚。南唐主赞赏并采纳了这些建议，提升他为监察御史。张佖随即弹劾德昌宫使傅宏任意地毁坏都城，所修的楼堞大多毁坏，礼宾使孟骈建议在星子(江西星子)建造大战舰以抵抗敌人，好几年也未曾造成，损耗财物，危害人民，请求对他们都加以处分。南唐主不听，亲手写诏书开导他。

八月十三日甲辰，南唐桂阳郡公徐邈来献上南唐主李景的遗表。

九月初一日壬戌，南唐主李煜派中书侍郎冯谧来进贡。冯谧就是冯延鲁。南唐主亲手写的表说他的本心原是平和淡泊的，不得已而继承王位，侍奉朝廷不敢有二心，只是和吴越为邻，怕受它的离间。太祖诏书用很客气的文字回答他。从前，周世宗在取得南唐长江以北的土地以后，写给南唐的"书"，就像唐朝写给回鹘可汗的格式，仅称呼他为国主而已，太祖沿用这种办法。这时候，开始把"书"改成"诏"。

二十七日戊子，派鞍辔库使梁义到江南去吊祭，太祖召见了他，当面指示一些注意事项，随即对左右的人说："我每次派使者到各地去，总是告诉他们要谨慎、要注意自己的言行，可是听说很少有人按礼办事的，这样，让远方的人怎样看呢？"左右的人请求用刑罚来强制，太祖说："用刑罚来强制，怎么比得上使者自觉呢，重要的是应该谨慎地选择人选就是了。"

冬季十月初三日癸巳，南唐因为皇太后下葬，派户部侍郎北海（山东潍坊市）人韩熙载、太府卿田霖来助葬。

初六日丙申，命令枢密承旨方城（河南方城）人王仁赡到江南去，因为南唐主新立，到那里去表示祝贺并给予赏赐。

南唐主以南都留守韩王从善为司徒兼侍中、诸道兵马副元帅，邓王从镒为司空、南都留守。命令无实际职掌的官员从四品以下到九品，每天二人在内殿轮流值日，以备顾问，并且要各自上封事三两条。当时有的人才能很好而地位低下，暗地里高兴他们的意见能够上达，就提出很多建议，但是始终不见实行，大家都很失望。

(十一月)二十四日癸丑，派供奉官李崇赟到江南，殿直孙全璋到吴越，赐给他们羊、马、骆驼等。

(十二月)南唐主李煜追谥他的父亲李景为明道崇德文宣孝皇帝，庙号元宗，故墓叫做顺陵。这是通过冯谧向太祖请求以后才这样做的。

建隆三年(壬戌，962)

(三月)十八日乙亥，派使者到江南去，赐给南唐主生日礼物。

三十日丁亥，南唐冯谧上表请求发还他在舒州原有的房屋和田地，诏令赏赐给他。

从前，留从效既向太祖归附，听说南唐主迁到南都，怀疑他将要进攻自己，就派儿子绍镃送去很多礼物认错，同时又暗中派人借道吴越向太祖进贡。绍镃到豫章(江西南昌市)的时候，南唐元宗的遗体已经东归，绍镃随即到金陵去，南唐主留住了他，不许回去。太祖也派使者赏赐从效很多东西，使者还未到而从效背上发毒疮死去，小儿子绍镃主管留后事务。没有多久，吴越派使者到泉州访问，绍镃在夜里召吴越使者闲谈，统军使陈洪进诬蔑绍镃谋叛，想把他的管辖地区并入吴越，逮捕绍镃送到南唐，推举统军副使张汉思为留后，自己做副使。

夏季四月初八日乙未，诏令出使江南的人，不许把江南所用的钱带到江北来。

此前，南唐投降将士的家属还留在江南。五月初一日丁巳，诏令南唐主寻找他们遣送过来。

（秋季七月）初五日庚申，南唐主派客省使翟如璧来进贡，答谢对他生日的赏赐。

江南投降的士兵，身体很弱的不能当兵，初七日壬戌，把几千人归还南唐。

乾德元年（癸亥，963）

（春季正月）初六日以来，赐给江南和吴越战马、骆驼、羊数目不等。

（夏季四月）清源留后张汉思年老厚重，管不了军队，一切事情都由副使陈洪进决定。汉思的几个儿子都是牙将，心里非常不平，企图杀害洪进。汉思也恨他的专横，就大张筵宴，款待部下文武官员，居里埋伏着兵士，准备杀死洪进。几次巡行劝酒以后，地忽然震动得很厉害，房子也倾斜摇动起来，坐立都不安稳。同谋的人害怕了，把事情的真相告诉了洪进。洪进赶紧走出去，大家也惊慌失措地散去。汉思的计划没有成功，恐怕洪进首先发动，经常保持武力戒备。洪进的儿子文显和文灏都是指挥使，要率领他们的部下进攻汉思，洪进不许他们这样做。

二十二日癸卯，洪进在袖子里藏着大锁，两个儿子穿着平时的衣服随从他走进军府，大声呼喝几百个值班的士兵走开，汉思刚从睡眠休息的内室走出来，洪进就从外面把门锁上，对汉思说："军吏们因为你年老昏聩，请我主管留后事务，大家的要求不可违反，你应该把官印交给我。"汉思的思想错乱了，不知怎样才好，就从门扇之间把官印掷给他。洪进很快地召集将校吏士告诉他们说："汉思不能处理行政事务，已经把官印交给我了。"文武官员都表示祝贺。当天把汉思迁到外面的房子去住，派兵护卫着送去。洪进派人到南唐去请求任命，又派牙将魏仁济走小路上表报告朝廷。汉思退职居住几年后老死。

五月初一日壬子，慕容延钊报告南唐主派使者来以牛、酒犒劳平定荆湖的军队。

（六月）南唐主虽然向朝廷进贡，但也加强战备。二十九日己酉，命令镇国节度使宋延渥率领禁军几千人在新池演习水战，太祖多次去观看。

（八月）此前，太祖命令南唐主遣送扬州人户和后周显德年间(954—960)以来隔在江南的将吏，南唐主派使者来请求缓期，初九日壬子，答应了他的请求。

（十七日丙申）泉州陈洪进派使者来朝贡。

（十月二十九日丁未）魏仁济带着陈洪进的表章来到朝廷。洪进自称清源节度副使、权知泉、南等州，听从朝廷命令。太祖先曾派通事舍人王班携带诏书对他安抚训谕。

十一月初九日丁巳，赐给南唐主诏书，详细地说明为什么接纳陈洪进，因为准备任命他做节度使。

十八日丙寅，南唐主派使臣来资助南郊祭天并祝贺太祖上尊号。

（十二月二十一日己亥）陈洪进派使者来朝贡。

二十五日癸卯，南唐主上表说陈洪进瞻前顾后、两面讨好，他的话不可听，请不要任命他为节度使。太祖又给他诏书加以开导，南唐主就听从命令了。

二十七日乙巳，南唐主上表请求此后直接叫他的名字，诏书告诉他不同意。

乾德二年(甲子，964)

（春季正月）二十三日庚子，改清源军为平海军，命令陈洪进为节度使，他的儿子文显为副使，文灏为南州刺史。洪进每年进贡的财物大多是从民间征收重税得来的，他又登记有百万以上财产的人，让他们交钱补协律郎和奉礼郎而免除他们的劳役。洪进的子弟、亲戚互相勾结，收受贿赂，二州的人民很痛苦。

（二月初七日甲寅）南唐主上表感谢关于陈洪进事的开导，初八日，给以诏书回答。

二十七日甲戌，南唐主派使者来进贡，帮助安陵另择墓地。

（三月）从前，南唐废除永通大钱，改用韩熙载的主张，铸当二铁钱。熙载由中书舍人升户部侍郎，充任铸钱使。宰相严续多次说铁钱不便，熙载和他在朝堂争论，声音和面色都很严厉。熙载降官为秘书监不到一年，又被任为吏部侍郎。这月里，南唐开始使用铁钱，提升熙载为兵部尚书、勤政殿学士。民间多藏匿旧钱，旧钱越来越少，商人出境时就用十个铁钱换一个铜钱，官府无法制止，就任凭他们这样去做。官吏都增加薪俸而兼付铜钱，因此而物价上涨了几倍，熙载自己也很后悔。

（七月二十二日乙未）开始在江北置折博务，禁止商旅过江。诏书告诉南唐主，这是为了怕商人凭借中原的势力，对南唐有所侵扰。

这月里，南唐主封长子仲寓为清源公，次子仲宜为宣城公。

(冬季十月)这月里,南唐宣城公仲宣死,封岐王,谥怀献。仲宣很小的时候就很聪明,昭惠后周氏非常喜爱他。因为他的死亡,过分悲伤而得了病。

十一月,南唐昭惠后死。

十二月初一日癸卯,泉州陈洪进派使者来朝贡。

二十二日甲子,南唐主派使者来进贡。

乾德三年(乙丑,965)

(二月初二日癸卯)南唐主李煜和吴越王钱俶都派使者来进贡,祝贺长春节。

(夏季四月)十三日癸丑,南唐主派使者来进贡,是来祝贺平定后蜀的。

(五月)这月里,南唐的司空、平章事严续出外做润州节度使。当时机密事务多半归枢密院,宰相只是空占其位,充数而已。中书舍人、枢密副使豫章人陈乔优柔懦弱、胆小怕事,下级官吏暗中巴结有权势而得到统治者宠信的人,做很多违法的事情,全都制止不住。陈乔经多次升官,做到门下侍郎、枢密使。

(九月)这月里,南唐光穆圣章后钟氏死。南唐垄断山林川泽出产的财富,公家收入很多。德昌宫是在外面贮藏财物的地方,账册混乱,无法查考。刘承勋掌管宫事,盗取了无数的财富。圣章后钟氏死后,卫士应该发给衣服的都没有布,只能给钱。后来德昌宫中间的房屋坏了，发现四十间房屋的布，大概有一千万端，是义祖做吴政权宰相时贮存的。南唐政事的混乱就类似这样。

冬季十月十二日戊申，派染院副使李光嗣到江南去吊祭。

乾德四年（丙寅，966）

（五月初九日癸酉）南唐主派使者来进贡，是来祝贺建成文明殿。

（闰八月二十八日己丑）南唐主派使者来进贡。帮助修建乾元殿。

乾德五年（丁卯，967）

（三月）南唐主命令两省侍郎、谏议大夫、给事中、中书舍人、集贤殿和勤政殿学士每夜分别轮流值班，和他们畅谈，有时谈到半夜才完。南唐主信佛非常虔诚，中书舍人张洎每次见到他都谈佛法，因而很快地得到宠信。从前，南唐主在宫廷园林里修建寺院，和尚和尼姑经常有几百人，前代的宫廷女官全部被度为尼姑。退朝以后就穿起和尚服装念经，竭尽心力地拜跪，毫不厌倦。有的和尚犯了淫乱罪，主管部门请求按照法律治罪，南唐主说：“如果判刑就是承认他的淫欲了。”只是命令他拜佛三百次而赦免了他的罪行。有人把塔上佛像装饰得过分奢侈，南唐主责怪他，和尚说：“陛下不读《华严经》，怎么会知道佛的富贵呢？”南唐人民接受了这种教化，佛事更加热烈。当时大臣中也有很多人吃素，严守佛教戒律，崇奉佛教，只有中书舍人徐铉不这样，但是非常爱好鬼神之说。

开宝元年(戊辰，968)

(三月)二十五日戊申，南唐主以枢密使、右仆射汤悦为左仆射兼门下侍郎、平章事。汤悦向来赏识清辉殿学士张洎。张洎会观察统治者的脸色，善于在同事间挑拨离间，由于汤悦的四个儿子散在三省和枢密院，他就秘密地上表说他们在“亲切的部门里，连接起来了”，又说：“汤悦不是处理国家大事的人才，不适宜做宰相。”南唐主因为汤悦是有学问的旧臣，所以免去张洎的学士职位，不久又恢复了。

(五月)二十五日丁未，赐给南唐十万斛米，是因为当地人民饥荒的原故。

(这月里)南唐主以勤政殿学士承旨、兵部尚书、修国史韩熙载为中书侍郎、百胜节度使兼中书令。熙载上疏论说刑政的要领，古今的形势，灾异的变化，并献所写的格言。南唐主亲手写诏书嘉奖回答而有这次任命。

(十一月)南唐主娶皇后周氏，是昭惠后的妹妹，她姿容美丽，以亲戚关系往来宫廷，在这以前已经受到南唐主的宠爱。昭惠后病重的时候，忽然看到她走进来，回过头来问：“你是什么时候到宫里来的?”她的年纪还小，不知道这话是什么意思，就说实话：“已经来了几天。”昭惠后发起怒来，转身躺下，再也不回头了。昭惠后死后，她常出入宫中，这时南唐主正式娶她做了皇后。当天晚上设宴款待群臣，韩熙载等人都赋诗劝告，南唐主也不责备他们。

开始讨论婚礼的时候，诏令中书舍人徐铉、知制诰潘佑和礼官共同制定。古代的婚礼不奏乐，潘佑以为古今不相沿袭，坚决地请求奏乐。又根据《礼经》，房中乐没有钟鼓，潘佑对徐铉说：“‘窈窕淑女，钟鼓乐之’，说的如果不是房中乐又是什么？”皇后刚见皇帝的时候，北齐礼有“后先拜后起，帝后拜先起”的记载，就是冠礼所说的母答子奇拜。徐铉以为夫妻关系是人与人间关系的根本，是继承祖宗，主持祭祀的，要求答奇拜。潘佑以为帝王的婚礼和平民不同，要求不答拜。他们对于车服制度也有很多不同意见，讨论很久也决定不下来。南唐主命令文安郡公徐游判断是非，当时潘佑正得到南唐主宠信，徐游迎合上意，奏请采用潘佑的主张。徐游不久病死，徐铉对人开玩笑说：“周公和孔子也能给人灾祸吗？”潘佑是广陵人。

南唐主娶周皇后以后，把心思放在乐府上，监察御史张宪上疏，大意说：“扩充教坊，多修住宅，颁发条令却叫人品行端正，在宫苑里设有各种花样珍奇，社会上都说你把户部侍郎孟拱辰的住宅交给了教坊使袁承进，当年唐高祖要任命跳舞的胡人安叱奴为散骑侍郎，全部朝廷官员都加以嘲笑。现在虽然不任命承进为侍郎，却把侍郎的住宅赐给他，也和唐高祖那样的事情差不多。”南唐主再三地给他批示，说明情况，赐帛三十段，表彰他敢说话，然而始终不能改正。

开宝二年(己巳,969)

(春季正月二十八日丙午)南唐枢密使、左仆射、平章事汤悦罢原官，改任镇海节度使。汤悦不愿意做节度使，上奏章请求解除这个职务，于是改任他为太子太傅，监修国史，还兼任镇海节度使。

(三月三十日丁未)南唐右仆射、判省事游简言亲自主管公文，督促处理积压的事件，办事人员都怕他。但是他不明大体，士大夫并不看重他，如果有人向他请托，一定故意地避开不管，不理会其是非。他曾多次因病辞位，南唐主不答应。这月里，命令简言兼门下侍郎、平章事。

(五月)这月里，南唐右仆射兼门下侍郎、平章事游简言死。

(六月十四日己丑)南唐主派弟弟吉王从谦来进贡，十六日辛卯，在昨城县见到太祖。南唐水部员外郎查元方掌管从谦奏呈送皇帝的表奏，太祖命令知制诰卢多逊在客馆宴请从谦，多逊在下棋的时候对元方说："南唐到底怎么样？"元方提起衣襟回答说："南唐侍奉朝廷十几年，竭尽全力保持君臣之礼，不知道还有什么别的事情。"多逊惭愧地道歉说："谁说南唐没有人才呢？"元方是文徽的儿子。

(十一月)这月里，南唐主在青龙山校猎，回来后到大理寺亲自察问在押囚犯罪状，很多宽免。中书侍郎韩熙载劾奏："刑狱案件一定要由主管部门处理，监狱不是帝王该去的地方，请财政部门罚宫廷内库钱三百万做军费。"

开宝三年(庚午，970)

(秋季七月)二十七日丙寅，南唐中书舍人韩熙载死。从前，南唐主因为熙载对他极为忠心，肯说真心话，想任用他做宰相，可是熙载任凭感情做事，不遵守礼法，几十个姬妾，很多人到外面房舍去暗地里陪从宾客，南唐主因此很为难。不久熙载被人弹劾，降官为右庶子，在南都任职，熙载把姬妾女妓全部赶走，自己坐一辆车上路，并且上表请求哀怜，南唐主很高兴，就留下了他，不久又恢复了原来的职位。没有过多少时间，被他赶走的那些姬妾妓女又渐渐地回来了，南唐主说："我没有什么办法了。"在他死后，南唐主叹息说："我始终不能够让熙载做宰相了。"想赠以平章事，问前代有无这种事例，近臣回答说："当年刘穆之曾追赠过开府仪同三司。"南唐主就亲手书写赠熙载平章事。熙载死后，家里没有多余的财产，棺椁和衣被都是南唐主赐给的。

（八月二十一日庚寅）南唐主又命令知制诰潘佑写几千字的信开导南汉主服从朝廷，派给事中龚慎仪做使者到南汉去。南汉主看到信以后大怒，把慎仪囚禁起来。通过驿站回信给南唐主很不客气，南唐主把他的回信送给太祖，太祖这才决心讨伐南汉。

（十二月）这年冬天，南唐南都留守建安人林仁肇秘密地上表说："朝廷在淮南诸州的戍兵各自不过一千人，前年灭亡后蜀，现在又攻取了岭南，往返几千里，军队疲劳不堪。希望让我带几万军队，从寿春北渡淮河，直接占领正阳，依靠念旧的人民，可以收复长江以北的旧有土地。即使他们来增援，我依靠淮河和他们对抗，他们肯定打不过我们。在战斗开始的时候，请报告宋朝说我发动叛乱，如果事情成功，南唐可以得到好处，事情失败就杀掉我的全家，表明陛下对朝廷并无二心。"南唐主恐怕万一不成功，只能加快灭亡，不肯同意。

从前，宜春（江西宜春）人卢绛向枢密使陈乔上书，陈乔惊异他不寻常，提升卢绛为本院承旨，升沿江巡检，招募逃亡在外，不顾性命犯法作恶的人练习水战，屡次在海门截击吴越军队，俘获几百艘船舰。卢绛曾劝说南唐主:“吴越是南唐的仇敌,将来一定要给北朝做向导,夹攻我们,应该先消灭它。”南唐主说:“吴越是宋朝的附庸,怎么敢进攻它呢?”卢绛说:“我假装以宣州和歙州叛变,陛下扬言讨伐,并且向吴越求援,吴越兵到后就抗拒进攻它,我从它的后面夹攻,吴越一定灭亡。”南唐主也不采纳他的建议。

开宝四年(辛巳,971)

(夏季四月二十五日庚寅)南唐主派他的弟弟吉王从谦来朝贡并且买宴,所贡的珍宝器币数目都比以前加倍。

十一月初一日癸巳,江南国主李煜派他的弟弟郑王从善来朝贡,南唐这时开始废去“唐”的国号,把印文改为“江南国印”,请求诏书直写名字,太祖都同意了。此前,国主曾送给宰相赵普五万两白银,赵普报告了太祖,太祖说:“不可以不接受,写信答谢并且送给使者一些钱就可以了。”赵普叩头辞让,太祖说:“大国的体统不可以自己使它削弱,要使他们猜不透。”从善朝觐太祖的时候,在一般的赏赐以外,又秘密地送给他白银和李煜给赵普白银的数目相同。江南君臣听到以后都震动惊骇,钦佩太祖的大度。

(十二月)江南国主以太子太傅、监修国史汤悦为司空,判三司、尚书都省。

占城、阇婆、大食等国都派使者送当地特产给江南国主，国主不敢接受，派使者送给太祖，诏令今后不必奉献了。

开宝五年(壬申,972)

二月初一日壬戌，以江南进奉使刘崇谅为都官员外郎。崇谅是仁赡的儿子。

(二十九日庚寅)太祖在平定广南以后，准备经营江南，趁着郑王从善来进贡，就留下了他，江南国主害怕极了。这月里，江南开始贬损制度，下令叫做“教”，改中书、门下为左、右内史府，尚书省为司会府，御史台为司宪府，翰林院为修文馆，枢密院为光政院。从善为南楚国公，从镒为江国公，从谦为鄂国公，还把宫殿屋脊正脊两端的鸱吻都去掉。

(闰二月)初三日癸巳，以江南进奉使李从善为泰宁节度使，在京师赐给住宅。当时江南国主虽然表面上恐惧服从，遵循藩臣的礼节，实际上却整修铠甲，招募兵士，暗中作战斗防守的打算。太祖使从善给国主写信，暗示他到京师来朝见皇帝，国主不同意，只是增加每年进贡的数量而已。

南都留守兼侍中林仁肇有威名，朝廷对他有顾忌，贿赂侍奉他的人偷来他的画像，挂在另一间屋子里，领江南使者来观看，问他这是什么人，使者说：“是林仁肇。”问的人说：“林仁肇准备投降过来，先拿来画像作为信物。”又指着空的房子说：“准备把这所房子赐给仁肇。”国主不知道这是离间计，用毒酒杀死了仁肇。

开宝六年(癸酉,973)

(夏季四月十七日辛丑)这一天，派卢多逊为江南生辰国信使。多逊到了江南，得到江南大臣和国主的欢心。回来的时候，停船在宣化口，派人对国主说：“朝廷重修全国的图经，史馆只缺少江南诸州，希望把各州的都带一本回去。”国主命令赶快抄写，命令中书舍人徐锴等通夜校对，送给卢多逊，多逊就启程了。这时江南十九州的地形，屯戍士兵的远近，户口的多少等，多逊全部知道了，回来就报告江南衰弱可取的情况。太祖赞赏他的办法，开始有意重用他。

此前，江南饥荒，诏令国主借船从水路运湖南的米麦赈济。二十七日辛亥，国主派使者来进贡谢恩。

江南国主以司空、判三司、尚书都省汤悦主管左、右内史事。汤悦因为年老国危，坚决推辞，不许。

江南内史舍人潘佑和户部侍郎李平最亲善。潘佑迷信神仙，李平也懂一些修炼导养的方法，说话很多是不真实的，而潘佑特别信任他的那些话。李平自己说他和仙人有来往，潘佑的父亲处常现在已经做了仙官，地位高贵重要，而他自己和潘佑也是仙官。他们在各自的家里布置净室，画神怪的图像，披散头发，赤身露臂地祭祀，别人都不许看。李平对潘佑说："六朝大臣的坟墓里很多宝剑和宝镜，如果能够拿来佩带，可以辟鬼，脱离人世成仙。"潘佑急于得到这些东西而找不到，恰好张洎也迷信方士的说法，就共同购买鸡笼山前古代坟墓地几十顷作为别墅。遇到休假的日子就共同骑着马，率领仆人带着挖土工具到那里去。发掘一个坟墓，得到古代的器物，一定传玩很久，唉声长叹地说："不知道今生能够发掘多少坟墓？"他们的离奇荒诞就是这副样子。

潘佑曾对国主说："使国家富裕的根本办法，在于重视农桑。"因而请求恢复井田制度，认真地抑制兼并，有人买贫苦人的田地，都命令他们归还原主。又按照《周礼》编造民籍，再造牛籍，使人民把荒地都开辟起来种桑树，推荐李平判司农寺监督这些事情。命令传达下来，下面办事急如星火，人民受到很大的骚扰，国主赶快派人去宣布废除。潘佑怀疑执政官破坏，就普遍地毁谤大臣和掌握兵权的人成双作对地结党，早晚会发动叛乱，并且说政权将要灭亡，非自己做宰相不能挽救。江南的政事多半在尚书省，因而推荐李平可以主管尚书省事务，司天监杨熙澄可以充任枢密使，军校侯英可以统率禁军。国主不接受他的建议，潘佑更加气忿，上书请求杀宰相汤悦等几十人。国主亲手写教令训斥他，潘佑就不再上朝谒见国主，在家里上表说："陛下既不能强，又不能弱，不如用十万兵力帮助朝廷灭北汉，随即率领官吏朝见皇帝，这也是保全政权的良好办法。"国主开始恨他，不再回答。潘佑又请求退休，到山里去避难，国主以为他精神失常，一概不理会。

冬季十月初二日壬午，潘佑上第七表说："我听说三军可以夺帅，匹夫不可以夺志。我近来接连上书，指出坏人，说明他们的罪行，将近几万字，像图画一样地清楚，直接了当，言语透彻而道理正确，忠正和邪恶分的非常清楚。都是陛下包庇坏人，受他们的蒙蔽，听信虚伪的奉承，接受贼臣的花言巧语，保护贼臣像自己的骨肉，使国家愔愔，像太阳快要落山的样子。不管人民的祸患，不愁宗庙的复灭，从古代的事实看起来，陛下之作为君主，实在是太无道了。古代有桀、纣、孙皓，他们的破国亡家都是自己造成的，尚且长期地被人们耻笑，现在陛下却效法坏人，败坏扰乱国家，这样说来，作为君主的陛下，不及桀、纣、孙皓远了。我决心退职，宁可死去，绝对不能和奸臣在一起侍奉亡国之君，使得将来有一天受到全国人的耻笑。陛下如果认为我有罪，希望杀了我，作为我对中外认错。"国主大怒，追究潘佑的狂妄毁谤是李平引起的，就先逮捕李平下大理寺狱，然后才逮捕潘佑，潘佑自杀，母亲和妻子流放到饶州。李平也在狱里上吊死去。国主在不久以后对左右的人说:“我杀潘佑,曾想过十多天还不能决定下来,实在是不得已。”第二年,赦免了他的全部家属,官府供给他们食粮。

潘佑和张洎是不分你我的好友,后来都做中书舍人,不能合作,有些相持不下。潘佑曾给张洎写回信说:“高贵的张先生,很难和你共同地做仁人了。”潘佑的死,张洎是起了作用的。张洎当时是清辉殿学士,参预机密,得到国主的宠信,独一无二。清辉殿在后苑里,国主不愿意张洎远离身边,所以授给他这个职位。张洎和太子太傅临汝郡公徐辽、太子太保文安郡公徐游另住在澄心堂,机密筹划的国主旨意,多半从澄心堂发出,徐游的侄子元榪等人出入颁行,中书省和枢密院成为有名无实的地方。

开宝七年(甲戌,974)

江南国主天性孝顺父母友爱兄弟。从前,李从善和钟谟很亲近,曾有争夺继承权的打算,等到元宗在豫章死去的时候,只有从善和弟弟们随从左右,因而有非分的想法,从善向宰相徐游要元宗遗留的诏书,徐游表情严肃地拒绝,到建业以后,详细地报告了国主,国主不追究,待他更好。从善被留在京师,国主悲伤想念不已,过年和四时的宴会都不举行了,做文章《却登高》以表达怀念之意。这时派常州刺史陆昭符到京师进贡,奉上手疏请求让从善回来，太祖不答应，拿国主的手疏给从善看，安慰他。六月初七日甲申，以从善掌书记江直木为司门员外郎、兖州通判，同僚官佐全部推给恩泽晋升。不久又封从善母亲凌氏为吴国太夫人。

昭符在江南和张洎不和，太祖早就知道，于是从容地对昭符说："江南玩弄权势的结喉小儿张洎为什么不来，你回去以后，告诉他来一次，我想看一看他。"昭符害怕了，不敢回去。

（秋季七月初六日壬子）卢多逊回来以后，江南国主知道太祖有南伐的意思，派使者来希望得到分封的策书，太祖不同意，这时又派阁门使梁迥到南唐去。梁迥从容地问国主："朝廷今年冬天要举行祭天的柴燎之礼，国主为什么不来助祭？"国主唯唯而不回答。梁迥回来后，太祖才决心讨伐他。

从前，江南人樊若冰科举考进士未中第，上书谈问题，得不到回答，于是就想投奔北方朝廷去。他先在宋石江边钓鱼，用小船带着丝绳，牵引到南岸后，赶快把船划回北岸，量度长江的宽度，这样往返几十次而得到准确的数字，就到朝廷报告说自己有取得江南的计划。太祖命令学士院对他考试，赐予及第，任命他为舒州团练推官。若冰报告太祖，说他的母亲和亲属都在江南，恐怕被李煜杀害，希望迎接到治所来。太祖诏令江南国主护送过来，国主听从了命令。二十二日戊辰，召若冰为赞善大夫，并且派使者到荆湖去，按照若冰的计划，建造大舰和黄黑龙船几千艘，准备载运军队渡过长江。

此前，吴越王钱俶派元帅府判官福州人黄夷简来进贡，太祖对他说："你回去后告诉元帅，要训练军队，江南倔强不肯来朝，我准备发兵讨伐它。元帅应该帮助我，不要听别人说什么如果没有皮肤，毛在何处生长之类的话。"太祖特别命令主管部门在薰风门外建造大住宅，接连几坊，房屋高大华丽，储存什物，无不具备。召来进奉使钱文贽对他说："我在几年前曾命令学士承旨陶毂起草诏书，最近在城南建造离宫，现在赐名礼贤宅，等待李煜和你们的统治者，谁先来入朝就赐给他。"并且把诏书的底稿拿给文贽看，派文贽赐给钱俶羊和马，把自己的意旨告诉钱俶。（八月）初三日戊寅，钱俶派他的行军司马孙承祐来进贡。十二日丁亥，孙承祐告辞回去，太祖赐给钱俶很多玉帛，并且秘密地告诉他出兵日期。承祐是钱俶妃的哥哥，本是伶人，因为钱俶妃的原故，尊贵亲近当权，专断政事，当时被称为"孙总监"，就是说他无所不管。

九月十八日癸亥，命令颍州团练使曹翰领兵先到荆南去。二十一日丙寅，又命令宣徽南院使曹彬、侍卫马军都虞候洛阳人李汉琼、判四方馆事田钦祚共同领兵接着去。

太祖已经部署了将领们而没有出兵的借口，想先派使者去召李煜到京师来，选择可以派遣的大臣。此前，左拾遗、知制诰开封人李穆和参知政事卢多逊是同学，太祖曾对多逊说："李穆的性格和善同情人，文章以外不管别的事情。"多逊说："李穆品行正直，遇到事情不因有关生死而改变节操，是一个同情人并且勇敢的人。"太祖说："假如真是这样，我倒是要试试他。"二十二日丁卯，就派李穆到江南去。李穆到了江南，把太祖的意旨告诉江南国主，国主准备听从，光政使、门下侍郎陈乔说："我和陛下共同接受元宗的遗诏，现在你到京师去，一定被留下来，江南政权怎么办！我就是死去也无面目在地下见元宗。"清辉殿学士、右内史舍人张洎也劝国主不要到京师去。当时陈乔和张洎都掌管机密，国主信用他们，于是推说有病，坚决拒绝，并且说："一向侍奉朝廷谨慎小心，是希望得到周全的恩德，现在对我这样，只有拼死而已。"李穆说："到京师去与不去，国主可以自己考虑。不过朝廷的军队是精锐的，物力是雄厚的，恐怕不易抵抗它的进攻吧，应该仔细地考虑，不要给自己留下后悔。"李穆回来后，详细地报告了情况，太祖以为他所说的确实击中要害，江南也说李穆的话并没有欺骗他们。

这一天，又命令山南东道节度使潘美、侍卫步军都虞候清池人刘遇、东上阁门使梁迥等共同领兵到荆南去。

二十九日甲戌，以太子中允、知荆湖转运使许仲宣兼南面随军转运使事。仲宣是青州（山东潍坊市）人。

（冬季十月）初十日甲申，太祖到迎春苑，登上汴河堤，发战舰东下。

十二日丙戌，太祖再到迎春苑，登上汴河堤，观看诸军演习战斗，随即到东水门去，发战船东下。

江南国主又派他的弟弟江国公从镒、水部郎中潘慎修带着很多礼物来进贡并且买宴，太祖把他们都留下，不回答。

曹彬和将领们去辞行，太祖对曹彬说："南方的事情全部托付给你，千万不要抢劫人民，必须扩大威信，使江南自己来归顺，不必猛烈进攻。"并且拿出一具剑匣交给曹彬说："副将以下不听从命令的可以自行斩杀。"潘美等都惊慌失色，不敢仰起头来。自从王全斌灭后蜀杀了很多人，太祖常觉得遗憾，曹彬秉性仁厚，可以专一信赖他。

十八日壬辰，曹彬等从荆南出发，向金陵前进。

二十三日丁酉，以吴越王钱俶为升州东南面行营招抚制置使，并赐给战马二百匹，派客省使丁德裕带禁军步兵和骑兵一千人做钱俶的前锋，并且监护他的军队。

二十五日己亥，曹彬等从蕲阳过江，攻破峡口寨，杀守军八百人，活捉二百七十人，俘虏池州牙校王仁震、王宴、钱兴等三人。

三十日甲辰，以曹彬为升州西南面行营马步军战棹都部署，潘美为都监，曹翰为先锋都指挥使。

开始的时候，朝廷军队直奔池州，江南沿江戍守的士兵都以为是每年朝廷循例所派遣的巡兵，只是闭起壁门来自守，派使者送去牛和酒犒劳军队。不久发现情况和往日不同。驻守池州的南唐将领戈彦就弃城逃走了。闰十月初五日己酉，曹彬等进入池州。

此前，太祖派八作使郝守濬率领工匠从荆南用大舰运来粗大的竹索，并且出动朗州所造的黄黑龙船，在采石矶跨江造浮桥。有人说江面宽而水深，从古以来没有用浮桥过江的，就先在石牌口（安徽怀宁）试搭起来。搭成以后，命令前汝州防御使灵丘（山西灵丘）人陆万友前去防守。

十三日丁巳，曹彬等和江南兵在铜陵（安徽铜陵）战斗，打败了他们，俘获战舰二百多艘，活捉八百多人。

十八日壬戌，曹彬等兵到当涂（安徽当涂），雄远军判官婺源（江西婺源）人魏羽献城投降。雄远就是当涂，江南在这里置了雄远军。朝廷军队先攻占芜湖，又在当涂胜利，就到了采石矶。

二十三日丁卯，曹彬等在采石矶打败江南二万多人，活捉一千多人和马步军副都部署杨收、兵马都监孙震等，又俘获了三百多匹战马。从前，江南没有战马，朝廷每年赐给他们一百匹，到这时候，这些战马被用来作为前锋，抗拒朝廷军队。被俘以后，查验印记，都是朝廷以前赐给江南的。

十一月初一日乙亥，潭州兵进入江南界，进攻萍乡（江西萍乡），被江南的制置使刘茂忠打败，江南国主就任命茂忠为袁州刺史。茂忠是安福（江西安福）人。

初九日癸未，改编泰宁节度使李从善部下和江南水军一千三百多人为禁军，军号归圣。

（初十日甲申）诏会迁移石牌镇的浮桥到采石矶，系捆三天缆绳就完成了，不差尺寸，朝廷军队从浮桥上过江，像走在平地上一样。

刚修浮桥的时候，江南国主听说了，对清辉殿学士张洎谈到此事，张洎回答说："从有文字记载以来，没有这种事情，这是办不到的。"国主说："我也说这是儿戏。"于是派镇海节度使、同平章事郑彦华督率一万水军，天德都虞候杜真统领一万多步兵，共同抵抗朝廷军队。在他们将要出发的时候，国主嘱咐他们说："水陆两军互相帮助，没有不胜利的。"

十四日戊子，吴越王钱俶派使者来进贡，感谢对他招抚制置使的任命。并且献上江南国主写给他的信，信的大意说:“今天没有我,明天怎么会有你!一旦皇帝给你换个地方酬谢功劳,你也不过是一个开封的老百姓。”

二十日甲午,曹彬等报告在新林寨打败几千江南兵,俘获战舰三十艘。

(二十八日壬寅)郑彦华、杜真和朝廷军队遭遇,杜真率领部下先去战斗,郑彦华拥兵不救,杜真部队战败。

十二月,金陵开始戒严,下令废去开宝年号,公私文件簿册只说甲戌年。多招募人民当兵,把钱和粮献给官府的给予官爵。

初四日丁未,汉阳兵马监押宁光祚在长江北岸打败江南鄂州水军三千多人。

(十五日己未)吴越王钱俶率兵围常州,在常州城下俘虏二百五十人、八十匹马。十九日癸亥,攻占利城寨,打败它的三千多军队,活捉六百多人。

二十二日丙寅,曹彬等在新林港口打败江南兵,斩首二千级,焚战舰六百多艘。

二十七日辛未,吴越王钱俶在常州北境打败江南兵一万多人。

开宝八年(乙亥,975)

春季正月初三日丙子,权知池州樊若冰在本州界内打败江南兵四千多人。

从前,曹彬等军还未出发的时候,太祖命令韶州刺史王明改为黄州刺史，当面指示方针策略。王明到任以后，赶快整修城垒，训练士兵，大家都不明白他为什么这样。等到曹彬出兵，太祖就以王明为池州至岳州江路巡检、战棹都部署。初八日辛巳，王明派兵马都监武守谦等领兵渡江，在武昌打败江南兵一万多人，杀七百人，攻占樊山寨。

这一天，行营左厢战棹都监田钦祚领兵在溧水打败江南兵一万多人，斩了他们的都统李雄。

十一日甲申，王明报告在江南岸打败鄂州兵三百多人。

十三日丙戌，樊若冰派兵马监押王侁领兵在宣州界打败江南兵四千多人。王侁是王朴的儿子。

十七日庚寅，曹彬等进攻金陵，行营马军都指挥使李汉琼率领他的部下渡过秦淮河，用大舰装载芦苇，顺风放火，进攻江南水寨，攻占了它们，斩首几千级。朝廷军队刚驻在秦淮河边的时候，江南的军队水陆十几万，背城列阵，而当时船舶还不够用，潘美下令说："我统率勇敢善战的几万人，战斗就一定胜利，进攻就一定成功，难道被这样狭窄的河流挡住而不渡过去吗？"就率领部下先过河，朝廷军队继续前进，江南兵大败。江南又出兵，准备沿江而上，夺取采石浮桥，潘美回兵打败他们，捉住神卫都军头郑宾等七人。

二十日癸巳，命令京西转运使李符盖调运荆湖军粮到金陵城下。

二月初三日丙午，权知潭州朱洞派兵马钤辖石曦领兵在袁州西界打败江南兵二千多人。石曦是太原人。

初十日癸丑，曹彬等在白鹭洲打败江南兵一万多人，斩首五千多级，捉住一百多人，俘获战舰五十艘。

十二日乙卯，攻占升州关城，守卫女墙的人都逃入内城，杀一千多人，淹死的也上千。天德军都知兵马使张进等九人前来投降。

十九日壬戌，赐给吴越王钱俶军衣五万套，以便分发给他行营的将士。

二十二日癸亥，权知扬州侯陟，用他部下的兵在宣化镇打败江南的一千多人。

（三月）十五日丁亥，权知庐州邢琪领兵渡江到宣州界，攻占义安寨，斩首一千多级。

十八日庚寅，曹彬等在长江里打败江南兵三千多人，捉住五百人。

三十日壬寅，派中使王继恩领兵几千人到江南。

（夏季四月初三日乙巳）王明报告在江州界内打败江南兵，斩首二千多级。

十一日癸丑，太祖到都亭驿临河亭检阅新战船。

吴越兵围常州，刺史禹万成抵抗，大将金成礼劫持万成献城投降。吴越刚起兵的时候，叫作沈虎子的丞相规劝吴越王钱俶说："江南是我们的篱笆，现在大王自己撤去篱笆，准备怎样保卫政权呢？"吴越王不听，罢免虎子政事，命令通儒学士崔仁冀代替他，总管军政。仁冀是钱塘（浙江杭州市）人。

二十日壬戌，太祖到都亭驿，在汴河观看飞江兵坐着刀鱼船演习战斗。

曹彬等报告在秦淮河北打败江南兵二千多人。

（五月）十三日甲申，吴越王钱俶报告江阴宁远军和沿江诸寨都投降了。

二十六日丁酉，王明报告在武昌打败江南兵一万多人，夺到战舰五百艘。

从前，陈乔和张洎为江南国主策划，请各处都坚守壁垒，不和朝廷军队决战，用这种办法使朝廷军队疲敝。因此，大军入境以后，国主并不忧虑，每天在后苑和一些和尚、道士诵经讲《易》，高谈阔论，不问政事。军书告急，非要经过徐元瑀等人不可，军队已经迫近城下几个月，国主还不知道。当时老将都早已死去，神卫统军都指挥使皇甫继勋是皇甫晖的儿子，年纪还轻，国主把兵权交给了他。继勋从来尊贵骄傲，根本没有拼死战斗的想法，只希望国主赶快投降而不敢说出来，每次和大家谈话，总是说："北方军队强大有力，谁抵抗得住？"听说打败仗就喜形于色，说："我早就知道不会胜利。"继勋的侄子绍杰，因为他的缘故，也做了巡检使，和国主关系亲近，继勋让绍杰秘密地陈述投降的打算，国主不同意。将佐有人招募敢死队想在夜里出营截击朝廷军队的，继勋必定要鞭打他的背，将他囚禁起来，因此引起了大家的愤怒。他又假托军中事务很多，极少朝见国主，国主召见他，也不按时来到。这月里，国主亲自出来巡城，看到朝廷军队在城外列寨，遍地都是旌旗，知道自己受到左右的人蒙蔽，才开始惊慌害怕，就逮捕继勋下狱，责问他谎言惑众和不奉行命令的罪状，把他和绍杰一齐杀了，兵士们争着切割他的肉，不多时都切光了。

继勋被杀以后，一切军事机要布置都从澄心堂颁发出来，实际上就是张洎等主持的。这时候，派使者召神卫军都虞候朱令赟带长江上游兵来援救。令赟是朱业的儿子，带十万兵屯驻在湖口(江西湖口)，将领们请趁着长江涨水赶快下来，令赟说："我们前进，敌人必定占领我们的后方，战斗胜利是不会出问题的，如果不胜利，粮道就要断绝，它的害处就太严重了。"于是就写信召南都留守柴克贞来代替他镇守湖口，克贞早已有病，拖延不来，令赟也不敢前进，国主多次催促他，令赟不理。克贞是再用的儿子。

六月初二日癸卯，曹彬等报告在金陵城下打败江南兵二万多人，夺得战舰几千艘。

(秋季七月)从前，江南的捷报不断来到，邸吏催李从镒去向太祖祝贺，潘慎修以为政权将要覆灭，应该等待治罪，有什么可祝贺的呢！从此，群臣祝贺的时候，从镒就上表请罪。太祖赞赏他做事得体，派中使去安慰他，公家从优供给食粮及帷帐等用具。十二日壬午，又命令李穆送从镒回江南，亲手写诏书催促国主来投降，并且命令将领们暂缓进攻，等待他来投降。

此前，诏令吴越王钱俶回去，钱俶把军队交给大将乌程(浙江湖州)人沈承礼，随着朝廷军队进讨。十四日甲申，派使者进贡谢恩。

左司员外郎、权知扬州侯陟接受贿赂，处理事情不合法度，被部下控告，追回京师。侯陟从来和参知政事卢多逊友好，自己考虑如果下狱，审问时一定无法辩解，就暗中派人去求多逊哀怜。当时金陵还未曾攻下来，太祖有些厌烦战事，南方地势低湿，正是暑天，军队里又有很多人得了流行病。太祖考虑让曹彬等人退驻广陵，先使军队休息，准备以后再前进，多逊争劝不能得到同意。正好侯陟刚从广陵来，知道金陵危急，多逊教他紧急上书报告江南事态。侯陟当时正在生病，太祖命令皇城司的士兵扶着进来，侯陟见到太祖就大声说：“江南很快就会被平定，陛下为什么要退兵？请赶快攻取它。假如我欺骗了陛下,请杀我的三族。"太祖让左右的人退出,召侯陟上殿询问情况,很快地打消了以前的考虑,赦免侯陟的罪行不处理。八月初五日甲辰,又派侯陟判流内铨。

江南吉州刺史胡公霸脱身来投降,以公霸为和州刺史。

二十四日癸亥,丁德裕报告在润州城下打败江南兵五千多人。当时德裕在和吴越兵包围润州。

(九月)朝廷军队刚出动的时候,江南以为京口(江苏镇江市)是关键地区,应该由得力将领镇守,侍卫都虞候刘澄是江南国主做太子以前的旧部下,国主更信任他,就提升他为润州留后,临走的时候,对他说:"你本来不应该离开我,我也很难和你分开,只是这个职位非你不能合我的心意。"刘澄哭泣告辞,回家以后,把金玉等全部带走,对人说:"这些东西都是国主前后赐给我的,现在江南有危难,应该把这些东西散出去以求得功勋。"国主听到这些话,非常高兴。吴越兵刚到的时候,营垒还未曾立起来,左右的人请趁此机会突然地进攻他们,当时刘澄心里已经有了投降的念头,就说:"如果胜利当然好,否则马上就会做俘虏,还是等救兵到来以后再战不晚。"国主不久命令凌波都虞候卢绛从金陵率领部下水军八千人,突破长围来援。卢绛到京口后,舍舟登陆和吴越兵战斗，吴越稍微后退，卢绛刚进城去，吴越兵又合围。他们固守一个多月，自相猜忌，刘澄已经表示要投降，怕受到卢绛的暗算，不慌不忙地对卢绛说："刺探情况的人说都城受围一天比一天紧急，如果都城守不住，守这里是为了什么？"卢绛也知道城池最后要陷落，就说："你是负责保卫本城的将领，不可放弃城池而去，应该去解除危难的只有我。"刘澄假做为难的样子很久以后说："你说得对。"卢绛就突围而出。

从前，卢绛对一个裨将生气，想要杀他，还未曾执行，刘澄暗中对他说："卢公对你生气，你活不成了。"裨将哭着请求他救命，刘澄于是说："我有一个办法告诉你，不但可以免死，还可以得到富贵。"就告诉他关于投降的事，让他先出去表明这个意思。裨将说："我的家属在都城怎么办？"刘澄说："事情紧急，只能自己想自己的办法。我家有百口，也来不及考虑他们了。"于是裨将翻城出去了。卢绛还不知道。第二天，刘澄和卢绛同桌吃饭，带兵的人来报告，刘澄脸上变色地说："我以为你已经把他斩了，怎么会让他逃走呢。"卢绛走后，刘澄召集全体官兵，对他们说："我守城几十天，决心不负江南，可是大势如此，须要找条活路，你们以为怎样？"官兵们都放声大哭。刘澄恐怕发生变故，也哭着说："我受到江南国主的恩情比你们都深厚，并且有父母在都城里，难道不懂得忠孝吗？只是力量太小，不能抵抗，你们没有听说过楚州的事情吗？”从前，周世宗包围楚州，很久攻不下来，等到攻占以后，就把全城的人全部杀光了，所以刘澄用这件事情威胁大家。初九日戊寅，刘澄率领官兵开门请降，润州平定。卢绛听说金陵非常危险，就奔宣州去，白天晚上地饮酒作乐，有人劝他去解救京师危难，都不回答。

丁德裕送润州投降的江南士兵几千人到升州城下去，很多人在路上逃走，曹彬发通告招他们回来，逐渐地集合起来了，怕他们闹事，又把他们都杀了。二十一日庚寅，曹彬等报告在升州打败润州的江南溃散士兵几千人。

从前，李从镒到江南传达太祖的旨意，国主就想出来投降，陈乔和张洎陈述了很多祥瑞的征兆，以为金陵城坚固无比，如同金城汤池一样，北方军队早晚要退走，国主听到这些话就不想投降了。李穆回来以后，太祖又命令将领们进兵。等到润州投降，外面的包围更加紧急，江南国主才想派使者进贡，请求缓攻。

道士周惟简是鄱阳（江西波阳）人，在洪州西山隐居，国主召他来，住在紫极宫里，常戴着粗毛的帽子侍讲《周易》，几次升官到虞部郎中退休。这时候，张洎推荐惟简有远大的方略，能够在谈笑之间使军队的攻势停止下来。国主又召他为给事中，和修文馆学士承旨徐铉同做使者到京师去。当时国主屡次督促朱令赟出动全部的湖口兵来增援，这时对徐铉说："你既然到京师去，就可以阻止上游的援兵，不必东下了。"徐铉说："我这次到京师去，未必能够解围，城里所依靠的就是援兵，为什么阻止他们到这里来呢！"国主说："正在请求和好而又召兵来，自相矛盾，对于你岂不危险吗？"徐铉说："重要的是要为保卫政权打算，把我置之度外吧。"国主流下泪来，就任命徐铉为左仆射、参知左右内史事，徐铉坚决推辞。国主又以为惟简平素品行高尚，不重视名位利禄，亲手写了十几张纸，写上标题叫做奏目，让惟简带去趁着有机会的时候请求哀怜，说是想退休养病。冬季十月初一日己亥，曹彬等派使者送徐铉和惟简到朝廷去。

徐铉在江南，自以为是了不起的名臣，他来到京师，准备用言语游说来保存江南政权。他日夜计算思考怎样说话应对非常仔细。这时大臣们也事先告诉太祖，说徐铉学问广博有才而善辩，应该有所准备来对付他。太祖笑着说："去吧，你们不懂。"不久徐铉在朝廷朝见太祖，仰着头说："李煜无罪，陛下师出无名。"太祖态度温和地召他上殿，让他把话说完。徐铉说："李煜以小事大，如同儿子侍奉父亲一样，并没有什么过失，为什么被讨伐？"他说了几百句话，太祖说："你说父子可以分成两家吗?”徐铉无法回答。惟简不久把奏目呈上,太祖看了以后,对惟简说:“你们主子说的话,我完全不懂。”太祖虽然不肯延缓进攻,然而对待徐铉还是和未曾出兵时一样。初四日壬寅,徐铉等告辞回到江南。

十九日丁巳,江南国主又派使者进贡,请求缓攻。

朱令赟从湖口带兵援救京师,号称十五万人,把木材缚成筏,长一百多丈,大的战舰可以装载一千人,顺流而下,准备焚毁采石浮桥。王明率领部下军队屯驻独树口,派他的儿子骑马飞速奏报,并且请求增造战船三百艘,以便进攻令赟。太祖说:“这不是应急的办法,令赟早晚赶到,金陵之围就解了。”就秘密地派使者让王明在洲浦间多立木杆像是帆樯的样子。令赟看见了,怀疑这里有伏兵,就稍稍逗留,而当时江水浅涸,不利航行,令赟自己乘坐大船,高十几层,船上立着大将的旗旛,来到皖口。行营步军都指挥使刘遇集中兵力急攻,令赟势力穷蹙,就放火抗拒,恰好北风很凶,火反过来烧到自己头上,部下全部溃散。二十一日己未,活捉令赟和战棹都虞候王晖等,获得兵器几万件,金陵只依靠这支援兵,从此孤城更加危急了。

(十一月)徐铉和周惟简回到江南以后不久,国主又派他们入奏,初三日辛未,在便殿应对。徐铉说李煜侍奉皇帝的礼节非常恭顺,只是因为有病才没有来朝见皇帝，不是胆敢抗拒诏令，请求缓攻以保全一邦之命。话说的很恳切，太祖和他反复辩论几次，徐铉的声调和脸色越发严厉。太祖大怒，按剑对徐铉说："不许多说了，江南有什么罪过，不过天下一家，卧榻的旁边，能够容忍别人打鼾睡觉吗！"徐铉恐惧退出。太祖又责问惟简，惟简更加害怕，就说："我本来住在山野，没有出来做官的意思，是李煜强迫派我来的。我早就听说终南山有很多灵药，将来希望能够到那里去隐居。"太祖出于怜悯而答应了他，并且送给他们二人很多财物，让他们回去。

十二日庚辰，王明报告在湖口打败江南兵一万多人，俘获战船五百艘，兵器也有很多。

此前，曹彬等列三寨攻城，潘美在北面，把地图呈上朝廷。太祖看到以后，指着北寨对使者说："北寨应该挖深沟来保卫自己，江南人一定在夜里出兵攻它，你赶快去告诉曹彬等快些挖沟，否则要给他们钻空子。"赐给使者食物，并且召来枢密使楚昭辅起草诏令，命令把战船迁移地方，防止其他变故，使者吃完东西就走了。曹彬等接到命令，亲自督率丁夫挖沟，把沟挖好了。十八日丙戌，江南人果然在夜里出兵五千进攻北寨，每人拿着一支火炬，打着鼓呼叫而进。曹彬等放他们过来后，才有计划地攻击他们，把他们都歼灭了，被歼灭的人中佩戴符印的将帅就有十几个人。

朝廷军队包围金陵，从春天到冬天，居民不能出来打柴，战斗又接连失败，城里人的胆气丧失了。曹彬还是想让他们出来投降，所以常缓攻，不断地派人告诉江南国主说："本月二十七日，城一定被攻占，应该早作安排。"国主不得已，约会先让他的儿子清源郡公仲寓入朝，可是又很久不出来。在二十七日以前的几天，曹彬每天派人去催促，并且告诉："郎君不必远走，如果到寨就四面停止进攻。"国主最后被左右人员的话所迷惑，以为城池是这样的坚固，怎么会在限定的日期陷落，就仅回答说："仲寓赶紧整顿行装还没有完全办好，宫中设宴饯行也还没有结束，二十七日才能够出去。"曹彬又派人告诉："如果二十六日出来也是来不及的。"国主不理。

此前，太祖曾几次通过使者告诉曹彬不要伤害金陵城里的人，如果他们还作最后的挣扎，李煜一家也千万不要杀害。这时候，曹彬忽然说生病，不处理事务，将领们都前来问候，曹彬说："我的病不是吃药就可以治好的，需要你们诸位共同发誓，破城的时候不随便杀一个人，我的病自然就会好了。"将领们表示同意，共同烧香立誓。大家发誓以后，曹彬就说病已经好了。二十七日乙未，金陵城陷落。从前，陈乔和张洎共同提出不投降的建议，情况紧急的时候，又约定共同为江南政权而死，不过张洎实际上并不想死，这时候就带着妻子和珠宝之类的轻软住到宫里来，领着陈乔一齐来见国主。陈乔说："我对不起陛下，希望杀了我吧。如果朝廷有所责问，请把责任推到我的身上。"国主说："气数已经完了，你死也没有什么好处。"陈乔说："即使陛下不杀我，我还有什么面目见人呢？"到底上吊死去。张洎告诉国主说："我和陈乔共同掌管政务，现在政权覆灭，应该一起死去，可是想到陛下到京师朝见皇帝的时候，谁能够替你说明当时情况呢，我之所以不死，是有所等待的。"

曹彬整顿军队成列进城，直到宫殿，国主奉表纳降，和他的臣属在宫门迎拜。曹彬选择一千名精兵守卫在宫门外，下令说："凡是有人要进来的，全部拒绝。"起先，国主曾命令在宫中堆积柴薪，自己说如果政权不能保持，就全家投火烧死。等到看到曹彬，曹彬对他安慰一番，并且说到朝廷来以后，俸禄和赏赐都是有限的，花费倒是很多，应该尽量地多带些金帛之类的东西，等到被主管部门登记以后，就一件东西也不能动了。就又让李煜到宫里去，随便地想拿什么就拿什么。行营右厢战棹都监梁迥和田钦祚等都劝曹彬说："假如发生意外，谁来承担责任？"曹彬只是笑而不回答。梁迥等极力地不停规劝，曹彬说："李煜从来不果断，现在已经投降了，一定不会自杀，不必顾虑。"又派五百人替李煜运送他携带的物资。李煜正在怨恨叹息政权灭亡，无心积存财富，他拿的并不多，但把一些黄金分别地赏赐给亲近的大臣，只有右内史、学士张佖不肯接受而到曹彬那里去自己表白，希望奏报上去，曹彬说张佖求名，不同意，仅仅把那些黄金交公。

曹彬进入金陵以后，重申严格禁止抢劫的命令，士大夫依靠他得到保全，各得其所，亲属被兵士抢走的，即时遣送回家。随即在军队里搜查，不许藏匿人家的妻女，仓廪府库交给转运使许仲宣按账册检查，曹彬一概不管，军队回来的时候，船里只有图籍衣被而已。

十二月初一日己亥，江南捷书送到京师，共得十九州、三军、一百零八县、六十五万五千六十五户。群臣都来祝贺，太祖流泪对左右的人说："国家分裂，人民受到灾难，要传播声威教化，抚养他们。不过攻城的时候，一定有无辜被杀的，这实在是可悲的。"就诏令拨出十五石米，救济城中饥民。

初三日辛丑，赦免江南管辖区内平时大赦所不赦免的人，江南所任命的文武官员还有具体工作的，照旧工作。曾经过战斗的地方免除二年劳役，未曾经过战斗的地方免除一年劳役。各种身份的人及和尚、道士被胁迫当兵的，发给凭证遣散。命令各州分析旧政，赋敛繁重的废除。军人俘得的人口，七岁以上的，官府给五匹绢赎回本家，七岁以下的送回本家。又诏令不许侵犯李煜父亲和祖父的坟墓，命令太子洗马河东人吕龟祥到金陵去，登记李煜所藏图书送到朝廷来。

开宝九年（丙子，976）

（春季正月）初四日辛未，曹彬派翰林副使太原人郭守文拿着露布，到京师来献江南国主李煜和他的子弟、官属等五十五人。太祖到明德门受献，李煜等穿着白色的衣服听候治罪，诏令全部免予治罪，各自赐给帽子和衣带、玉帛、配鞍的马匹多少不等。当时主管部门准备举行像刘铱那样的献俘礼，太祖说："李煜曾经使用我们颁布的历法，和刘铱不同。"于是收起露布不公布。李煜先以为他抗拒命令，心里很忧愁愤恨，不愿意活着见太祖，守文看出来了，就对李煜说："朝廷只是要恢复疆土，以便达到太平的目的，怎么会有来晚了的受责备呢？"李煜的心才安定下来。徐铉随李煜到了京师，太祖召见他，责问他为什么不早些劝李煜归顺朝廷，声音和脸色都很严厉。徐铉回答说："我是江南大臣而江南灭亡，罪过本来是该死的，不应该问别的事情。"太祖说："你是忠臣，侍奉我要和侍奉李家一样。"赐给他座位，安慰了他。又责问张洎说："你教李煜不要投降，使他到了今天这种地步。"随即拿出用帛写的信给他看，这信是朝廷军队包围金陵的时候，张洎所写的召长江上游救兵装在蜡丸里的信。张洎叩头请死，说："信确是我的。狗对于不是主人的人要叫的，这封信不过只是一桩，其他的事情还多呢。现在能够死，是我的本分。”说话时言语和脸色毫不改变。太祖本想杀张洎，到这时很惊异，就对他说：“你很有胆量，我不处分你。现在你侍奉我，不要改变过去那样的忠心。”

初八日乙亥，以李煜为右千牛卫上将军，封违命侯。他的子弟都任命为各卫大将军，宗族都任命为各卫将队。

初九日丙子，以李煜的司空、知左右内史事汤悦为太子少詹事，太子太保徐游、左内史侍郎徐铉为太子率更令，右内史舍人张洎、王克贞为太子中允。克贞是新淦（江西新干）人，在江南遵守伦理常道，不倾向任何一方，人们称道他是忠厚的长者。

徐铉为人正直，不故意造作。卢氏县主簿谢岳是徐铉的老朋友。按照南唐铨选制度，七十岁就要罢官。谢岳和虢州刺史意见不合，虢州刺史上奏谢岳年龄已经超过规定，不能胜任他的工作。当时江南人士的官爵和年龄，主管部门有疑问的时候，一定去问徐铉。谢岳求他哀怜地说：“我的像狗马一样的年纪，你是确实知道的，不过我家贫穷，亲属又多，依靠俸禄维持生活。现在如果罢官就要饿死埋在地下了，希望你就说不知道。”徐铉说：“我确实知道而说不知道就是欺骗上天。”到底用实际情况来回答，吏部就罢了谢岳的官。不过老朋友的子弟和亲族中孤贫的人来请求依靠徐铉的，他一定分出薪金找住处接纳他们。

以两浙都钤辖使沈承礼为威武节度使。从前，包围润州的时候，城里的兵在夜里出来焚烧栅栏，有人请求去援助。承礼说："兵法所说的敌人进攻东南的时候要在西北备战就是指的这种情况。"命令士兵穿起铠甲而不动。不久焚烧栅栏的兵去进攻其他的壁垒，未曾备战的将领都受到惊扰，只有承礼的部下，敌人不敢看一眼。

从前，卢绛在宣州，听说金陵陷落，就率领部下到福建去，企图割据岭南。走到歙州的时候，刺史龚慎仪关起城门抵抗，卢绛生气了，攻占歙州城，杀死慎仪，放起火来，大肆抢劫，所过的地方没有不惊扰的。当他发布通告到福州的时候，观察判官查元方斩了他的使者。十二日己卯，太祖听说卢绛叛变，派他的弟弟卢袭带着诏书使他归顺。

（夏季四月）从前，李煜投降以后，曹彬让李煜写信告诉江南各城守将，各城守将相继归顺，只有江州军校胡则和牙校宋德明杀刺史，据守城池不肯投降，诏令先锋都指挥使曹翰为招安巡检使，率兵讨伐。江州城险要坚固，曹翰攻不下来，从冬天到夏天，死了很多人。二十一日丁巳才攻占它，江州兵还在巷战，胡则当时病很重，躺在床上，曹翰捉住他绑起来，责备他抗拒命令，胡则回答说："狗对于不是主人的人要叫的，你有什么可责怪的。"曹翰命令腰斩了他，并且杀了德明。

此前，太祖命令右补阙张霁知江州，和曹翰同时进入江州城。曹翰部下的兵抢劫百姓家，百姓向张霁控诉，张霁经过调查杀了曹翰部下的兵。曹翰因为江州人抵抗，又恨由于百姓控告而杀了他部下的兵，生起气来屠城。死了几万人，把死尸投到井里都填满了，其余的都抛到长江里去。曹翰诬奏张霁，张霁移知饶州。曹翰得到百姓家的若干万财产。太祖听说江州就要攻下来，派使者拿着诏书给曹翰，禁止杀人。使者到独树浦的时候，遇到大风不能渡河，等到了江州的时候，城已经被屠了。曹翰请求把庐山东林寺的五百尊铁罗汉载回来，到颍州新建佛舍。于是调发十几艘大船，把金帛都装进去，上面放着铁罗汉，当时被叫做"押纲罗汉"。

江南未曾平定的时候，左赞善大夫、知汉阳军李恕屡次带兵渡江打败敌兵。二十八日甲子，以李恕为驾部员外郎。

（五月初三日己巳）卢绛接受诏命到朝廷来，刚刚召见询问有关情况，当时龚慎仪哥哥的儿子龚颖是右赞善大夫，在朝廷遇见卢绛，责问他说："反贼，你随便地杀我叔父，我等候你很久了，现在你到这里来了吗？"就捉住卢绛诉冤，太祖把卢绛交给主管官吏，枢密使曹彬说卢绛很勇敢，希望宽赦他的死罪。太祖说："卢绛的相貌非常像侯霸荣，怎么可以留下来呢？"初九日乙亥，把卢绛在西市斩首。

六月初四日己亥，以颍州团练使曹翰为桂州观察使，并且判颍州，这是赏他平定江南的功劳。

（八月）江南刚平定的时候，袁州刺史刘茂忠和吉州刺史屠令坚互相约定抗拒朝廷命令，正好令坚死了，监军侍其祯权知吉州，约定的事情也就作罢，茂忠和其祯共同入朝。从前茂忠常侵掠沿边城邑，太祖责问他，茂忠说："我侍奉李煜尽一切力量，虽然陛下亲征，我也不惜死去。"太祖赞赏他的忠心朴实。十六日庚戌，以茂忠为登州刺史，其祯为闲厩使。

废江南各县南唐设置的制置使。

（九月）江南刚平定的时候，命令著作佐郎建阳（福建建阳）人杨澈做虔州通判，去负责曹彬分兵的任务。节度使郭载兴正在集中军队自守，杨澈一个人骑马直接到他的壁垒去，把朝廷的威信告诉他，载兴就交出符节听从命令。十八日辛巳，任命载兴为海州刺史，杨澈检查城里的全部士兵，把勇壮的每五百人编成一纲，送到京师去。黎、罗二姓土豪，依山聚党作乱，杨澈讨平了他们，捉住这两个土豪，加上刑具，送到朝廷去。

(冬季十月)二十日癸丑,太祖在万岁殿死去。

二十一日甲寅,太宗即位,群臣在万岁殿的东侧谒见新皇帝,太宗哭得昏厥过去。

(十一月)这月里,刘铱封卫国公,李煜封陇西郡公,废去李煜违命侯的封号。

(十二月)二十日壬子,毁江南各州城上的白露屋。

太平兴国二年(丁丑,977)

(春季正月三十日辛卯)以前,江南各州官府买茶十分之八,其余的十分之二在收过十分之一的税以后,发给凭证,准许私人买卖,商人从中投机作弊,渡过长江,越过淮河,贩卖茶叶,使法令紊乱。转运使樊若冰请加以禁止,并且增加官府收买茶叶价钱以便民。

李煜过去用铁钱,人民感觉很不方便。二月初一日壬辰,若冰请求在升、鄂、饶等州置铸钱监,大量地铸造铜钱,凡是出铜的山都禁止人民开采,把铜完全采给官府铸钱。各州官府所贮存的铜钱,都用来买金帛等轻软物品上交朝廷并且籴麦。铜钱既不过江,加以新铸的钱,民间的钱越来越多,铁钱自然应当停止使用,可以把它们都用来铸造农具,供给归附的江北流民,并且废除铜钱不许过江的禁令。诏令接受他的请求,人民都感到很方便。不过李煜在战时临时征收的那些项目,若冰全部奏报说是平时的赋税,人民很怨恨。若冰年轻的时候贫贱，曾受过豫章富人洪某的侮辱，怀恨在心。不久洪某主管本州的酒专卖，欠李煜时年税几百万铁钱，若冰全部向他收铜钱，使得洪某几乎破产。

（二月）右千牛卫上将军李煜自己说他贫穷，初四日乙未，诏令赐钱三百万。李煜虽然贫穷，张洎还向他要东西，李煜给他银洗面器，张洎不高兴。当时潘慎修掌管李煜的章表文书，张洎怀疑是慎修教李煜这样做的，他本来和慎修友好，从此也比较疏远了。

二十八日己未，诏令在刘鋹、李煜的常俸以外，加给其他名义的财物。

（三月）初四日乙丑，开始颁布禁止在江南各州采铜的命令。

（五月）从前，曹翰屠江州，把人民都杀光了，当地人的田地房屋都被江北商人所占有。诏令州的长官寻找他们乡里疏远的亲属，把那些田地房屋发还给这些人。知州张霁接受商人贿赂，替他们隐瞒，不全部地发还，人民控告了这件事情，十八日戊寅，张霁被判处杖刑流放海岛。

太平兴国三年（戊寅，978）

（二月）十六日辛未，太宗到西绫锦院去，让近臣观看织室的织布机。回来的时候到崇文院观看书籍，亲王和宰相可以随意检阅提出问题。又召刘鋹和李煜广泛地观看，太宗对李煜说："听说你在江南喜欢读书，这里的书籍很多是你当年的东西，近来你还读书吗？"李煜叩头称谢，随即在中间的正屋里饮酒，到喝醉而止。

(三月)江南刚平定的时候，太祖以周惟简为国子博士。惟简从前曾说过希望在终南山隐居的话，不得已而上书表明以前的愿望，请求辞官，于是改为虞部郎中退休。实际上惟简退休并非出自本心，退休又没有俸禄，太宗即位后，他从东南到朝廷来见皇帝，主管部门以为退休官员除非诏令召见，否则并没有自己请求见皇帝应对的制度，于是惟简打登闻鼓，上表请求再出来做官。初八日壬辰，又任命他为原来的官职，当时的士人谈起来都瞧不起他。

(秋季七月)初九日壬辰，赠太师、吴王李煜死，太宗为他停止视朝三天。从前，郑彦华的儿子文宝，曾在李煜属下做校书郎，归顺朝廷以后，没有让他做原官。李煜当时在做禁卫官的右千牛卫上将军，文宝想见他一次，怕守门的人不同意，就披着蓑衣背着斗笠装成打鱼的人，进去以后，就用圣明君主宽大的意思劝说李煜，告诉他应该谨慎地侍奉皇帝，不要有其他的想法。谈论的人都赞叹他的忠心。

削平北汉

五代时期，后周太祖郭威废后汉的最后一个皇帝刘赟，他的父亲后汉河东节度使刘崇据太原称帝，国号汉，历史叫做后汉。这是当时唯一在北方的割据政权。刘崇奉契丹主为叔皇帝，自称侄皇帝。后周世宗曾在高平（山西高平）大败北汉兵，进围太原。刘崇的儿子刘承钧尊契丹主为父皇帝，依靠契丹的支持，保境自守。宋太祖赵匡胤曾亲征北汉，无功而归。南唐和吴越等割据政权消灭后，宋朝的力量增强，契丹以重兵防守河北，不能全力援助北汉。太平兴国四年（979），宋太宗赵光义亲征北汉，打败契丹援兵，北汉亡。

建隆元年(庚申,九六〇)

(三月)先是,北汉诱代北诸部侵掠河西,诏诸镇会兵以御之。是月,定难节度使、守太尉兼中书令李彝兴言,遣部将李彝玉进援麟州,北汉引众去。彝兴即彝殷也,避宣祖讳改焉。

(夏四月)昭义节度使兼中书令太原李筠,在镇逾八年,恃勇专恣,招集亡命,阴为跋扈之计。……癸未,执监军亳州防御使周光逊、闲厩使李廷玉,遣其教练使刘继冲及判官孙孚送于北汉,纳款求援。

(五月)辛丑,以洺州团练使博野郭进为本州防御使兼西山巡检,备北汉也。

北汉主遣内园使李弼以诏书、金帛、善马赐李筠,筠复遣刘继冲诣晋阳,请北汉主举军南下,己为前导。北汉主……行至太平驿,筠身率官属耆老迎谒,北汉主命筠赞拜不名,坐于宰相博兴卫融之上,封西平王,……遣宣徽使莱人卢赞监其军,……北汉主闻赞与筠有隙,遣卫融诣军中和解之。

(六月辛卯)北汉主闻筠败,自太平驿遁还晋阳,谓赵华曰:“李筠无状,卒如卿言。吾幸全师以归,但恨失卫融、卢赞耳。”

(八月)忠武节度使兼侍中阳曲张永德徙武胜节度使。初,显德末,有方士私谓永德言上受命之符者,永德在军中潜意推奉。将聘孝明皇后，永德出缗钱金帛数千[1]，以助纳采[2]，上甚德之。于是，自许来朝，命改镇邓，恩宠优渥，旧臣无与比者。其后复入觐，召对后苑，道旧故为乐，饮以巨觥。永德妻，周太祖女晋国公主也，但呼驸马而不名。尝问所宝通天犀带安在[3]，永德曰："往以征淮，过用官钱二十万贯，已偿之矣。"上曰："尚欠几何？"曰："五万贯。"即日，诏除其籍，仍别赐二十万。从游玉津园，命卫士代执其辔。时上将有事于北汉，因密访策略，永德曰："太原兵少而悍，加以契丹为援，未可仓卒取也。臣愚以为每岁多设游兵，扰其田事，仍发间使谍契丹，先绝其援，然后可图。"上曰："善。"

（九月）壬寅，李继勋言帅师入北汉界，烧平遥县，掳掠甚众。

（十月）乙酉，晋州言兵马钤辖、郑州防御使荆罕儒战没。罕儒恃勇轻敌，常悬军深入北汉境，北汉人多闭壁不出，前后掳获甚众，于是领千余骑抵汾州城下，焚其草市而还[4]。夕次京土原，北汉主遣大将郝贵超领万众来袭，黎明及之，罕儒遣都监、毡毯副使阎彦进分兵以御

---

① 缗钱：成串的钱，宋代以一千文为一缗。 ② 纳采：古代婚礼中，女家同意议婚后，男家送礼物去求婚。 ③ 通天犀：犀牛角的一种。角中有一条白线，从角端到角末，贯通全角。 ④ 草市：城外的集市。

贵超。罕儒锦袍衷甲，据胡床飨士，方割羊臂臑以食，闻彦进小却，即上马，麾兵径犯其锋。北汉人攒戈舂之，罕儒坠马，为北汉人所获，罕儒犹格斗，手杀十余人乃遇害。北汉主欲生致罕儒，及闻其死，求杀罕儒者戮之。上痛悼不已，擢其子守勋为西京武德副使，因索京土原之将校不用命者，黜慈州团练使平陆王继勋为率府率，阎彦进为殿直，斩其部下龙捷指挥使石进德等二十九人。

是岁，北汉主以抱腹山人郭无为为谏议大夫，参议中书事。无为，安乐人。方颡鸟喙，好学多闻，善谈辩。尝衣褐为道士，居武当山。周太祖讨李守贞河中，无为诣军门上谒，询以当世之务，甚奇之。或谓周祖曰："公为汉大臣，握重兵居外而延纵横之士，非所以防微虑远之道也。"无为去，隐抱腹山。枢密使段恒识之，荐其才，北汉主召与语，大悦，因授以政，复命恒及侍卫亲军使太原蔚进皆同平章事。

建隆二年(辛酉，九六一)

(十一月癸未)晋州言败北汉军于汾西，获马牛驴数千计。

(十二月)乙未，昭义节度使李继勋奏败北汉军千余人，斩首百余级，获辽州刺史傅廷彦弟勋以献。

建隆三年(壬戌，九六二)

（二月）甲寅，北汉寇潞、晋二州，守将击走之。

（四月）壬寅，邢州言北汉民四百七十人来降。

（戊申）北汉寇麟州，防御使杨重勋击走之。

（秋七月）己卯，北汉捉生指挥使路贵等十一人来降，并补内殿直。

乾德元年（癸亥，九六三）

（夏四月甲辰）命磁州分闲田以处北汉降民，仍赐耕牛及钱米。

（秋七月）丁巳，安国节度使王全斌言与西山都巡检使、洺州防御使郭进，赵州刺史陈万通，镇州兵马钤辖、登州刺史高行本，客省使曹彬等率兵入北汉界，获生口数千人来献。诏释之，仍各赐钱米。

（己卯）北汉宿卫殿直行首王隐、刘诏、赵峦等谋叛，事觉被诛，其辞连枢密使段恒。北汉主出恒为汾州刺史，寻缢杀之。初，北汉主宠姬郭氏，医僧之女也。僧尝与嫠妇通而生姬，有殊色，北汉主嬖之，将立为妃，恒谓所出非偶，恐贻笑邻国，北汉主乃止。姬之昆弟姻戚又多抑而不用，故诸郭咸怨，因谮杀恒。恒死非其罪，国人怜之。以司徒兼门下侍郎、平章事赵弘兼枢密使，吏部侍郎、参议中书事郭无为为左仆射兼中书侍郎、平章事。无为与弘不协，北汉主出弘为汾州刺史，无为兼枢密使，军国之务，一以委焉。无为又谮弘为汾州不治，徙岚州。

（八月）丁亥，王全斌言复与郭进、曹彬等帅师攻北汉乐平县，降其拱卫指挥使王超等及所部兵一千八百人。北汉侍卫都指挥使蔚进、马军都指挥使郝贵超等悉蕃汉兵来救，三战皆败之，遂下乐平，即建为乐平军。

辛卯，以北汉乐平降兵为效顺军，赐钱帛有差。

丙申，北汉静阳等十八寨首领相率来降。

（九月）是月，北汉主诱契丹兵攻平晋军，命洺州防御使郭进、濮州防御使张彦进、客省使曹彬、赵州刺史陈万通领步骑万余往救之，未至一舍，北汉引兵去。郭进御军严而好杀，部下整肃，每入北汉境，无不克捷。上时遣戍卒，必谕之曰："汝辈当谨奉法，我犹赦汝，郭进杀汝矣。"尝选御马直三十人隶进麾下押阵，属与北汉人战，往往退怯，进斩十余人。奏至，上方阅武便殿，厉声曰："御马直，千百人中始得一二人，少违节度，郭进遽杀之，诚如此，垄种健儿亦不足供矣。"乃潜遣中使谕进曰："恃其宿卫亲近，骄倨不禀令，戮之是也。"进感泣。尝有军校诣阙诉进不法事，上谓近臣曰："所诉事多非实，盖进御下严甚，此人有过，畏惧而诬罔之耳。"即命执以与进，令自诛之。进方奉表谢，会北汉入寇，进谓其人曰："汝敢论我，信有胆气，今舍汝罪，汝能掩杀此寇，则荐汝于朝，如败，便可往降，勿复来也。"军校踊跃听命，果立功而还，进奏乞迁其祖，上悦而从之。

（十一月）初，上将有事于南郊，命沿边诸将分道略北汉境。磁州刺史、晋隰等州都巡检使孟人李谦溥与郑州防御使孙延进、绛州防御使沈维深、通事舍人王睿等帅师出阴地。以谦溥为先锋，会霍邑。谦溥因画攻取之策，延进等不能用，军还至白壁关谷口，谦溥又曰："敌必乘我后，当整众备之。"延进又弗听，谦溥独令所部擐甲，俄顷追骑至，延进等狼狈入谷中，谦溥麾兵拒战，北汉人乃退。谦溥寻迁隰州刺史，都巡检使如故。

（十二月乙巳）遣内客省使曹彬、通事舍人王继筠分诣晋、潞州，与节度使赵彦徽、李继勋会兵入北汉境，攻其边邑及辽、石州。

（闰十二月丙子）初，北汉主嗣位，所以事契丹者多略，不如世祖时每事必禀之①。于是契丹遣使持书来责，其略曰："尔先人穷来归我，我先兄天授皇帝待以骨肉②。洎余继统，益修前好。尔父即世，我用命尔即位柩前，丹青之约，我无所负。尔父据有汾州七年，止称乾祐③，尔不遵先志，辄肆改更。李筠包藏祸心，舍大就小，无所顾虑，姑为觊觎，轩然举兵，曾不我告。段恒尔父故吏，本

① 世祖：北汉政权建立者刘崇的庙号。 ② 天授皇帝：辽世宗耶律阮的尊号。 ③ 乾祐：后汉高祖刘知远到北汉睿宗刘钧沿用的年号（948—956）。

无大恶，一旦诬害，诛及妻子，妇言是听，非尔而谁？我务敦大义，曲容瑕垢，父子之道，所不忍渝。尔宜率德改行，无自贻伊戚也。”北汉主得书恐惧，遣使重币往谢，契丹执其使不报。北汉主再遣使修贡，契丹又执其使不报。北汉地狭产薄，又岁输契丹，故国用日削，乃拜五台僧继颙为鸿胪卿，继颙，故燕王刘守光之子①，守光死，以孽子得不杀，削发为浮图，后居五台山。为人多智，善商财利，世祖颇倚赖之。继颙能讲《华严经》，四方供施，多积蓄以佐国用。五台当契丹界上，继颙常得其马以献，号“添都马”。岁率数百匹。又于柏谷置银冶，募民凿山取矿烹银。北汉主取其银以输契丹，岁千斤。因即其冶建宝兴军。

乾德二年（甲子，九六四）

（春正月）是月，昭义节度使李继勋、兵马钤辖康延沼、马步军都军头尹勋等帅步骑万余攻辽州，北汉马军都指挥使郝贵超领兵来援，战于城下，贵超大败。刺史杜延韬危蹙，与拱卫都指挥使冀进，兵马都监、供奉官侯美，及部下兵三千人举城来降。延沼，延泽弟也。北汉寻诱契丹步骑六万入侵，继勋复与彰德节度使罗彦瓌、

① 刘守光：五代初年河北军阀，曾自称大燕皇帝，被后唐庄宗李存勖攻灭。

西山巡检使郭进、内客省使曹彬等领六万众赴之，大破契丹及北汉军于辽州城下。

(二月)甲寅，杜延韬等七人至自辽州，上赦其罪，赐分物有差。及杨璘至自府州亦如之。

(三月)乙未，北汉耀州团练使周审玉等四人来降，各赐分物有差。以审玉为汾州团练使，改名承瑨。

(六月)释北汉军俘千人，赐衣履，分隶畿县民籍。

(十二月)北汉主四遣使诣契丹贺正旦、生辰、端午，契丹皆执其使不报。

乾德三年(乙丑，九六五)

(三月)乙未，诏河东境上军寨分遣人入北汉界招谕将吏兵民，苟能去逆效顺，当倍加安抚，卑职者命以高秩，假摄者授以正员。

晋州言北汉罗侯、松谷两寨指挥使张贵等七百余人来归。

(六月庚戌)潞州言太原官吏将校多来归者，诏优给装钱，部送阙下。

(十二月)是岁，北汉主遣驸马都尉白升奉表谢过于契丹，具请释遣前使，契丹不报，又遣其子继文及宣徽使李光美往，亦被执，自是文武内外官属悉以北使为惧，而抱负才气不容于权要者乃多为行人矣。

乾德四年(丙寅，九六六)

（春正月己丑）北汉入寇，命西北诸镇出兵御之。

（二月）丙辰，安国节度使罗彦瓌言与西上閤门副使田钦祚大破北汉军于静阳砦，斩首千余级，擒其将鹿英等，获马三百匹，兵仗三万余。

（十二月）北汉主遣侍卫都虞候刘继钦等复取辽州。

乾德五年（丁卯，九六七）

（五月乙巳）镇州言北汉鸿唐寨招收指挥使樊晖杀其监军成昭，以寨来降。

开宝元年（戊辰，九六八）

（春正月）乙巳，晋州言北汉偏城寨招收指挥使任守恩等一百五十人来降。

（三月）甲辰，镇州言百井寨兵出攻北汉马鞍山寨，斩获数十人。

（四月丙子）晋州言北汉军校翟洪贵等二百余人来降。

（秋七月丙午）镇州言北汉乌玉寨主胡遇等并家属一百三十九人来降。

上自即位，数出微行，或过功臣之家，不可测。赵普每退朝不敢脱衣冠。一夕大雪，普谓上不复出矣，久之，闻叩门声异甚，亟出，则上立雪中。普惶恐迎拜，上曰："已约吾弟矣。"已而开封尹光义至，即普堂设重重地坐，炽炭烧肉，普妻行酒，上以嫂呼之。普从容问曰："夜久寒甚，陛下何以出？”上曰：“吾睡不能著，一榻之外，皆他人家也，故来见卿。”普曰：“陛下小天下耶？南征北伐，今其时也，愿闻成算所向。”上曰：“吾欲收太原。”普嘿然良久，曰：“非臣所知也。”上问其故，普曰：“太原当西北二边，使一举而下，则边患我独当之，何不姑留以俟削平诸国，彼弹丸黑子之地将何所逃？”上笑曰：“吾意正尔，姑试卿尔。”于是用师荆湖，继取西川。

尝因北汉界上谍者谓北汉主曰：“君家与周氏世仇，宜不屈。今我与尔无所间，何为困此一方之人也？若有志中国，宜下太行以决胜负。”北汉主遣谍者复命曰：“河东土地兵甲不足当中国之十一，区区守此，盖惧汉氏之不血食也。”上哀其言，笑谓谍者曰：“为我语刘钧，开尔一路以为生。”故终孝和之世不以大军北伐①。

初，北汉世祖女为晋护圣营卒薛钊妻，生子继恩。汉高祖典禁卫②，以世祖故，释钊军籍，馆于门下。钊无材能，高祖衣食之而无所用。其妻常居中，钊罕得见，意快快，因醉拔佩刀刺之，伤而不死，钊即自裁。其妻改适何氏，复生继元，而何与妻皆卒。世祖以孝和帝尤子，复养继恩及继元，皆冒姓刘氏。继恩皤腹多髯，长上短下，

① 孝和：北汉第二代统治者刘钧的谥法。 ② 汉高祖：后汉政权建立者刘知远。

乘马即魁梧，徒步即侏儒，事孝和帝尽恭，昏定晨省，礼无违者。及为太原尹，选软不治，孝和帝忧之，尝谓宰相郭无为曰："继恩纯孝，然非济世才，恐不能了我家事，将奈何?"无为不对。是月，孝和帝卧疾勤政阁，召无为，执其手，以后事付之。继恩始监国，无为与侍卫亲军使蔚进不协，因出进守代州，又建议渐斥去公族，命继恩弟继忠守忻州。继忠，亦孝和帝养子也，自称尝使契丹，得冷痼病，定襄地寒，愿留养晋阳。继恩责其观望，趣令就道，继忠颇出怨语，或以白继恩，寻缢杀之。孝和帝殂，继恩遣使告终称嗣于契丹，契丹许之，然后即位。

(八月)丙寅，命客省使卢怀忠等二十二人领兵屯潞州，将有事于北汉也。

戊辰，以昭义节度使、同平章事李继勋为河东行营前军都部署，侍卫步军都指挥使党进副之，宣徽南院使曹彬为都监；棣州防御使何继筠为先锋部署，怀州防御使康延沼为都监；建雄节度使赵赞为汾州路部署，绛州防御使司超副之，隰州刺史李谦溥为都监。

(九月辛卯)北汉主继恩怨郭无为初与其父言不助己，且恶其专政，欲逐之而未果，是月，加无为守司空，外示优礼，内实疏远之也。继恩服衰裳视事，寝处皆居勤政阁，其左右亲信悉留太原府廨，或请召入令翊卫，继恩弗听。于是，文武百官皆进秩，继恩置酒宴诸大臣及宗子，饮罢卧阁中。供奉官侯霸荣率十余人挺刃入阁，反扃其户，继恩惊起，绕书堂屏风环走，霸荣以刃揕其胸杀之。无为遣兵以梯登屋入，杀霸荣并其党，迎立继恩弟太原尹继元。继恩立才六十余日。

霸荣者，邢州人，多力善射，走及奔马，尝为盗并、汾间，北汉世祖用为散指挥使，戍乐平。王全斌攻乐平，霸荣率所部降之，补内殿直，未几，复奔北汉为供奉官。于是，谋杀继恩，持其首归朝，旋为无为所杀。或谓无为实使霸荣作乱，亟诛霸荣以灭口，故人无知者。

继元始立，王师已入其境，乃急遣使上表契丹，且请兵为援。又遣侍卫都虞候刘继业、冯进珂领军扼团柏谷，以将作监马峰为枢密使，监其军。峰，太原人。继元妻，峰女也。继业本名重贵，姓杨氏，重勋之兄，幼事北汉世祖，遂更赐以姓名。马峰至洞过河，与李继勋等遇，何继筠以先锋击破之，斩首二千余级，获马五百匹，擒其将张环、石斌，遂夺汾河桥，薄太原城下，焚延夏门。继元遣殿直都知郭守斌领内直兵出战，又败。守斌中流矢，退入城中。

丁未，北汉佐胜军使李琼来降。

（冬十月）是月，上遣使赍诏至太原，谕北汉主继元令降，约以平卢节度使授之。又别赐郭无为、马峰等诏四十余道，许授无为安国节度使，马峰而下并与藩镇。

无为得诏色动，但出继元一诏，余皆匿之，自是始有二志，劝继元纳款，继元不从。

初，上遣谍者惠璘伪称殿前散指挥使负罪奔北汉，无为使为供奉官。及王师入境，璘即来奔，至岚谷，候吏获之，械送太原，无为知其谍也，释不问。有招收将李超者，尝为上党厩卒，颇知璘奸状，因告马峰请以璘属吏，无为怒，并超斩之以灭口。

（十一月）是月，契丹以兵来援北汉，李继勋等皆引归，北汉因入侵，大掠晋、绛二州之境。

初，北汉主继元妻段氏，尝以小过为孝和后所责，既而病卒，继元疑后杀之。后方缞服哭孝和帝于柩前，继元遣其嬖臣范超执而缢杀之，宫中嫔御遭罹逼辱，无复嫌间。世祖十子，镐、锜、锡独有贤行，北汉主听群小之谮，幽囚之，未逾年皆死，惟铣以佯愚获存。

开宝二年（己巳，九六九）

（春正月）丙午，又遣使四十九人发诸道兵，屯于潞、晋、磁等州。

（二月）乙卯，命宣徽南院使曹彬、侍卫步军都指挥使党进等，各领兵先赴太原。

戊午，诏亲征。

己未，以皇弟开封尹光义为东京留守，枢密副使沈义伦为大内部署，昭义节度使李继勋为河东行营前军都部署，建雄节度使赵赞为马步军都虞候，先赴太原。

甲子，车驾发京师。

丙寅，次滑州。

丁卯，次王桥顿。

彰德节度使韩重赟来朝，上谓之曰："契丹知我是行，必率众来援。彼意镇、定无备，将由此路入。卿可为朕领兵倍道兼行，出其不意破之。"乃以重赟为北面都部署，义武节度使洛阳祁廷义副之。

己巳，次相州。

庚午，次磁州。

乙亥，次潞州，以霖雨驻跸。

时诸州馈饷毕集城中，车乘塞路。上闻之，以为非理稽留，将罪转运使。宰相赵普曰："六师方至而转运使获罪，敌人闻之，必谓储偫不充，非所以威远之道，但当择治剧者莅此州耳。"

丙子，命户部员外郎、知制诰王祐权知潞州。祐即发遣车乘，行路无阻。

以枢密直学士赵逢为随驾转运使，仍铸印赐之。

北汉侍卫都虞候刘继业、冯进珂屯于团柏谷，遣牙队指挥使陈廷山领数百骑来侦逻。会李继勋等前军至，廷山即以所部降。继业、进珂知众寡不敌，亦领兵奔还晋阳，北汉主怒，罢其兵柄，继勋等遂围城。时契丹使内侍韩知璠册命北汉主为帝，北汉主夜开北门以纳之。明日置宴，群臣皆预，宰相郭无为哭于庭中，拔佩刀自刺，北汉主遽降阶持其手，引之升坐。无为曰："奈何以孤城抗百万之师乎！"盖无为欲以此摇众心也。

（三月）庚辰，以刑部员外郎滕白知河东诸州转运事。

壬午，颍州团练使曹翰为河东行营都壕寨使，王令岳副之。

辛卯，秘书丞、知河东转运使刘仪坐馈饷稽期，免所居官。先是，有诏沿边和市军储，既而虑其扰民，亟遣中使李神佑驰驿止之。时诏已下五日，神佑一夕而反。神佑，开封人也。

上驻跸潞州凡十有八日，获北汉谍者，问之，对曰："城中民罹毒久矣，日夜望车驾，惟恨其迟耳。"上笑，给衣服纵之。

壬辰，发潞州。

乙未，次南关。

李继勋言败北汉兵于城下，斩首千余级，获马六百匹。

戊戌，次太原。

庚子，观兵于城南，始命筑长连城。

辛丑，幸汾河，作新桥。以兵部员外郎、知制诰卢多孙知太原行府事。

壬寅，遣使发太原诸县民数万赴城下。

癸卯，北汉宪州判官史昭文以州城来降，即命昭文为刺史，仍赐袭衣、玉带、鞍勒马。

乙巳，幸城东南，始命筑长堤壅汾水。先是，有欲增兵攻城者，左神武统军陈承昭进曰："陛下自有数千万兵在左右，胡不用之?"上未悟，承昭以马策指汾水，上大笑，因使承昭董其役。

丙午，决晋祠水灌城。

丁未，命李建勋军于城南，赵赞军于西，曹彬军于北，党进军于东，为四寨以逼之。北汉人乘晦突门，潜犯西寨，赵赞率众与战，弩矢贯赞足，北汉人未退。时党进遣东寨都监李谦溥伐木西山以给军用，谦溥闻鼓声，即引所部兵赴之，北汉人乃退。上遽至战所，怪赴援者非精甲，问之，则谦溥也，甚悦。刘继业复以突骑数百犯东寨，党进挺身逐继业，麾下数人随之，继业走匿壕中，北汉兵出援之，继业缘縋入城获免。

夏四月戊申朔，幸城东观筑堤。

辛亥，遣海州刺史孙万进领军数千人围汾州，以判四方馆事任城翟守素监其军。

壬子，复幸城东，赐群臣及诸军时服，宴从臣。

初，棣州防御使何继筠为石岭关部署，屯于阳曲。

上闻契丹来援北汉，其一自石岭关入，乃驿召继筠诣行在所①，授以方略，并给精骑数千，使往拒之。且谓继筠曰："翌日亭午俟卿捷奏至也。"时已盛署，上命太官设麻浆粉赐继筠。食讫辞去，战于阳曲县北，大败契丹，擒其武州刺史王彦符，斩首千余级，获生口百余人，马七百余匹，铠甲甚众。己未，继筠遣子承睿来献捷，承睿未至，上登北台以俟，见一骑自北来，逆问之，果承睿也。北汉阴恃契丹，城久不下，上乃以所献铠甲、首级示之，城中人夺气。

壬戌，幸汾河观造船。

丙子，复幸城西。

北汉麟州刺史结齐罗、兵马都监嘉且舍鄂以城来降。

五月戊寅，命结齐罗为汾州团练使，嘉且舍鄂为石州刺史。

契丹兵果分道由定州来援，韩重赟阵于嘉山以待之。契丹见旗帜，大骇，欲遁去。重赟急击之，大破其众，获马数百匹。癸未，使来告捷，上大喜，手诏褒之。

甲申，幸城北，引汾水入新堤，灌其城。

戊子，幸城东南，命水军乘小舟载强弩进攻其城，内

① 行在所：皇帝所在的地方。也作行在。

外马步军都军头、横州团练使王廷乂亲鼓之，免胄先登，流矢中其脑而颠。庚寅，廷乂卒。辛卯，殿前指挥使都虞候、袁州刺史石汉卿亦中流矢，溺死。癸巳，赠廷乂建武节度使，汉卿袁州防御使。汉卿父万德落致仕为伴食都指挥使，领端州刺史。汉卿性桀黠，善中人主意，多言外事，恃恩横恣，中外无敢言者，闻其死，无不称快。其后上亦尽知汉卿诸不法事，复令万德致仕。

以前蜀州刺史聂章为沁州兵马部署，宫苑使聊城梁迥监其军。

丁酉，幸城西，命诸军攻其西门。遣偏师围岚州，赵文度危蹙请降。戊戌，来见，赐袭衣、玉带、金鞍勒马、器币，州官皆赐物。文度即弘也，避宣祖讳，更赐今名。文度母时在晋阳，君子罪其不能死节。

己亥，以右千牛卫将军周承瑨为岚州团练使。

庚子，宴赵文度于行宫。及还自太原，授文度重国节度使。

辛丑，以潘州团练使周广为攻城楼橹战棹都部署。

太原围急，郭无为谋出奔，因请自将兵夜击王师。北汉主信之，选精甲千人，命刘继业、郭守斌为之副，北汉主登延夏门自送之，且伺其反。是夕，初甚晴霁，已而风雨晦冥，无为行至北桥，因驻马召诸将，而刘继业以马伤足，先收所部兵入城矣，守斌迷失道，呼之不获，无为不能独前，乃与麾下数十人亦还。

闰五月戊申，水自延夏门瓮城入，穿外城两重注城中，城中大惊扰，上幸长堤观焉。水口渐阔，北汉人缘城设障，为王师所射，障不得施。俄有积草自城中飘出，直抵水口而止，王师弩矢不能彻，北汉人因得施功，水口遂塞。

郭无为复劝北汉主出降，北汉主不听。阉人卫德贵极言无为反状明白，不可赦，北汉主杀之以徇，城中稍定。北汉人俄自西长连城潜出，将焚我攻战之具，我师击走之，斩首万余级。夜半，忽传呼壁外云北汉主降，上令卫士擐甲，开壁门，八作使赵璲曰："受降如受敌，讵可夜半轻诺乎！"上使伺之，果谍者诈为也。

己酉，幸城南，命水军乘轻舟焚其门。

右仆射魏仁浦卒。仁浦尝侍春宴，上笑谓仁浦曰："何不劝我一杯？"仁浦因前上寿，上密谕曰："朕欲亲征太原，如何？"仁浦曰："欲速则不达，惟陛下审思。"上嘉其对。宴罢就第，赐上尊酒十石、御膳羊百口①。既而从行，中途遇病，还，卒于梁侯驿。赠侍中，谥曰宣懿。

太原城久不下，东西班都指挥使范阳李怀忠率众攻之，战不利，中流矢，几死。殿前指挥使都虞候赵廷翰率

---

① 上尊酒：用一斤稻米酿成一斗的淳酒。

诸班卫士叩头，原先登急击，以尽死力，上曰："汝曹皆我所训练，无不一当百，所以备肘腋、同休戚也。我宁不得太原，岂忍驱汝曹冒锋刃，蹈必死之地乎！"众皆感泣，再拜呼万岁。

时大军顿甘草地中，会暑雨，多被腹病，而契丹亦复遣兵来援。壬子，太常博士李光赞上言曰："陛下应天顺人，体元御极，战无不胜，谋无不臧，四方恃险之邦，僭窃帝王之号者，昔与中国为邻，今与陛下为臣矣。蕞尔晋阳，岂须亲讨！重劳飞輓，取怨黔黎，得之未足为多，失之未足为辱。国家贵静，天道恶盈。所虑向来恃险之邦，闻是役也，竭府库之财，尽生民之力，中心踊跃，各有窥觎。《传》曰：'邻之厚，君之薄也。'岂若回銮复都，屯兵上党，使夏取其麦，秋取其禾，既宽力役之征，便是荡平之策，惟陛下裁之。况时属炎蒸，候当暑雨，倘或河津泛滥，道路阻难，辇运稽迟，恐劳宸虑。"上览奏甚喜，复以问宰相赵普，普亦以为然，因使普召光赞慰抚之。丑癸，移幸城东罕山之南，始议班师也。

己未，徙太原民万余家于山东、河南，给粟。庚申，分命使者十七人，发禁军护送之，因屯于镇、潞等州，用绛人薛化光之策也。化光言："凡伐木，先去枝叶，后取根柢。今河东外有契丹之助，内有人户赋输，窃恐岁月间未能下，宜于太原北石岭山及河北界西山东静阳村、乐平镇、黄泽关、百井社各建城寨，扼契丹援兵，起其部内人户于西京，襄、邓、唐、汝州，给闲田使自耕种，绝其供馈。如此，不数年间，自可平定。”上嘉纳之。

壬戌，车驾发太原。

我师陷敌者数百人，上遣骁雄副指挥使浚仪孔守正领骑军往救，守正奋击，尽夺以还。北汉主藉我所弃军储，得粟三十万，茶、绢各数万，丧败罄竭，赖此少济。

戊辰，次镇州。

六月己卯，上发镇州。

庚辰，诏车驾所过，民无出今年秋租。

壬午，次邢州。

丙戌，次相州。

己丑，次滑州。

癸巳，车驾至自太原。

曲赦京城系囚。

遣使分往京西诸州赐太原所徙民帛，人一匹。又命控鹤都虞候京兆雀翰择其勇悍习武艺者籍为禁军。

是月，北汉主斩枢密副使段煦及马军都虞候冯超于坏水口，坐水入不救也。决城下水注之台骀泽，水已落而城多摧圮。契丹使者韩知璠犹在太原，叹曰：“王师之引水浸城也，知其一而不知其二。若知先浸而后涸，则并人无噍类矣。”

时契丹遣其将南大王来援，屯于太原城下，刘继业言于北汉主曰："契丹贪利弃信，他日必破吾国。今救兵骄而无备，愿袭取之，获马数万，因籍河东之地以归中国，使晋人免于涂炭，陛下长享贵宠，不亦可乎？"北汉主不从。南大王数日北还，赠遗甚厚。

开宝三年（庚午，九七〇）

（春正月辛酉）北汉主遣使持礼币贺契丹主，枢密使高勋言于契丹主曰："我与晋阳，父子之国也。岁尝遣使来觐，非其大臣，即其子弟。先君以一怒而尽拘其使，甚无谓也。今嗣主新立，左右皆非旧人，国有忧患，宁不我怨？宜以此时尽归其使。"契丹主曰："善。"乃悉索北汉使者前后凡十六人，厚其礼而归之。即命李弼为枢密使，刘继文为保义节度使，诏北汉主委任之。继文等久驻契丹，复受其命，归秉国政，左右皆谮毁之。未几，继文为代州刺史，弼为宪州刺史。契丹主闻之，下诏责北汉主曰："朕以尔国连丧二主，僻处一隅，期于再安，必资共治。继文尔之令弟，李弼尔之旧臣，一则有同气之亲，一则有耆年之故，遂行并命，俾效纯诚，庶几辑宁，保成欢好。而席来暇暖，身已弃捐，将顺之心，于我何有！"北汉主得书恐惧，且疑继文报契丹，乃密遣使按责继文，继文以忧惧死。

（二月丁酉）北汉主以礼部侍郎李恽为司空、同平章事，鸿胪卿刘继颙为太师兼中书令、领成德节度使，三司使高仲曦为枢密使，阉人卫德贵为大内都点检，嬖人范超为卫亲军都虞候。超及德贵实分掌机务，恽等备位而已。恽，阳武人，遭乱，与其母隔绝，居常戚戚，但以弈棋饮酒为务，政事多废，北汉主颇以为言，恽不听。一日，恽方与僧对弈，北汉主知之，命近侍直抵恽前，取局焚之，恽怡然诣北汉主谢。明日，别造新局，弈棋如故。北汉主多内宠，继颙造簪珥数百副以献，北汉主弥重信之。

开宝四年（辛巳，九七一）

（六月）是月，岚州言破北汉军于古冶村，斩首数百级。

（七月癸亥）平晋军使王怀美言率兵攻破北汉孟园、乐义二寨。

开宝五年（壬申，九七二）

（春正月壬寅）府州言北汉军寇方山、雅尔两寨，击走之。

（三月）乙亥，辽州言遣招收指挥使王满领兵入北汉界，拔其一寨。

（四月丙午）隰州团练使兼晋、隰等州沿边都巡检周勋筑垒北汉界上，北汉人袭破之。戊午，责勋为义州刺史。

（十二月乙卯）乾宁军言北汉民二千二百四十八户

来归。

北汉主始令民输赡军钱，文武百官皆减俸，财用不给故也。

开宝六年（癸酉，九七三）

（六月）初，李谦溥去隰州，边将屡失律，乃复以谦溥为隰州巡检使，边民喜谦溥之至，相率迎于路。癸巳，谦溥言领兵入北汉界，连拔其七寨。

北汉成德节度使、太师兼中书令刘继颙自以沙门位兼将相，颇为时论所薄，数上表求罢，不许，是岁，继颙卒，追封定王。前大内都点检刘继钦、殿前都虞候张重训、侍卫步军都指挥使郑进、前岚州刺史张昭敏、辽州刺史卫俦、都引进使李隐等皆被杀。

初，北汉主为大内都点检，孝和帝以其幼弱，命继钦副之，委以禁卫。北汉主立，亲旧多所诛放，继钦遂谢病请罢。北汉主曰："继钦但事先帝，岂肯为我尽力耶！"乃黜居交城，俾奉园寝，寻遣人杀之。进与宣徽使马峰不协，峰怒，夺其兵柄，进不堪其辱，诟峰于朝，北汉主怒，翌日送定襄安置①，遣人杀之于路。昭敏尝为礼部尚书参议事，性廉直，权势请托不行，多仇少与，旋出知岚州，俄召还，勒归私第，以出怨言，缢杀之。俦数从征伐，专

① 安置：对贬谪的官员指定地区居住，行动有一定限制。

掌吐浑军，阉人卫德贵嫉其功，使出为辽州，吐浑数千人遮道乞留，北汉主不许，吐浑失帅，由是一军不可复用。俦少长蕃部，不乐为州，颇出怨言，北汉主虑其为变，潜遣人杀之。隐惜俦忠勇，为嬖侍所诬，愤惋形于辞色，德贵闻而恶之，白北汉主，即送岚州安置，未几杀之。

开宝七年（甲戌，九七四）

（十二月）北汉主搜其军中子弟，自十七以上皆籍为兵，尽括民马。遣代州刺史蔚进来寇平阳，权知晋州武守琦率众御之，庚午，与进遇于洪洞县界，击败北汉兵五千余人。

北汉主改元广运。

开宝八年（乙亥，九七五）

（春正月）是月，北汉主命刘继业、马峰攻晋州，武守琦败之洪洞。

开宝九年（丙子，九七六）

（五月甲申）晋州以所获北汉岚、宪、石三州巡检使王洪武等二十九人来献。

（八月）丁未，命伐北汉，以侍卫马军都指挥使党进为河东道行营马步军都部署，宣徽北院使潘美为都监，虎捷右厢都指挥使杨光义为都虞候。己酉，进等入辞，各赐戎服、金带、鞍马、铠仗遣之。

晋州获北汉谍者赵训，械送阙下，上释不诛，给装服遣之。

辛亥，命镇州西山巡检、洺州防御使郭进为河东道忻、代等州行营马步军都监。

丙辰，诏分兵入北汉界，西上閤门使郝崇信与解州刺史王政忠出汾州，内衣库副使阎彦进与泽州刺史齐超出沁州，内衣库副使孙晏宣与濮州刺史安守忠出辽州，引进副使齐延琛与晋、隰州巡检、汝州刺史穆彦璋出石州，洛苑副使侯美与郭进出忻、代。

（九月）壬申，党进率兵抵北汉城下，列寨于河汾之南，败其军数千人于太原之北，获马千余匹及兵仗六百余副。

辛巳，郭进言领兵出忻、代路，俘北汉山后诸州民三万七千余口。

冬十月甲午朔，定难节度使李光睿率所部兵次于天朝、定朝两关，遣使言伺黄河冻合即入北汉界。

丁酉，安守忠言与洛罗寨兵马监押马继恩领兵出辽州路，焚北汉四十余寨，获牛马人口数千。

齐超言领兵出沁州路，败北汉军五百人，擒三十人。

庚子，郭进言破北汉寿阳县，俘其民九十余口。

党进言又败北汉军千余人于太原城北。

癸丑，上崩于万岁殿。

甲寅，太宗即位，群臣谒见万岁殿之东楹，帝号恸殒绝。

（庚申）李光睿言率兵入北汉界，破吴保塞，斩首七百级，擒寨主侯遇，获牛羊、铠甲数千计。光睿寻改名克睿。

（十二月癸巳朔）上初即位，诏罢河东之师。癸卯，宣徽南院使潘美、侍卫马军都指挥使党进，皆自行营归阙。

太平兴国二年（丁丑，九七七）

（二月丁酉）西山巡检郭进言北汉胡桃寨指挥使史温等四十四户、二百四十五口内附。

是冬，北汉边候言晋、潞、邢、洺、镇、冀等州皆治戎器及攻城之具，又转漕刍粟，北汉主甚恐。

太平兴国三年（戊寅，九七八）

春正月，北汉主遣其子续质于契丹，纳重币以求援。

太平兴国四年（己卯，九七九）

（春正月）上初即位，谓齐王廷美曰："太原我必取之。"及议致讨，召枢密使曹彬问曰："周世宗及我太祖皆亲征太原，以当时兵力而不能克，何也？岂城壁坚完不可近乎？"彬对曰："世宗时，史超败于石岭关，人情震恐，故师还。太祖顿兵甘草地中，军人多被腹疾，因是中止，非城垒不可近也。"上曰："我今举兵，卿以为何如？"彬曰："国家兵甲精锐，人心忻戴，若行吊伐，如摧枯拉朽耳，何有不可哉。”上意遂决。宰相薛居正等曰：“昔世宗起兵，太原倚北戎之援，坚壁不战，以至师老而归。及太祖破敌于雁门关南，尽驱其人民分布河、洛之间，虽巢穴尚存而危困已甚，得之不足以辟土，舍之不足以为患，愿陛下熟虑之。”上曰：“今者事同而势异，彼弱而我强。昔先帝破此敌，徙其人而空其地者，正为今日事也。朕计决矣，卿等勿复言。”乃先遣常参官分督诸州军储赴太原[①]。

庚寅，以宣徽南院使潘美为北路都招讨制置使。河阳节度使崔彦进攻其城东面，彰德节度使李汉琼城南面，桂州观察使曹翰城西面，彰信节度使刘遇城北面。遇以次当攻其西面，而西面直北汉主宫城，尤险恶。翰欲与遇易地，自言我观察使班宜在节度使下，遇弗可，翰必欲易之，议久不决。上虑将帅不协，乃谕翰曰：“卿智勇无双，城西面非卿不能当也。”翰始奉诏。

八作使郝守濬充西面壕寨都监，马军都虞候米信、步军都虞候田重进充行营马步军都指挥使，西上閤门使郭守文、判四方馆事顺州团练使梁迥监其军。信，奚人。重进，幽州人也。诏发邢、贝、洺、泽等州军储赴太原，著作佐郎张润之掌其出纳。

---

① 常参官：常朝日参见皇帝的高级官员。

辛卯，命云州观察使郭进为太原石岭关都部署，西上閤门使田仁朗、閤门祇候供奉官刘绪按行太原城四面壕寨，阅视攻城梯冲器用。

乙未，宴潘美等于长春殿，上亲授方略以遣之。

丁酉，命河北转运使侯陟与陕西北路转运使雷德骧分掌太原东、西路转运事。

壬寅，诏发齐、汝、蔡等州军粮赴太原。

（癸卯）诏发曹、单、滑、潍、滨、淄、青、郓、同、耀、华等州，京兆、河南、大名府军储赴太原。

己酉，命左屯卫上将军张铎为京城内外都巡检，车驾将北征也。

二月辛亥，诏以此月内暂幸镇州。

（甲寅）祠部郎中刘保勋为行在转运使，右补阙高继申副之。起居舍人张去华专掌行在左藏库。继申寻改留守判官。

丙辰，命宰相沈伦为东京留守兼判开封府事，宣徽北院使王仁赡为大内都部署，枢密承旨陈从信副之。上欲以齐王廷美掌留务，开封府判官吕端言于廷美曰："主上栉风沐雨，以申吊伐。王地处亲贤，当表率扈从，若掌留务，非所宜也。"廷美由是请行。

甲子，车驾发京师。

戊辰，次澶州。方渡河，有持手版衣绿邀车驾者，前驱斥之，不退，号呼道旁，自言献封事。上令取视，乃临河主簿宋捷，上甚喜，即以为将作监丞。

己巳，次德清军。命行在转运使刘保勋兼勾当北面转运使事，遣均州刺史临洺解晖、尚食使折彦赟攻隆州。

庚午，次大名府。

壬申，次洺州。

癸酉，郭进自石岭关来朝于中路顿。

甲戌，次邢州。

以唐州团练使曹光实知威胜军事，令调军食。光实入告："愿提一旅之众，奋锐先登。"上曰："资粮事大，亦足宣力也。"

丙子，以潞州都监陈钦祚知威胜军。

三月庚辰朔，驻跸于镇州。命郢州刺史尹勋攻隆州。隆非古州，北汉人依险筑城以拒王师，故先分兵围之。

辛巳，命镇州马步都监客省副使齐延琛、洛苑副使侯美分兵攻盂县。

癸未，石岭关言阳曲寨民三百三十八口归附。

引进使、汾州防御使田钦祚护石岭关屯军，与都部署郭进不协。贼兵奄至，钦祚闭垒自守，既去又不追，月俸所入刍粟，多蓄之以俟善价而规其利，为部下所诉。诏鞫之，钦祚具伏，责授睦州团练使，仍护军。

丁亥，分命太子中允扈华等十二人发安、复、唐、邓、商、坊、徐、宿、兖、海、密、蔡等州军储赴太原。

郭进言破北汉西龙门寨，擒获千余计，献俘行在。

戊子，命六宅使侯继隆攻沁州，阁门祗候王僎攻汾州。僎，侁弟也。

壬辰，复命溜州刺史太原王贵攻沁州。

是日，宴从官及诸军校。

遣刘保勋赴太原阅视转运事。

乙未，命知府州闲厩使折御卿、监军供奉官晋阳尹宪分兵攻岚州。

郭进言契丹数万骑入侵，大破之石岭关南。于是北汉援绝，北汉主复遣使间道赍蜡书走契丹告急，进捕得之，徇于城下，城中气始夺矣。

丙申，左飞龙使史业破北汉鹰扬军，斩获甚众，以俘百人来献。

丁酉，诏以太原军前所送降卒五人隶归明军，人赐钱三千。

庚子，命通事舍人王侁、军器库使刘文裕帅师分守石岭关。

癸卯，河东城西面转运使刘保勋为陕西北路转运使，代雷德骧也。德骧调发沁州军储后期，诏劾德骧，命保勋兼领之。

乙巳，定难留后李继筠言，遣所部银州刺史李光远、绥州刺史李光宪帅蕃汉兵卒缘黄河列寨，渡河略敌境以张军势。

丙午，命左补阙乐冲驰传督诸州供军刍粟。北汉人潜师犯我军锋，马军都指挥使米信击败之，杀其控鹤指挥使裴正，以首级来献。

夏四月己酉朔，折御卿等言，攻岚州破北汉千余众。

诏发河南，郓、济、博、棣、泽、潞、怀、汝、同、华、虢等州军储赴太原。

庚戌，齐延琛等言盂县降。

诏发河中，晋、绛、慈、隰、解、齐、德、曹、单、溜、卫等州军储赴太原。

乙卯，折御卿等破岢岚军，杀戮甚众，擒军使折令图以献。

壬戌，车驾发镇州，幸太原。命定武节度使孟玄喆为镇州驻泊兵马都钤辖。

癸亥，次天威军，作《早行》诗，令从臣和。

甲子，解晖等攻隆州，西头供奉官袁继忠、武骑军校许均先登，陷之。均中八创，杀三百余众，擒招讨使李珣等六人以献。继忠前护隰州白壁关屯兵，前后入北汉境破三寨，擒伪将校二人，得铠甲、鞍马、牛羊、生口数万计。近戍闻之，惧无功受谴，乃以诚告，继忠悉分虏获，使列奏焉。继忠，太原人。均，开封人也。

丙寅，次侧口顿，作《闻捷奏》、《平隆州》诗。

是日，折御卿又破岚州，杀宪州刺史霍翊，擒夔州节度使马延忠等七人以献。

庚午，上至太原，驻跸于汾水之东。

辛未，幸城四面按视营垒攻具，慰劳诸将。以手诏谕北汉主继元，传诏至城下，守陴者不敢受。

壬申，夜漏未尽[①]，上幸城西，督诸将攻城。天武军校荆嗣率众先登，手刃数贼，足贯双箭，手中炮，碎齿二，上见之，亟召下，赐以锦袍、银带。嗣，罕儒兄孙也。

先是，上选诸军勇士数百人，教以剑舞，皆能掷剑于空中，跃其身左右承之，见者无不恐惧。会契丹遣使修贡，赐宴便殿，因出剑士示之，数百人袒裼鼓噪，挥刃而入，跳掷承接，曲尽其妙，契丹使者不敢正视。及是巡必令，舞剑士前导，各呈其技，北汉人乘城，望之破胆。

上每躬擐甲胄，蒙犯矢石，指挥戎旅，左右有谏者，上曰："将士争效命于锋镝之下，朕岂忍坐观。"诸军闻之，人百其勇，皆冒死先登。凡控弦之士数十万，列阵于乘舆前，蹲甲交射，矢集太原城上如猬毛焉。每诏给诸

---

① 漏：古代计时器。以计时部件分为一百刻，用以计算一昼夜时间。

军箭数百万，必顷刻而尽。捕得生口，云北汉主城中市所射之箭，以十钱易一只，凡得百余万只，聚而贮之。上笑曰："此箭为我蓄也。"及城降，尽得之。

甲戌，幸诸寨。

乙亥，幸连城，视攻城诸洞。时李汉琼率众先登，矢集其脑，又中指，伤甚，犹力战。上促召至幄殿，视其创，傅以良药。上欲亲幸洞屋中劳士卒，汉琼泣曰："晋阳孤垒，危若累卵，诸将用命，战士贾勇，矢石注洞屋如雨，陛下奈何以万乘之尊亲往临之！若不听，臣请先死。"上乃止。

丁丑，幸西连城楼。

五月己卯朔，幸城西南隅，夜督诸将急攻。迟明，陷羊马城①。北汉宣徽使范超来降，攻城者疑超出战，擒之以献，斩于纛下。既而北汉主尽杀超妻子，枭其首，投于城外。

辛巳，幸城西北隅，北汉马步军都指挥使郭万超来降。

壬午，幸城南。上谓诸将曰："翌日重午，当食于城中。"遂自草诏赐北汉主。夜漏上一刻，城上有苍白云如

---

① 羊马城：环绕城墙外面加筑的防御工事。也叫羊马墙或羊马垣。

人状。

癸未，幸城南，督诸将急攻，士奋怒，争乘城，不可遏。上恐屠其城，因麾众少退。城中人犹欲固守，左仆射致仕马峰以病卧家，舁入见北汉主，流涕以兴亡谕之，北汉主乃降。夜漏上十刻，遣客省使李勋上表纳款。上喜，即命通事舍人薛文宝赍诏入城抚谕。夜漏未尽，幸城上，宴从臣于城台，受其降。

甲申，迟明，刘继元率其官属素服纱帽待罪台下。诏释之，召升台劳问。继元叩头曰："臣自闻车驾亲临，即欲束身归命，致陛下銮舆暴露，尚敢以孤垒拒战，盖亡命卒惧死，劫臣不得降耳。"上令籍亡命者至，悉斩之，顾谓淮海国王钱俶曰："卿能保全一方以归于我，不致血刃，深可嘉也。"

北汉平，凡得州十、军一、县四十一、户三万五千二百二十、兵三万。

乙酉，赦河东管内，常赦所不原者并释之。诸州县伪署职官等，并令仍旧。人户两税，特与给复二年，王师所不及处给复一年，从前所逋租调并与除放，常赋外有无名配率，诸州条析以闻。

丙戌，遣使祭战没将士等，录其子孙。

丁亥，诏馆刘继元于行在所，优其廪给，命仪鸾使康仁宝监视之。

戊子，命著作佐郎、直史馆石熙古还京师，以平晋告宗庙。熙古，熙载弟也。

毁太原旧城，改为平晋县。以榆次县为并州。徙僧道士及民高赀者于西京。

刘继元所署节度使蔚进、卢遂以汾州来降。

己丑，以刘继元为右卫上将军、彭城郡公，继元所署司空、平章事李恽为殿中监，左仆射致仕马峰为少府监，马军都指挥使郭万超为磁州团练使，客省使李勋为右卫将军，余悉授官有差。

上作《平晋赋》，令从臣皆赋，又作《平晋》诗二章，令从臣和。

辛卯，宴刘继元及其官属。继元献其宫人百余人，上以分赐立功将校。

乙未，遣康仁宝护送继元亲属赴阙，所过续食。

丙申，幸太原城北，御沙河门楼，遣使分部徙居民于新并州，尽焚其庐舍，民老幼趋城门不及，焚死者甚众。

丁酉，废隆州，毁其城。遣使按行诸州银冶。

庚子，车驾发太原，诏以行宫为佛寺，号平晋，上自记之，刻石寺中。

辛丑，次新并州。

丁未，次镇州。初，攻围太原累月，馈饷且尽，军士罢乏。会刘继元降，人人有希赏意，而上将遂伐契丹取幽蓟，诸将皆不愿行，然无敢言者，殿前都虞候崔翰独奏曰："此一事不容再举，乘此破竹之势，取之甚易，时不可失也。"上悦，即命枢密使曹彬议调发屯兵。时车载簿籍，阻留在道，兵房吏张质谮计数部分军马，及得簿籍校之，悉无差缪。质，高唐人也。

（六月）庚申，车驾北征，发镇州。

（秋七月）甲申，上以幽州城逾旬不下，士卒疲顿，转输回远，复恐契丹来救，遂诏班师。车驾夕发，命诸将整军徐还。

乙酉，次涿州。

戊子，次定州。

辛卯，次镇州。

丙申，次邢州。

戊戌，次洺州。

庚子，次大名府。

壬寅，次澶州。

乙巳，车驾至自范阳。

【翻译】

建隆元年（庚申，960）

（三月）此前，北汉引诱代州以北各部侵掠黄河以西地区，诏令各镇合兵防御。这月里，定难节度使、守太尉兼中书令李彝兴报告说，他派部下将领李彝玉去援助麟州，北汉军队退去。彝兴就是彝殷，为避宣祖讳而改名。

（夏季四月）昭义节度使兼中书令太原人李筠在镇八年多，依仗勇力专横放肆，招集逃亡在外，不顾性命地犯法作恶的人，暗中作着强暴的打算。……十四日癸未，李筠逮捕了监军的亳州防御使周光逊和闲厩使李廷玉，派他的教练使刘继冲和判官孙孚把他们送给北汉，向北汉投降求援。

（五月）初三日辛丑，以洺州团练使博野人郭进为本州防御使兼西山巡检，这是为了防备北汉。

北汉主派内园使李弼把诏书、金帛、善马赐给李筠，李筠再次派刘继冲到晋阳去，请求北汉主全军南下，自己作前导。北汉主……走到太平驿的时候，李筠亲自率领官属和一些有名望的老人迎接谒见，北汉主命令李筠赞拜不名，坐在宰相博兴人卫融之上，封他为西平王，……派宣徽使莱州人卢赞前去监军，……北汉主听说卢赞和李筠不和，派卫融到军中去和解。……

（六月二十二日辛卯）北汉主听说李筠失败，从太平驿逃回晋阳，对赵华说："李筠不成材，到底像你所说的那样。我庆幸能够全军回来，但是痛惜失掉了卫融和卢赞。"

（八月）忠武节度使兼侍中阳曲人张永德改任武胜节度使。从前，显德末年，有方士私自对永德谈一些太祖接受天命的符瑞，永德在军中暗地里推戴奉承。太祖准备聘娶孝明皇后，永德拿出几千缗钱和金帛送给太祖，帮助他作为纳采之用，太祖很感激他。这时候他从许州来朝见太祖，太祖命令他改为镇守邓州，对他非常宠信，待遇优厚，旧臣没有人能够比得上的。后来他又到京师来朝见太祖，太祖召他到后苑谈话。谈一些过去的事情，用大觥给他喝酒。永德的妻是周太祖的女儿晋国公主，所以太祖只称呼他为驸马而不叫他的名字。太祖曾问他所珍惜的通天犀衣带现在什么地方，永德说："过去带着它出征淮南，因为多用了官钱二十万，已经用它抵偿了。"太祖说："还欠多少钱?"回答说："五万贯。"当天，诏令免除所欠之数，并且另外赐给他二十万钱。永德随从太祖游玉津园的时候，太祖命令卫士替他拉着马的缰绳。当时太祖准备讨伐北汉，秘密地同他商议策略，永德说："北汉的兵虽少而强悍，加以契丹的援助，不能匆促地打败它。我以为应该每年多派一些流动出击的军队，扰乱它的农业生产活动，并且派使者到契丹去刺探敌情，等待机会进行离间，先断绝北汉的后援，然后才可以取得它。"太祖说："是的。"

(九月)初五日壬寅，李继勋报告说他率领军队进入北汉界内，烧了平遥县，掳掠很多人口和财物。

(十月)十九日乙酉，晋州报告兵马钤辖、郑州防御使荆罕儒战死。罕儒依仗勇力，轻视敌人，常孤军深入北汉境内，北汉人常是关起壁垒不出来，前后掳获很多，这时他率领一千多骑兵到汾州城下，烧了草市回来。宋军夜里驻在京土原，北汉主派大将郝贵超带上万兵来追击，黎明赶到，罕儒派都监、毡毯副使阎彦进分兵抵抗贵超。罕儒在锦袍里穿着甲，坐在胡床上犒赏士兵，正在割羊前腿吃的时候，彦进稍微后退一些，他就上马指挥军队直接冲击北汉军队的前锋。北汉兵集中戈戟来击他，罕儒从马身下落下来，被北汉人围住，罕儒还在格斗，亲手杀了十几个人以后被害。北汉主本想活捉罕儒，听说他已死去，就找到杀罕儒的人把他杀了。太祖痛惜悼念不已，提拔罕儒的儿子守勋为西京武德副使，追查在京土原不拼死战斗的将校，贬慈州团练使平陆（山西平陆）人王继勋为率府率，阎彦进为殿直，斩他的部下龙捷指挥使石进德等二十九人。

这一年，北汉主以抱腹山人郭无为为谏议大夫，参议中书事。无为是安乐（北京密云东北）人。他生得方额尖嘴，勤学而见多识广，善于言谈，曾穿着粗麻衣在武当山做道士。周太祖在河中（山西永济西）讨伐李守贞的时候，无为曾到军营晋见，周太祖问他一些当前事务，对他的回答很惊奇。有人对周太祖说："你是后汉的大臣，在外面掌握重兵而接待谈论合纵连横经营天下的人，这不是从小处留心作长远打算的办法。”无为离开后，就到抱腹山去隐居。枢密使段恒认识他，推荐他有才能，北汉主召他来谈话，非常高兴，随即授以政事，又命令段恒和侍卫亲军使太原人蔚进都做同平章事。

建隆二年(辛酉，961)

(十一月二十三日癸未)晋州报告在汾河以西打败北汉军队，俘获几千匹马牛驴。

(十二月)初六日乙未，昭义节度使李继勋报告打败北汉军队一千多人，斩首一百多级，俘虏辽州刺史傅廷彦的弟弟傅勋并把他献给朝廷。

建隆三年(壬戌，962)

(二月)二十六日甲寅，北汉侵犯潞、晋二州，守将打退了他们。

(四月)十五日壬寅，邢州报告北汉人民四百七十人前来投降。

(二十一日戊申)北汉侵犯麟州，防御使杨重勋打退了他们。

(秋季七月)二十四日己卯，北汉捉生指挥使路贵等十一人前来投降，都补为内殿直。

乾德元年(癸亥，963)

(夏季四月二十四日甲辰)命令磁州分配闲田安置北汉投降的人民，并且赐给他们耕牛和钱米。

(秋季七月)初七日丁巳,安国节度使王全斌报告他和西山都巡检使、洺州防御使郭进,赵州刺史陈万通,镇州兵马钤辖、登州刺史高行本,客省使曹彬等率兵进入北汉界,俘获人口几千人并把他们献给朝廷。诏令释放他们,并且各自赐给钱米。

(二十九日己卯)北汉禁军殿直行首王隐、刘诏、赵峦等策划叛变,事情发觉被杀,他们的供辞牵连到枢密使段恒。北汉主派段恒出外去做汾州刺史,接着勒死了他。从前,北汉主的爱妾郭氏是医僧的女儿。医僧曾和寡妇私通而生下这个女儿,她的相貌非常美丽,北汉主很宠爱她,准备立她为妃,段恒说这个女子的出身不能和北汉主匹配,恐怕被其他割据政权所耻笑,北汉主就打消了这个念头。这个女子的兄弟又很多受到抑制不得重用,所以郭家的人都很怨恨,因而说坏话杀害了段恒。段恒死非其罪,人们都怜悯他。北汉主以司徒兼门下侍郎、平章事赵弘兼枢密使,吏部侍郎、参议中书事郭无为为左仆射兼中书侍郎、平章事。无为和赵弘不和睦,北汉主派赵弘出外去做汾州刺史,无为兼枢密使,军事政务都交付给他。无为又说赵弘在汾州治理的不好,把他改任岚州刺史。

(八月)初八日丁亥,王全斌报告说,他又和郭进、曹彬等率军进攻北汉乐平县,迫使北汉拱卫指挥使王超等和他们的部下士兵一千八百人投降。北汉侍卫都指挥使蔚进、马军都指挥使郝贵超等出动全部蕃汉兵来援救北汉兵，三次战斗都打败了他们，攻下了乐平。随即把这里建为乐平军。

十二日辛卯，以北汉乐平投降的士兵编为效顺军，赐给钱帛多少不等。

十七日丙申，北汉静阳等十八寨首领相率前来投降。

（九月）这月里，北汉主引诱契丹兵进攻平晋军，命令洺州防御使郭进、濮州防御使张彦进、客省使曹彬、赵州刺史陈万通率领步兵和骑兵一万多人前去增援，还差三十里未到，北汉兵退走。郭进统率军队严格而好杀人，部下整齐严肃，每次进入北汉境内没有不胜利的。太祖有时派遣戍卒前去，一定教导他们说："你们要严格地守法，如果犯了法，即使我赦免你们，郭进也是要杀你们的。"太祖曾选御马直三十人隶属郭进部下去押阵，在连续和北汉人的战斗中，他们往往胆怯后退，郭进斩杀了十几个人。当奏报到朝廷的时候，太祖正在便殿检阅禁军的武艺，听到报告后就很凶地喊了起来："御马直是千百人里才能够得到一两个人，稍微地违反了规定，郭进就立刻杀掉，照这样子杀下去，挖垄沟栽种壮士也供应不上。"口里这样说，而暗中派中使告诉郭进："那些人依仗他们保卫皇帝，和皇帝亲近而骄傲不肯执行命令，你杀得对。”郭进感动得流下泪来。曾有军校到朝廷控告郭进违法的事情，太祖对近臣说：“控告的内容很多不实，乃是由于郭进管理部下太严，这个人有过失，因为害怕而诬告。”就命令把这个人逮捕起来交给郭进处理，让郭进自己杀他。郭进正在呈送谢表的时候，恰好北汉来进攻，郭进就对这人说：“你敢控告我，真是有胆量，现在免你的罪，你如果能够把敌人杀光，就在朝廷推荐你升官，如果打败仗，就去投降敌人，不必回来了。”这个军校很高兴地接受命令，果然立功回来，郭进奏请提升他的官职，太祖高兴地同意了他的请求。

（十一月）从前，太祖准备到南郊祭天，命令沿边各将领分路进攻北汉。磁州刺史、晋隰等州都巡检使孟县（河南孟州）人李谦溥和郑州防御使孙延进、绛州防御使沈维深、通事舍人王睿等率领军队从阴地出发，以谦溥为先锋，在霍邑会合。谦溥筹划了攻取的办法，延进等人不采纳，军队回到白壁关谷口的时候，谦溥又说：“敌人一定在我们的后边追过来，要整顿军队准备战斗。”延进又不听，谦溥就独自命令部下穿起甲来，不久，北汉追赶的骑兵来到，延进等狼狈地退到谷里，谦溥指挥军队抗战，北汉人退走。谦溥不久升任隰州刺史，继续充任都巡检使。

（十二月二十七日乙巳）派内客省使曹彬、通事舍人王继筠分别到晋州和潞州，和节度使赵彦徽、李继勋合兵进入北汉境，进攻它的城市和辽州、石州。

（闰十二月二十八日丙子）从前，北汉主继位后，侍奉契丹有很多疏略的地方，不像世祖在世时那样每件事情都一定禀告。这时候，契丹派使者拿着信来责问，大意说："你的父亲由于困窘得无路可走而来归附我们，我的先兄天授皇帝把他像自己骨肉一样地看待。在我继承皇位以后，更加强了以前的和好关系。你的父亲去世了，我让你在棺材前面即位，丹青写下的双方信守条件，我并未曾背弃。你的父亲据有汾州七年，年号只称乾祐，你却不遵守先人的意志，随便地更改。李筠包藏祸心，舍大就小，不肯思前顾后，用非分的企图来冒险，你大举出兵，根本就未曾告诉我。段恒是你父亲的老部下，本来没有什么大的过失，一旦被人诬陷，连妻子都被杀害了，只肯听妇人话的人，不是你还有谁？我努力地维持大义，委屈地包容你的缺点，不忍心改变父子关系。你要遵循道德原则改正错误行为，不要给自己留下忧患。"北汉主接到这封信后很害怕，派使者带着很多礼物去认错，契丹拘留了使者而不回信。北汉主再派使者去进贡，契丹又拘留了使者而不回信。北汉土地狭小，出产很少，又要每年送财物给契丹，财政开支越来越困难，就任命五台山和尚刘继颙做鸿胪卿。继颙是过去燕王刘守光的儿子,守光死后,他因为是妾生的儿子,所以未曾被杀而剃发做了和尚,后来住在五台山。他为人聪明,善于经商营利,世祖很依赖他的支持。继颙能讲《华严经》,各地给他的布施,常积蓄起来供给北汉政权使用。五台山对着契丹界,继颙常得到契丹的马献给北汉,叫做"添都马",每年大概有几百匹。又在柏谷置银冶,召募人民开山取矿熔炼白银。北汉主用这些白银交纳给契丹,每年一千斤,因而就在银冶的地方建立了宝兴军。

乾德二年(甲子,964)

(春季正月)这月里,昭义节度使李继勋、兵马钤辖康延沼、马步军都军头尹勋等率领步兵和骑兵一万多人进攻辽州,北汉马军都指挥使郝贵超领兵来援辽州,在辽州城下大战,贵超大败。北汉刺史杜延韬危急,和拱卫都指挥使冀进,兵马都监、供奉官侯美,带着部下兵三千多人全城投降,延沼是延泽的弟弟。北汉接着引诱契丹步兵和骑兵六万人来攻,继勋又和彰德节度使罗彦瓌、西山巡检使郭进、内客省使曹彬等领兵六万迎战,在辽州城下大败契丹和北汉兵。

(二月)初七日甲寅,杜延韬等七人从辽州来到京师,太祖赦免了他们的罪过,赐给各人物品多少不等。

杨璘从府州来到京师的时候也是这样办理的。

(三月)十八日乙未,北汉耀州团练使周审玉等四人前来投降,各自赐给多少不等的物品。以审玉为汾州团练使,改名承瑨。

(六月)释放北汉军队俘虏一千人,赐给他们衣服和鞋子,分别编入京师各县人民的户籍。

(十二月)北汉主四次派使者到契丹去祝贺正旦、生日、端午节,契丹都拘留了他的使者而不回信。

乾德三年(乙丑,965)

(三月)二十四日乙未,诏令河东境上军寨分别派人进入北汉界内招引北汉的文武官员和兵士、人民,只要脱离北汉归顺朝廷,就加倍地安抚,职位低的给予高的品级,暂代的任命为正职。

晋州报告北汉罗侯、松谷两寨指挥使张贵等七百多人来归附朝廷。

(六月十一日庚戌)潞州报告太原的官吏将校很多归顺的,诏令从优给予治装钱,把他们送到朝廷来。

(十二月)这一年,北汉主派驸马都尉白升上表给契丹主谢罪,请求释放以前派去的全部使者。契丹不回信,北汉主又派他的儿子刘继文和宣徽使李光美前去,也被拘留。从此,文武内外官员都怕出使契丹,而那些有志向、有才气却为当权者所不容的人,倒是常做使者了。

乾德四年(丙寅,966)

(春季正月二十三日己丑)北汉入侵,命令西北各镇出兵抵抗。

(二月)二十一日丙辰,安国节度使罗彦瓌报告,他和西上阁门副使田钦祚在静阳寨大败北汉军,斩首一千多级,捉住北汉将领鹿英等,俘获马三百匹、兵器三万多件。

(十二月)北汉主派侍卫都虞候刘继钦等又攻取了辽州。

乾德五年(丁卯,967)

(五月十七日乙巳)镇州报告北汉鸿唐寨招收指挥使樊晖杀了他的监军成昭,献寨投降。

开宝元年(戊辰,968)

(春季正月)二十一日乙巳,晋州报告北汉偏城寨招收指挥使任守恩等一百五十人前来投降。

(三月)二十七日甲辰,镇州报告百井寨兵出去进攻北汉马鞍山寨,斩获几十人。

(四月二十四日丙子)晋州报告北汉军校翟洪贵等二百多人投降。

(秋季七月二十五日丙午)镇州报告北汉乌玉寨主胡遇等和家属一百三十九人前来投降。

太祖即位以后，常便装出去，有时访问功臣家，事前无法预测。赵普每次退朝都不敢脱去衣服和帽子。有一天晚上下大雪，赵普以为太祖不会再出来了，经过很长的时间，听到敲门声很不同寻常，赶快出去，原来是太祖在雪里站着。赵普惶恐迎接下拜，太祖说："已经约好我的弟弟到这里来了。"不久开封府尹光义来到，就在赵普的正房里铺两层褥子坐下，燃起炭来烧肉吃，赵普的妻子斟酒劝饮，太祖称呼她为大嫂，赵普从容地问道："夜里很冷，陛下为什么还出来？"太祖说："我睡不着，一张床铺以外，都是别人的地方，所以来找你商量。"赵普说："难道陛下以为统治地区太小吗？现在正是南征北伐的时候，希望听听你已定计划的对象。"太祖说："我想收复太原。"赵普沉默很久以后说："这是我所不能理解的。"太祖问这是什么原故，赵普说："太原面对西北二边，如果一举而灭亡北汉，我们就要单独地对付边患，为什么不暂时地留着它，等到削平各割据政权以后，像北汉这样弹丸黑子的地方往什么地方逃走？"太祖笑着说："我的意思也是这样，不过是试试你罢了。"于是决定先讨伐荆湖，继续攻取西川。

太祖曾通过北汉界上的间谍对北汉主说："你们和后周是世仇，应该不屈服。现在我和你并没有什么不和，为什么使这一方的人民受苦？你如果有志于争夺中原，应该从太行山上下来决胜负。”北汉主派间谍回答说：“河东的土地和军力不及中原的十分之一，所以守着这块小地方，是恐怕后汉的宗庙无人祭祀。”太祖怜悯他的这些话，笑着对间谍说：“替我告诉刘钧，开他一条生路。”所以在整个的孝和一代不曾出动大军北伐。

从前，北汉世祖的女儿是后晋护圣营士兵薛钊的妻，生了个儿子继恩。后汉高祖主管禁军，由于世祖的原故，解除了薛钊的军籍，让他住在家里。薛钊没有什么才能，高祖供给他衣食而未曾给他什么工作。他的妻常住在父母那里，薛钊很少见到她，心里非常不高兴，有一次借着喝醉了酒，拔出佩刀刺她，妻受伤而未死，薛钊就自杀了。他的妻改嫁何家，又生了继元，而何某和他妻都死去。世祖因为孝和帝没有儿子，就收养继恩和继元，都冒姓刘。继恩的肚子很大而胡须很多，上身很长而下身很短，骑马就很高大，徒步就很矮小，他侍奉孝和帝非常恭顺，早晚问安，没有不合礼节的地方。等到他做太原府尹的时候，做事软弱，治理不好。孝和帝很忧虑，曾对宰相郭无为说：“继恩非常孝顺，然而不是治理国家的人才，恐怕不能完成我家的事业，怎么办呢?”无为不回答。这月里，孝和帝卧病在勤政殿，召无为来，拉着他的手，把身后的事情托付给他。继恩开始监国，无为和侍卫亲军使蔚进不和，于是让蔚进出外去镇守代州，又建议逐渐地把刘家子弟赶走，命令继恩的弟弟继忠出去镇守忻州。继忠也是孝和帝的养子，他自己说曾出使契丹，得了怕冷的老毛病，定襄这个地方很冷，希望留在晋阳疗养。继恩责备他不该观望，催他快些启程，继忠说了一些埋怨的话，有人报告了继恩，接着就勒死了他。孝和帝死后，继恩派使者到契丹报告死讯和嗣位，契丹允许他嗣位以后才即位。

(八月)十五日丙寅，命令客省使卢怀忠等二十二人领兵屯驻潞州，准备讨伐北汉。

十七日戊辰，以昭义节度使、同平章事李继勋为河东行营前军都部署，侍卫步军都指挥使党进辅助他，宣徽南院使曹彬为都监；棣州防御使何继筠为先锋部署，怀州防御使康延沼为都监；建雄节度使赵赞为汾州路部署，绛州防御使司超辅助他，隰州刺史李谦溥为都监。

(九月十一日辛卯)北汉主刘继恩怨郭无为从前和他的父亲谈话的时候不帮助自己，并且厌恶他专权，想赶走他而未成功，这月里，加无为守司空，外面表示优待尊重，内心里实际上疏远他。继恩穿着孝服处理事务，平时和睡觉都在勤政殿，他的左右亲信都留在太原府公署，有人请他召进来保卫他，继恩不同意。这时候，文武百官都晋升品级，继恩置酒宴请各大臣和本家子弟，饮过酒后卧在内室里。供奉官侯霸荣率领十几个人，拔出刀来进入内室，反关了门，继恩惊慌起身，绕着书房屏风走，霸荣把刀刺到他的胸里，把他杀死。无为派兵用梯子登房进屋，杀了霸荣和他的同党，迎立继恩的弟弟太原府尹继元。继恩即位才六十多天就被杀了。

霸荣是邢州(河北邢台)人，力气很大，善于射箭，行走很快，能够追得上奔跑着的马，曾在并州和汾州做强盗，北汉世祖用他为散指挥使，在乐平戍守。王全斌进攻乐平的时候，霸荣率领部下投降了他，补为内殿直，不久又奔回北汉做供奉官。这时候，他企图杀死继恩，拿着他的头颅归顺朝廷，随即被无为所杀。有人说实际上是无为嗾使霸荣作乱，又赶快杀死他以灭口，没有人知道究竟是怎么回事。

继元刚即位，朝廷军队已经进入北汉境内，就急忙派使者给契丹主上表报告，并且请求派兵来援助。又派侍卫都虞候刘继业、冯进珂率领军队扼守团柏谷，以将作监马峰为枢密使，监护他们的军队。马峰是太原人。继元的妻是马峰的女儿。继业原名重贵，姓杨，是杨重勋的哥哥，从小就侍奉世祖，因而又改赐以姓名。马峰到了洞过河，和李继勋等遭遇，何继筠作为先锋打败了他，斩首二千多级，俘获五百匹马，捉住北汉将领张环和石斌，夺取了汾河桥，进迫太原城下，焚烧延夏门。继元派殿直都知郭守斌率领内直兵出战，又败。守斌中了流矢，退回城里。

二十七日丁未，北汉佐胜军使李琼前来投降。

（冬季十月）这月里，太祖派使者带着诏书到太原，告诉北汉主继元说让他投降，约定任命他为平卢节度使。又另外赐给郭无为、马峰等诏书四十多道，许诺任命无为为安国节度使，马峰以下都任命为节度使。无为看到诏书，神态触动了，他只拿出赐给继元的一道诏书，把其余的都藏起来，从此开始有了不忠实的想法，劝继元投降，继元不肯。

从前，太祖派间谍惠璘假称是殿前散指挥使带罪逃奔北汉，无为派他做供奉官。朝廷军队进入北汉境内以后，惠璘就逃回来，走到岚谷这个地方，被负责侦察的官吏捉住，加上刑具送往太原，无为知道他是间谍，把他释放而不问罪。有一个招收将叫做李超的，曾在上党做过养马的兵，有些知道惠璘刺探消息的情况，把它报告了马峰，请求把惠璘交给主管官员治罪，无为生气了，把李超一齐斩首以灭口。

（十一月）这月里，契丹发兵援助北汉，李继勋等都退兵回来，北汉随即入侵，在晋、绛二州境内大肆劫掠。

从前，北汉主继元妻段氏，曾因为小过失受孝和后责备过，不久病死，继元怀疑是孝和后杀死的。孝和后穿着孝服正在棺材前面哭孝和帝，继元派他宠爱的大臣范超逮捕并且勒死了她，宫里的女官都受到逼迫侮辱，没有什么避嫌的界限。世祖有十个儿子，只有刘镐、刘锜、刘锡有贤良的品行，北汉主听信一些小人的坏话，把他们囚禁起来，不到一年都死去，只有刘铣假装愚笨才活下来。

开宝二年(己巳,969)

(春季正月)二十八日丙午，又派使者四十九人调发各道兵，屯驻在晋、潞等州。

(二月)初八日乙卯，命令宣徽南院使曹彬、侍卫步军都指挥使党进等，各自率领军队先到太原去。

十一日戊午，诏令宣布皇帝亲征。

十二日己未，以皇弟开封府尹光义为东京留守，枢密副使沈义伦为大内部署，昭义节度使李继勋为河东行营前军都部署，建雄节度使赵赞为马步军都虞候，先到太原去。

十七日甲子，太祖从京师出发。

十九日丙寅，驻现滑州。

二十日丁卯，驻在王桥顿。

彰德节度使韩重赟来朝见皇帝，太祖对他说："契丹主知道我们的行动以后，必定率领军队来援助北汉。他以为镇州和定州没有防备，会从这条路进来。你可以为我率领军队一天走两天路地快走，出其不意地打败他们。"就以重赟为北面都部署，义武节度使洛阳人祁廷义辅助他。

二十二日己巳，太祖驻在相州。

二十三日庚午，驻在磁州。

二十八日乙亥，驻在潞州。因为接连大雨而暂时驻在此地。

当时各州送来的军粮都集中在城里，车辆塞满了道路。太祖听到这种情况，以为这是无缘无故地耽搁，准备把转运使治罪。宰相赵普说："大军刚到而转运使得罪，敌人听到以后，一定说是由于储备不足，这不是使敌方害怕的办法，只要选择一个能够处理繁重事务的人到这里来就是了。"

二十九日丙子，命令户部员外郎、知制诰王祐知潞州。王祐就遣送疏散车辆，使得走路再没有什么阻碍。

以枢密直学士赵逢为随驾转运使，并且铸印给他。

北汉侍卫都虞候刘继业、冯进珂屯驻在团柏谷，派牙队指挥使陈廷山率领几百骑兵巡逻侦察。恰好李继勋等前头部队来到，廷山就率领部下投降了。继业、进珂知道众寡不敌，也领兵奔回晋阳，北汉主生气了，罢免了他们的兵权，继勋等包围了太原城。当时契丹使者韩知璠来册命北汉主为皇帝，北汉主在夜里开北门接他进来。第二天设宴，大臣们都参加了，宰相郭无为在院子里哭起来，拔出佩刀自杀，北汉主赶快走下台阶捉住他的手，拉着他入座。无为说："为什么用一座城来对抗百万军队呢！"无为是要用这种办法动摇大家的信心。

(三月)初三日庚辰，以刑部员外郎滕白知河东诸州转运事。

初五日壬午，以颍州团练使曹翰为河东行营都壕寨使，王令岳辅助他。

十四日辛卯，秘书丞、知河东转运事刘仪因为运输军粮误期，罢免所居官位。此前，曾有诏令沿边官府向人民购买储备军粮，不久又恐怕扰民，赶快派中使李神佑驰驿制止。当时诏令已经颁下五天，神佑一个晚上就回来了。神佑是开封人。

太祖在潞州驻了十八天，俘获北汉间谍，问他关于太原的情况，回答说："城里受苦很久了，白天晚上地盼望皇帝来到，只是恨皇帝来的太晚。"太祖笑了，给他衣服放走。

十五日壬辰，太祖从潞州出发。

十八日乙未，驻在南关。

李继勋报告在太原城下打败北汉兵，斩首一千多级，俘获六百匹马。

二十一日戊戌，太祖驻在太原。

二十三日庚子，在城南检阅军队，开始命令筑长连城。

二十四日辛丑，太祖到汾河，修新桥。以兵部员外郎、知制诰卢多逊知太原行府事。

二十五日壬寅，派使者征发太原各县几万人民到太原城下来。

二十六日癸卯，北汉宪州判官史昭文献州城投降，就任命昭文为刺史，并且赐给成套衣服、镶玉的衣带、配鞍勒的马匹。

二十八日乙巳，太祖到太原城东南，开始命令筑长堤堵塞汾水。此前，有人主张增加兵力攻城，左神武统军陈承昭上前说："陛下明明有几千万兵在左右，为什么不用他们呢？"太祖先不明白，承昭用马鞭指汾水，太祖大笑，就派承昭主管这项工程。

二十九日丙午，决晋祠水灌太原城。

三十日丁未，命令李继勋驻军城南，赵赞驻军城西，曹彬驻军城北，党进驻军城东，修四个兵寨逼近太原。北汉人趁着黑夜冲出城门，暗中进攻西寨，赵赞率领军队迎战，弩箭射穿了赵赞的脚，北汉人不退走。当时党进派东寨都监李谦溥在西山伐木作为军用，谦溥听到鼓声，就率领本部兵来参加战斗，北汉人退去。太祖急忙地来到战场，责备到这里来增援的不是精锐部队，经过询问，原来是谦溥，非常高兴。刘继业又用几百突骑攻东寨，党进亲自出来驱赶继业，部下几个人随着他，继业逃走藏在壕里，北汉兵出来援救他，继业攀着粗绳逃进城里才免于被俘。

夏季四月初一日戊申，太祖到太原城东视察筑堤。

初四日辛亥，派海州刺史孙万进率领军队几千人包围汾州，以判四方馆事任城（山东济宁）人翟守素监护他的军队。

初五日壬子，太祖再到城东，赐给各军当时季节的服装，设宴款待随从大臣。

从前，棣州防御使何继筠为石岭关部署，屯驻在阳曲。太祖听说契丹来援助北汉，其中的一路兵要从石岭关进攻，就由驿站召继筠到行在所来，授给他方略，并且给他几千精锐的骑兵，还对继筠说：“明天正午等候你的报捷奏章来到这里。”当时已经是盛夏，太祖命令太官拿麻浆粉赐给继筠。继筠吃过以后辞去，在阳曲县北战斗，大败契丹，捉住契丹的武州刺史王彦符，斩首一千多级，俘获人口一百多，马七百多匹，铠甲很多。十三日己未，继筠派他的儿子承睿来献捷，承睿还未到的时候，太祖登上北台等候，看到一个人骑马从北面跑来，迎着问他，果然是承睿。北汉依仗契丹庇护，城池很久攻不下来，太祖就把继筠所献的铠甲和首级给他们看，城里的人胆气丧失了。

十五日壬戌，太祖到汾河视察造船。

二十九日丙子，又到城西去。

北汉麟州刺史结齐罗、兵马都监嘉且舍鄂献城投降。

五月初二日戊寅，命令结齐罗为汾州团练使，嘉且舍鄂为石州刺史。

契丹兵果然分道由定州来援助北汉，韩重赟在嘉山列阵待敌。契丹看到旗帜，非常惊骇，想要逃走。重赟猛烈进攻，把契丹打得大败，俘获几百匹马。初七日癸未，韩重赟派使者来报捷，太祖非常高兴，亲手写诏书嘉奖他。

初八日甲申，太祖到城北，引汾水入新堤，灌太原城。

十二月戊子，到城东南，命令水军乘小船载着强弩攻城，内外马步军都军头、横州团练使王廷义亲自打战鼓，脱去头盔先登城，被流矢射中头而倒下来。十四日庚寅，廷义死去。十五日辛卯，殿前指挥使都虞候、袁州刺史石汉卿也中了流矢，淹死。十七日癸巳，赠廷义建武节度使，汉卿袁州防御使。汉卿的父亲万德本来已经退休，现在又让他做伴食都指挥使，领端州刺史。汉卿为人凶暴狡诈，善于揣摩皇帝的心理，常报告外面的情况，依仗皇帝的喜欢而专横放肆，朝廷内外没有人敢说什么，听到他死以后，没有不高兴的。后来太祖对汉卿的不法事情也全知道了，又命令万德退休。

以前蜀州刺史聂章为沁州兵马部署，宫苑使聊城（山东聊城）梁迥监护他的部队。

二十一日丁酉，太祖到城西来，命令各军攻太原西门。派部分军队包围岚州，赵文度投降。二十二日戊戌，赵文度来朝见太祖，赐给他成套衣服、镶玉的衣带、嵌金鞍勒的马匹、玉帛，岚州官员都赐给物品。文度就是赵弘，因为避宣祖名讳，改赐名字。文度的母亲当时还在晋阳，君子怪罪他不为节义而死。

二十三日己亥，以右千牛卫将军周承播为岚州团练使。

二十四庚子，太祖在行宫设宴款待赵文度。从太原回到京师以后，任命文度为重国节度使。

二十五日辛丑，以潘州团练使周广为攻城楼橹战棹都部署。

太原被围的形势很紧急，郭无为企图出奔，请求自己带兵在夜里进攻朝廷军队。北汉主相信了他，选择精兵一千人，命令刘继业、郭守斌辅助他，北汉主到延夏门亲自送他，并且等候他回来。当天夜里，先是晴天无雨，不久刮起风、下起雨来，昏天黑地。无为走到北桥，停马召集各将领，而刘继业因为骑的马脚受伤，先收部下兵进城去，守斌迷了路，喊不到他，无为不能独自向前，就也和部下几十人回来了。

闰五月初二日戊申，水从延夏门瓮城进去，穿透两层外城流进城里，城里非常惊慌，太祖到长堤来视察。水口逐渐地变宽，北汉人沿城设置堤防，受到朝廷军队射击，堤防设不起来。不久有大堆的草从城里飘出来，直到水口停下，朝廷军队的弩箭射不透，因而北汉人能够施工，水口被堵塞起来。

郭无为又劝北汉主出去投降，北汉主不肯。宦官卫德贵极力地说无为谋反的事实非常清楚，不可以赦免，北汉主就杀了郭无为示众，城里稍微安定下来。北汉人不久从西长连城暗中出来，准备焚烧朝廷攻战的器具，朝廷军队打退了他们，斩首一万多级。半夜里，忽然壁垒外面传呼北汉主投降，太祖命令卫士穿起甲来，打开壁垒的门，八作使赵璲说："接受投降要如同接受敌人挑战一样地防备，怎么可以在半夜里轻信传呼呢！"太祖派人去侦察，果然是间谍骗人的。

初三日己酉，太祖到城南来，命令水军乘轻快的船去焚烧城门。

右仆射魏仁浦死。仁浦曾陪从太祖举行的春天宴会，太祖笑着对他说："为什么不劝我喝一杯？"仁浦就上前祝寿，太祖秘密地对他说："我想亲征太原，你看怎么样?”仁浦说:“想快些解决反而会达不到目的,希望陛下仔细地考虑。”太祖赞赏他的回答。仁浦宴后回家,赐给他上尊酒十石、皇帝膳食用的羊一百头。不久随从亲征北汉,途中生病,回到京师去,死在梁侯驿。赠侍中,谥宣懿。

太原城很久攻不下来,东西班都指挥使范阳人李怀忠率领军队进攻,战斗不利,中了流矢,几乎死去。殿前指挥使都虞候赵廷翰率领亲军各班卫士叩头,希望领先登城猛攻,拼死尽力,太祖说:“你们都是我训练出来的,没有一个人不是一以当百,这样做是让你们和我在一起,同甘苦、共患难。我宁可得不到太原,也不忍心赶你们去冲刀锋,到必死的地方去!”大家都感动得流泪,再拜呼喊万岁。

当时大军停留在甘草地里,恰好遇上夏天大雨,很多人腹泻,而契丹也派兵来援助北汉。初六日壬子,太常博士李光赞对太祖陈述意见说:“陛下应和天意,顺从人心,体现天地的恩德,登上皇帝的宝座,征战没有不胜利的,筹划没有不完善的,四方凭借险阻的割据政权,非分地盗用帝王名号的人,当年和中原为邻的,现在给你做大臣了。小小的北汉,哪里须要亲自讨伐!加以运输粮草的劳役,使得人民非常地怨恨,得到它不能算是战功,失去它不能算是耻辱。国家崇尚安静,天道厌恶满盈。可忧虑的是过去凭借险阻的割据政权,听说这次征战用完了府库的钱财,用尽了人民的力量,他们会暗中地观察,并会有非分的想法。《左传》说:‘邻的厚就是你的薄。’还不如皇帝您回京师去,在上党屯驻军队,使他们夏天去夺取北汉的麦,秋天去夺取北汉的粟。这样,既宽免了人民的劳役,也达到了削平北汉的目的,希望陛下考虑。况且现在正是炎热的季节,有夏天的大雨,假如河水泛滥,道路阻断,运输困难,恐怕又要烦劳皇帝的筹谋策划了。”太祖看到奏章很高兴,又把他的建议去问宰相赵普,赵普也以为他的对,就使赵普召光赞来加以安慰。初七日癸丑,太祖移到城东罕山的南面,开始讨论班师回京。

十三日己未,迁徙太原人民一万多家到太行山以东、黄河以南地区,发给食粮。十四日庚申,分别命令使者十七人,调发禁军护送他们,禁军随即屯驻在镇、潞等州,这是采用绛县(山西绛县)人薛化光的办法。化光说:“凡是伐树,要先砍去它的枝叶,然取再砍根部。现在的北汉外面有契丹的援助,内部有人民的赋税。恐怕短期内攻不下来,应该在太原以北的石岭山和黄河以北地区西山以东的静阳村、乐平镇、黄泽关、百井社各自建立城寨,堵住契丹援兵,把这些地方的人民迁到西京洛阳和襄、邓、唐、汝等州,发给闲田使他们自己耕种,断绝北汉的供应。这样，不需要几年时间，自然可以平定北汉。”太祖赞赏并采纳了他的建议。

十六日壬戌，太祖从太原出发。

朝廷军队陷入敌人重围的有几百人，太祖派骁雄副指挥使浚仪人孔守正率领骑兵前去援救，守正奋力战斗，把他们夺了回来。北汉主登记朝廷遗弃的军需品，得到粟三十万，茶、绢各几万，北汉的军事物资本来已经几乎全部耗尽，依靠这些东西得到一些补充。

二十二日戊辰，太祖驻在镇州。

六月初四日己卯，太祖从镇州出发。

初五日庚辰，诏令宣布皇帝经过的地方，人民不必缴纳今年的秋租。

初七日壬午，太祖驻在邢州。

十一日丙戌，驻在相州。

十四日己丑，驻在滑州。

十八日癸巳，皇帝从太原回到京师。

曲赦京城在押囚犯。

派使者分别到京西各州赐帛给所徙的太原人民。又命令控鹤都虞候京兆(陕西西安市)人崔翰选择其中强悍勇敢而会武艺的编为禁军。

这月里，北汉主在坏水口的地方斩了枢密副使段煦和马军都虞候冯超，是因为水从这里流进来而他们未曾想办法补救。北汉决太原城下水流入台骀泽，水已流下去而城墙多半倒坍了。当时契丹使者韩知璠还在太原，他叹气说："宋朝军队引水灌城，知其一而不知其二。如果先灌水而后再把水放出去，太原就没有活人了。"

当时契丹派它的将军南大王来援助北汉，屯驻在太原城下，刘继业对北汉主说："契丹贪图利益而背弃信义，将来一定毁坏我们，现在契丹援兵骄傲而没有准备，可以突然进攻，打败他们，俘获几万匹马，随即把河东地区全部归并给中原王朝，使北汉人民免受苦难，陛下长久地尊贵荣耀，这样不是很好吗？"北汉主不肯。南大王在几天以后回去，北汉主赠送给他很多财物。

开宝三年(庚午，970)

(春秋正月十九日辛酉)北汉主派使者带着礼物去祝贺契丹主，枢密使高勋对契丹主说："我们和北汉是父子之国。他们曾每年派使者来觐见你，不是大臣，就是北汉主的子弟。老契丹主因为生气而把他们的使者拘留起来，没有什么意思。现在北汉继位的统治者刚即位，左右都不是原有的旧人，他们有了忧患，怎么会不怨我们呢？应该在这时候把全部使者都送回去。"契丹主说："好。"就找出北汉前后派来的使者十六人，送给他们很多礼品放回去。契丹主命令李弼为枢密使，刘继文为保义节度使，诏令北汉主委任他们担任这些职务。继文等在契丹住了很久，又接受契丹的命令，回来主持国政，北汉主左右的人都说坏话诋毁他们。没有多久，北汉主派继文做代州刺使、李弼为宪州刺史。契丹主听到了，下诏责备北汉主说："我考虑到你们接连死了两个统治者，处在一个偏僻的角落里，如果想要再次安定下来，一定要和衷共济，继文是你的兄弟，李弼是你的旧日大臣，一个是血统关系，一个是老年交情，因此而我才同时加以任命，为的是让他们献出纯粹的忠诚，也许你们能够和睦安宁，保持愉快和好。可是坐席还未曾暖过来，人却已经被你抛弃了，你对我哪里有什么顺从之心！"北汉主得到这封诏书很害怕，并且怀疑是继文报告了契丹，就秘密地派使者审查责问继文，继文因为忧虑害怕而死。

（二月二十六日丁酉）北汉主以礼部侍郎李恽为司空、同平章事，鸿胪卿刘继颙为太师兼中书令、领成德节度使，三司使高仲曦为枢密使，宦官卫德贵为大内都点检，宠爱的人范超为侍卫亲军都虞候。实际上是范超和德贵分别地掌管机密事务，李恽等充数而已。李恽是阳武（河南原阳）人，遭到战乱，和他的母亲隔绝，时常心中难过，只专心下棋饮酒，很多政事荒废，北汉主常劝他不要这样，李恽不听。有一天，李恽正在同和尚下棋，北汉主知道了，命令亲近的侍从直到李恽面前，拿走棋盘烧掉，李恽平心静气地到北汉主那里去道歉。第二天，又造了一副新棋盘，照常下棋。北汉主有很多姬妾，继颙造了几百副簪子和耳环献给他，北汉主更加信任重用刘继颙。

开宝四年(辛巳，971)

(六月)这月里，岚州报告在古冶村打败北汉军队，斩首几百级。

(七月三十日癸亥)平晋军使王怀美报告率领军队攻破北汉孟园、乐义二寨。

开宝五年(壬申，972)

(春季正月十一日壬寅)府州报告北汉军队侵犯方山、雅尔两寨，把他们打退了。

(三月十六日乙亥)辽州报告招收指挥使王满率领军队进入北汉界，攻占了一个寨。

(四月十七日丙午)隰州团练使兼晋、隰等州沿边都巡检周勋在北汉界上修筑堡垒，被北汉人攻破。二十九日，责降周勋为义州刺史。

(十二月二十九日乙卯)乾宁军报告北汉人民二千二百四十八户前来归附。

北汉主开始命令人民缴纳赡军钱，文武百官都减薪俸，是由于经费不足的原故。

开宝六年(癸酉，973)

（六月）从前，李谦溥离开隰州以后，边将屡次行军无纪律，就又以谦溥为隰州巡检使，沿边人民高兴谦溥来到，沿路相率迎接。初六日癸巳，谦溥报告率领军队进入北汉界，接连攻占七寨。

北汉成德节度使、太师兼中书令刘继颙自己认为他以和尚的身份兼任将相的职务，有些受到舆论轻视，多次上表请求退位，北汉主不允许。这一年，继颙死，追封定王。前大内都点检刘继钦、殿前都虞候张重训、侍卫步军都指挥使郑进、前岚州刺史张昭敏、辽州刺史卫俦、都引进使李隐等都被杀。

从前，北汉主做大内都点检，孝和帝因为他年幼弱小，让继钦辅助他，委派继钦负责宫廷的警戒保卫。北汉主即位后，一些亲近旧臣大多被杀或流放，继钦就说有病请求免职。北汉主说："继钦只是侍奉先帝，怎么肯替我尽力呢！"就把他贬到交城去看管建在以前北汉主墓地的庙，接着就派人杀了他。郑进和宣徽使马峰不和睦，马峰生气了，剥夺了他的兵权，郑进忍受不下他的侮辱，在朝廷辱骂马峰，北汉主生气了，次日送郑进到定襄安置，派人在路上杀了他。昭敏曾做过礼部侍郎参议中书事，为人清廉正直，不理会有权势人的请托，反对他的人多而帮助他的人少，不久出外知岚州，没有多久又召回来，强迫他住在家里，不许出来，因为他说了怨恨不满的话，就把他勒死了。卫俦多次随从征伐，专管吐浑军，宦官卫德贵嫉妒他的功绩，使他出外做辽州刺史，吐浑几千人拦路请求他留下来，北汉主不答应，吐浑失去统帅，从此吐浑军不能再用了。卫俦从小在少数民族地区长大，不愿意做刺史，说了一些怨恨不满的话，北汉主恐怕他叛变，暗中派人杀了他。李隐怜惜卫俦忠心勇敢，受到北汉主宠爱的宦官诬陷，在语言和神态上都表现出悲愤惋惜，卫德贵听到以后非常厌恶他，报告了北汉主，就把他送到岚州安置，不久杀了他。

开宝七年(甲戌,974)

(十二月)北汉主搜罗军中弟子，十八岁以上的都编入军队，搜括民间的全部马匹。派代州刺史蔚进侵犯平阳，权知晋州武守琦率领军队抵抗他，二十七日庚午，和蔚进在洪洞县界遭遇，打败北汉兵五千多人。

北汉主改年号为广运。

开宝八年(乙亥,975)

(春季正月)这月里，北汉主命令刘继业、马峰攻晋州，武守琦在洪洞打败了他们。

开宝九年(丙子,976)

(五月十八日甲申)晋州把所俘的北汉岚、宪、石三州巡检使王洪武等二十九人献给朝廷。

(八月)十三日丁未，命令讨伐北汉，以侍卫马军都指挥使党进为河东道行营马步军都部署，宣徽北院使潘美为都监，虎捷右厢都指挥使杨光义为都虞候。初十日己酉，党进等入宫辞行，各自赐给军服、镶金衣带、配鞍的马匹、铠甲和兵器送他们走。

晋州俘获北汉间谍赵训，加上刑具送到朝廷来，太祖不杀而放了他，发给服装让他走。

十七日辛亥，命令镇州西山巡检、洺州防御使郭进为河东道忻、代等州行营马步军都监。

二十二日丙辰，诏令分兵进入北汉界，西上阁门使郝崇信和解州刺史王政忠出汾州，内衣库副使阎彦进和泽州刺史齐超出沁州，内衣库副使孙晏宣和濮州刺史安守忠出辽州，引进副使齐延琛和晋、隰州巡检、汝州刺史穆彦璋出石州，洛苑副使侯美和郭进出忻、代州。

（九月）初九日壬申，党进率领军队到北汉城下，在汾河以南列寨，在太原以北打败北汉军队几千人，俘获一千多匹马和六百多副兵器。

十八日辛巳，郭进报告率领军队出忻、代路，俘虏北汉山后各州人民三万七千多口。

冬季十月初一日甲午，定难节度使李光睿率领部下军队驻在天朝、定朝两关，派使者报告等到黄河冰冻牢固以后就进入北汉界。

初四日丁酉，安守忠报告他和洛罗寨兵马监押马继恩率领军队出辽州路，焚烧北汉四十多寨，俘获几千头牛马和人口。

齐超报告率领军队出沁州路，打败北汉军队五百人，捉住三十人。

初七日庚子，郭进报告攻占北汉寿阳县，俘获人民九十多口。

党进报告又在太原城北打败北汉军队一千多人。

二十日癸丑，太祖在万岁殿死去。

二十一日甲寅，太宗即位，群臣在万岁殿的东侧谒见新皇帝，太宗哭得昏厥过去。

（二十七日庚申）李光睿报告率领军队进入北汉界，攻占吴保塞，斩首七百级，捉住寨主侯遇，俘获牛羊、铠甲几千。光睿接着改名克睿。

（十二月初一日癸巳）太宗刚即位，诏令撤回河东的军队。十一日癸卯，宣徽南院使潘美、侍卫马军都指挥使党进，都从行营回到朝廷。

太平兴国二年（丁丑，977）

（二月初六日丁酉）西山巡检郭进报告北汉胡桃寨指挥使史温等四十四户、二百四十五口归附朝廷。

这年冬天，北汉沿边侦察的人报告晋、潞、邢、洺、镇、冀等州都在修整兵器和攻城器具，并且运送粮草，北汉主听了很害怕。

太平兴国三年(戊寅,978)

春季正月,北汉主派他的儿子刘续到契丹去做抵押,送去很多礼物请求援助。

太平兴国四年(己卯,979)

(春季正月)太宗刚即位的时候,对齐王廷美说:"我一定要攻取北汉。"等到讨论征伐的时候,召来枢密使曹彬问道:"周世宗和我们太祖都曾亲征北汉,以当时的兵力而不能取胜,是什么原故?难道是因为城池和壁垒非常坚固完整,不能够接近吗?"曹彬回答说:"世宗的时候,因为史超在石岭关战败,人心震动恐慌,所以撤回军队。太祖的时候,军队停在甘草地里,很多兵士得了腹泻病,因此中止战斗,不是城池壁垒不能够接近。"太宗说:"我现在出兵,你以为怎么样?"曹彬说:"朝廷的军队是精锐的,人们高兴地拥护皇帝,如果抚慰人民,讨伐罪人,就如同折断朽木枯枝一样,有什么不可以呢。"太宗就打定了出兵的主意。宰相薛居正等人说:"当年周世宗出兵,北汉依靠契丹的援助,坚守壁垒,不肯决战,以至军队被拖得疲劳不堪而回来。等到太祖在雁门关以南打败敌人,把他们的人民迁移到黄河和洛水之间的地区,虽然北汉的巢穴依然存在,但是已经非常艰难危险,得到这些土地不能增加多少地方,舍弃它也成不了什么祸患,希望陛下仔细地考虑。"太宗说:"现在是事情相同而形势不一样，他们弱而我们强。当年先帝打败敌人后，把当地人民迁走而留下空地，就是为了现在的讨伐。我的计划已经确定不变，你们不必再说什么了。”就先派常参官去分别督促各州运送军需品到太原去。

初十日庚寅，以宣徽南院使潘美为北路都招讨制置使。河阳节度使崔彦进攻太原城东面，彰德节度使李汉琼城南面，桂州观察使曹翰城西面，彰信节度使刘遇城北面。刘遇按照次序应该攻太原城西面，而西面正对着北汉主宫城，特别险恶。曹翰想和刘遇交换进攻方向，自己说他是观察使，位次应该在节度使的下面，刘遇不肯交换，曹翰一定要交换，谈了很久不能解决。太宗恐怕将帅不和，就开导曹翰说：“你的聪明勇敢没有什么人能够赶得上，太原城的西面非你进攻不可。”曹翰这才接受诏令的指示。

八作使郝守濬充任西面壕寨都监，马军都虞候米信、步军都虞候田重进充任行营马步军都指挥使，西上閤门使郭守文、判四方馆事顺州团练使梁迥为监军。米信是奚族人。重进是幽州（北京市）人。诏令调发邢、贝、洺、泽等州军需品运到太原去，由著作佐郎张润之掌管军需品的出纳。

十一日辛卯，命令云州观察使郭进为太原石岭关都部署，西上閤门使田仁朗、閤门祇候供奉官刘绪巡查太原城四面壕寨，检查攻城的云梯冲车等器具。

十五日乙未，在长春殿设宴款待潘美等人，太宗告诉了进攻方略以后送走他们。

十七日丁酉，命令河北转运使侯陟和陕西北路转运使雷德骧分别掌管太原东、西路转运事务。

二十二日壬寅，诏令调发齐、汝、蔡等州军粮到太原。

（二十三日癸卯）诏令调发曹、单、滑、潍、滨、淄、青、郓、同、耀、华等州，京兆、河南、大名府军需品到太原。

二十九日己酉，命令左屯卫上将军张铎为京城内外都巡检，是因为皇帝准备征讨北汉。

二月初二日辛亥，诏令宣布本月内暂时到镇州去。

（初五日甲寅）以祠部郎中刘保勋为行在转运使，右补阙高继申辅助他。起居舍人张去华专门掌管行在左藏库。继申接着改为留守判官。

初七日丙辰，命令宰相沈义伦为东京留守兼判开封府事，宣徽北院使王仁赡为大内都部署，枢密承旨陈从信辅助他。太宗想让齐王廷美掌管留后事务，开封府判官吕端对廷美说："皇帝奔波辛苦，不避风雨，抚慰人民，讨伐罪人。你处在亲而又贤的地位，应该带头随从皇帝前去，如果留下来掌管留后事务，是不妥当的。"廷美因此而请求随行。

十五日甲子，太宗从京师出发。

十九日戊辰，驻在澶州。刚要渡河的时候，有一个穿绿色衣服拿着笏的人拦着皇帝，前驱的人赶他走开，他不肯后退，在路旁呼喊，自己说是给皇帝献封事。太宗命令把封事拿上来一看，原来那个人是临河县主簿宋捷，太宗很高兴，就派他做将作监丞。

二十日己巳，太宗驻在德清军。命令行在转运使刘保勋兼勾当北面转运使事，派均州刺史临洺（河北永年西）解晖、尚食使折彦赟攻隆州。

二十一日庚午，驻在大名府。

二十三日壬申，驻在洺州。

二十四日癸酉，郭进从石岭关来，在中路顿朝见太宗。

二十五日甲戌，太宗驻在邢州。

以唐州团练使曹光实知威胜军事，命令他调配军食。光实见太宗报告："希望带上一旅兵，发扬锐气，先登上太原城。"太宗说："供给军粮的事情很重大，也足以贡献力量。"

二十七日丙子，以潞州都监陈钦祚知威胜军。

三月初一日庚辰，暂时驻在镇州。命令郢州刺史尹勋攻隆州。隆州不是从前就有的，是北汉人依据险要的地形筑城以抵抗朝廷军队的，所以先分兵包围它。

初二日辛巳，命令镇州马步都监客省副使齐延琛、洛苑副使侯美分兵攻盂县。

初四日癸未，石岭关报告阳曲寨人民三百三十八口归附。

引进使、汾州防御使田钦祚总领屯驻在石岭关的军队，和都部署郭进不和。北汉军队突然来到，钦祚闭垒自守，退走以后又不追击，每月薪俸收入的粮草，多半储存起来等着涨价后出卖赚钱，这些情况被部下控告上去。(太宗)诏令查问，钦祚全部承认，责降他为睦州团练使，仍旧总领军队。

初八日丁亥，分别命令太子中允扈华等十二人调发安、复、唐、邓、商、坊、徐、宿、兖、海、密、蔡等州军需品到太原。

郭进报告攻占北汉龙门寨，捉住敌人一千多，把俘虏献到行在来。

初九日戊子，命令六宅使侯继隆进攻沁州，阁门祗候王僎进攻汾州。王僎是王侁的弟弟。

十三日壬辰，又命令溜州刺史太原人王贵进攻沁州。

这天设宴款待随从官员和各军校。

派刘保勋到太原去检查转运事务。

十六日乙未，命令知府州闲厩使折御卿、监军供奉官尹宪分兵进攻岚州。

郭进报告几万契丹骑兵入侵,在石岭关以南把他们打得大败。这时候北汉的援兵断绝了,北汉主又派使者带着蜡丸信走小路到契丹去告急,郭进捉住了这个使者,把他在城下示众,城里人的胆气开始丧失了。

十七日丙申,左飞龙使史业打败北汉鹰扬军,斩杀和俘虏很多,把一百个俘虏献上来。

十八日丁酉,诏令把太原军前所送来的五个投降士兵编入归明军,每人赐给三千钱。

二十一日庚子,命令通事舍人王侁、军器库使刘文裕率领军队分别守卫石岭关。

二十四日癸卯,以河东城西面转运使刘保勋为陕西北路转运使,这是代替雷德骧。德骧调发沁州军需品后期,诏令劾责德骧,命令保勋兼领他的职务。

二十六日乙巳,定难节度使李继筠报告,派他的部下银州刺史李光远、绥州刺史李光宪率领少数民族和汉族兵沿黄河列寨,渡过黄河掠夺敌境以张大军队的声势。

二十七日丙午,命令左补阙乐冲驾着驿站的车马快走,督促各州运送供应军队的粮草。北汉人秘密出兵进攻我军前锋,马军都指挥使米信打败了他们,杀了北汉的控鹤指挥使裴正,把他的首级献了上来。

夏季四月初一日己酉，折御卿等报告，进攻岚州打败了北汉军队一千多人。

诏令调发河南府和郓、济、博、棣、泽、潞、怀、汝、同、华、虢等州军需品到太原。

初二日庚戌，齐延琛等报告盂县投降。

诏令调发河中府和晋、绛、慈、隰、解、齐、德、曹、单、淄、卫等州军需品到太原。

初七日乙卯，折御卿等攻占岢岚军，杀了很多敌人，捉住军使折令图献上来。

十四日壬戌，太宗从镇州出发到太原去。命令定武节度使孟玄喆为镇州驻泊兵马都钤辖。

十五日癸亥，驻在天威军，作《早行》诗，让侍从大臣唱和。

十六日甲子，解晖等攻隆州，西头供奉官袁继忠、武骑军校许均先登上隆州城，占领了它。许均八处受伤，杀了三百多敌人，捉住招讨使李珣等六人献上来。继忠以前总领隰州白壁关驻军，前后进入北汉境内攻占三寨，捉住伪将校二人，俘获铠甲、配鞍的马匹、牛羊，人口以几万计算。邻近的戍守军队听到以后，恐怕因为自己无功受罚，就把真心话告诉袁继忠，继忠把战胜的果实都分给他们，使他们也参加奏报皇帝。继忠是太原人。许均是开封人。

十八日丙寅，太宗驻在侧口顿，作《闻捷奏》、《平隆州》诗。

这一天，折御卿又攻占岚州，杀宪州刺史霍翊，捉住夔州节度使马延忠等七人献上来。

二十二日庚午，太宗到了太原，驻在汾水以东。

二十三日辛未，太宗到太原城四面检查营垒和攻城器具，慰劳各将领。用亲笔写的诏书开导北汉主刘继元，诏书传送到太原城下，守卫女墙的人不敢接受。

二十四日壬申，夜漏还未曾过去，太宗到太原城西督促将领们攻城。天武军校荆嗣先登上城墙，亲手杀了几个敌人，脚被两支箭射穿了，手也中了炮击，牙齿碎了两枚。太宗看到了，赶快召他下来，赐给他锦袍、镶银的衣带。荆嗣是荆罕儒哥哥的孙子。

此前，太宗从各军中选出勇士几百人，教他们舞剑，都能够把剑抛在空中，跳起来在左面或右面接着，旁边看到的人没有不害怕的。恰好契丹派使者来进贡，在便殿设宴款待，就让这些会舞剑的人出来表演给他看，几百人脱去外衣，大声呼叫，挥舞着刀进来，把刀抛起来再接住，非常巧妙，契丹使者不敢正眼去看。这时候每次巡城都一定让舞剑的兵士在前面走，各自表现他们的技能，北汉兵在城上看到后吓破了胆。

太宗时常亲自穿上甲胄，顶着射来的箭和打过来的擂石指挥军队，左右有的人劝他不要这样，太宗说："将士争着在刀锋和箭镞的下面献出生命，我怎么忍心坐着看呢。"各军听了，人人都勇气百倍，都拼死争着先登上城墙。几十万士兵在太宗前面列阵，聚集起来交互射箭，箭集中在太原城上像刺猬的毛一样。每次诏令发给各军几百万支箭，很短的时间就射完了。捉到俘虏，说是北汉主在城里收买所射的箭，十钱买一支，总共买到一百多万支，聚在一起收藏起来了。太宗笑着说："这些箭是替我们储存的。"等到太原投降的时候，就全部收回来了。

二十六日甲戌，太宗去到各寨。

二十七日乙亥，到连城，视察攻城的各洞。当时李汉琼率领军队先登城，敌人射来的箭聚在头上，又射中手指，伤势严重，还是奋力战斗。太宗催促召他来到幄殿，看他的伤口，涂上好的药。太宗要亲自到洞屋里去慰劳士兵，汉琼流泪说："晋阳是一座孤立的堡壁，像是叠起来的蛋，异常危险，将领们竭力战斗，战士都有余勇，矢石像雨一样地打到洞屋里来，陛下为什么以皇帝的尊贵地位亲自到那里去，如果不肯听从我的劝告，我就先战死吧。"太宗听了这些话就不去了。

二十九日丁丑，太宗到西连城楼。

五月初一日己卯，到太原城西南角，夜里督促将领们猛烈进攻。黎明的时候，攻占了羊马城。北汉宣徽使范超前来投降，攻城的人怀疑他是出来战斗的，捉住他献上来，在大旗的下面把他斩了。不久，北汉主把范超的妻子都杀掉，砍下他们的头，抛到太原城外。

初三日辛巳，太宗到太原城西北角，北汉马步军都指挥使万超前来投降。

初四日壬午，到太原城南。太宗对将领们说："明天是初五，要在太原城里吃饭。"就亲自起草诏书给北汉主。夜漏上一刻，城上有苍白色的云像人的形状。

初五日癸未，到太原城南，督促将领们猛烈进攻，战士们鼓起怒气，争着登城，不可阻止。太宗恐怕他们屠城，召他们稍退一些。城里的人还想坚守，退休的左仆射马峰当时卧病在家，要人抬着进去见北汉主，流着眼泪地用历史上的兴亡之事开导他，北汉主就投降了。夜漏上十刻，北汉主派客省使李勋上表投降。太宗很高兴，就命令通事舍人薛文宝带着诏书进城安抚。夜漏还未完，太宗到太原城上，在城台设宴款待随从大臣，接受投降。

初六日甲申，黎明的时候，刘继元率领他的官属穿着白衣服戴纱帽在城台下听候治罪。诏令免予治罪，召到台上来慰问。继元叩头说："我自从听说皇帝亲征，就想前来投降，而我使得陛下离开宫殿，露天辛苦，还胆敢凭借孤立的堡垒来抗拒的，是由于朝廷败逃回来的士兵怕死，劫持着我不能投降。”太宗命令把那些逃亡者捉来，全部斩杀，回过头来对淮海国王钱俶说：“你能够保全一方来归附我，不至于杀人，是非常值得赞美的。”

北汉平定，共得到十州、一军、四十一县、二万五千二百二十户、三万军队。

初七日乙酉，大赦河东管辖区，平时大赦所不赦免的都赦免。各州县北汉所任命的职官等，照旧供职。人民的两税，免收二年，朝廷军队未到的地方免收一年，从前所见的租调全部免除，平时赋税以外所加收没有正当名义的摊派，各州逐项报告上来。

初八日丙戌，派使者祭祀阵亡的将士等，录用他们的子孙。

初九日丁亥，诏令刘继元住在行在所，从优供应食物，命令仪鸾使康仁宝监视他。

初十日戊子，命令著作佐郎、直史馆石熙古回京师，把平北汉祭告宗庙。熙古是熙载的弟弟。

毁掉太原旧城，改为平晋县。以榆次县为并州。迁移和尚、道士和财产多的人民到西京去。

刘继元所任命的节度使蔚进、卢遂献汾州投降。

十一日己丑，以刘继元为右卫上将军、彭城郡公，继元所任命的司空、平章事李恽为殿中监，退休左仆射马峰为少府监，马军都指挥使郭万超为磁州团练使，客省使李勋为右卫将军，其余的人授官高低不等。

太宗作《平晋赋》，让随从大臣都作赋，又作《平晋》诗二章，让随从大臣唱和。

十三日辛卯，设宴款待刘继元和他的官属。继元献他的一百多官人，太宗把他们分别地赐给立功的将校。

十七日丁未，派康仁宝护送刘继元的亲属到朝廷，所经过的地方都供应食物。

十八日丙申，太宗到太原城北，登上沙河门楼，派使者分别统率，迁移居民到新并州，把房屋全部烧掉，老小的人民来不及走到城门，很多人被烧死。

十九日丁酉，废隆州，毁掉隆州城。派使者巡查各州银冶。

二十二日庚子，太宗从太原出发，诏令把行宫作为佛寺，名为“平晋”，太宗亲自把这件事情记下来，在寺院里刻在石上。

二十三日辛丑，驻在新并州。

二十九日丁未，驻在镇州。从前，围攻太原几个月，军队的粮饷将要用完了，兵士也很疲乏。恰好刘继元投降，人人都有盼望得到赏赐的意思，而太宗准备乘胜伐契丹收回燕云十六州，各将领都不愿意而无人敢说话，只有殿前都虞候崔翰奏报说：“这件事情不容许有第二次出兵，借着现在这种像破竹一样的胜利形势，攻取燕云十六州是很容易的，良好的时机不可失去。”太宗高兴了，就命令枢密使曹彬研究怎样调发屯驻的军队。当时车辆载运的名册，在途中被阻，兵房的办事人员张质暗中计算几部分军士和马匹，等到名册来到以后加以比较，完全没有差错。张质是高唐（山东高唐）人。

（六月）十三日庚申，太宗北征，从镇州出发。

（秋季七月）初七日甲申，太宗因为幽州城十多天没有攻下来，士卒疲惫，运输道路很远，又怕契丹来援救，就诏令退兵。太宗在晚上出发，命令将领们整顿军队后逐渐回来。

初八日乙酉，太宗驻在涿州。

十一日戊子，驻在定州。

十四日辛卯，驻在镇州。

十九日丙申，驻在邢州。

二十一日戊戌，驻在洺州。

二十三日庚子，驻在大名府。

二十五日壬寅，驻在澶州。

二十八日乙巳，太宗从范阳回到京师。

吴越献土

唐朝末年，镇海，镇东两镇节度使钱镠割据两浙十三州，五代初年，受后梁封为吴越王。由于吴越受到北面和西面的吴政权、南面闽政权的威胁，所以向中原王朝称臣纳贡，以为牵制。钱镠临死的时候，嘱咐他的继承者，不管中原王朝怎样地改朝换代，子孙都要称臣纳贡。此后，这成为吴越政权的根本政策，直到它的灭亡。宋朝建立后，吴越表现得非常恭顺。南唐灭亡后，吴越丧失了屏障。太平兴国三年(978)割据福建漳、泉二州的陈洪进向宋朝献上他的割据地区，吴越王钱俶也献纳了他的割据地区，吴越亡。

建隆元年(庚申,九六〇)

(二月)己卯,以天下兵马都元帅吴越国王钱俶为天下兵马大元帅。

(丁巳)吴越王钱俶遣使来贺登极。

(八月)庚午,宴近臣于广德殿,江南、吴越朝贡使皆预。自是,江南、吴越使来朝,即宴如例。

(九月)是月,吴越始榷酒酤。

建隆二年(辛酉,九六一)

吴越自五月不雨至七月。

(十二月)癸丑,遣供奉官李崇赟使江南,殿直孙全璋使吴越,赐以羊、马、橐驼等。

建隆三年(壬戌,九六二)

(八月)庚寅,以镇海、镇东节度副大使钱惟濬为建武节度使。惟濬,吴越王俶之子也。俶请授以岭南旄钺,上从之。

乾德元年(癸亥,九六三)

(春正月)己未,赐江南及吴越战马、驼、羊有差。

(冬十月)丁未,吴越王俶遣其子惟濬入贡,助南郊。

乾德三年(乙丑,九六五)

(二月癸卯)唐主煜及吴越王俶,并遣使修贡,贺长春节。

乾德四年(丙寅,九六六)

（夏四月）戊午，以两浙衙内都指挥使、台州团练使钱惟治领宁远节度使，依前两浙衙内都指挥使。惟治，吴越王俶之长子也。

（九月）丙午，诏吴越王俶复会稽县五户奉禹冢，禁樵采，春秋祠以太牢。

开宝元年（戊辰，九六八）

（冬十月）丙子，吴越王俶遣其子建武节度使惟濬来朝贡，命知制诰卢多逊迎劳之。

开宝二年（己巳，九六九）

（春正月）己亥，以钱惟濬为镇海、镇东节度使。惟濬奉其父命来助祭，将还，特诏增秩。上待惟濬特异，尝召宴苑中，令黄门奏《箫韶》乐，与诸王同席而坐，赐白玉带、缀珠衣、水晶鞍勒御马，赐赉钜万计。辞日，又赐袭衣、玉带、金鞍勒马。

开宝四年（辛巳，九七一）

（十一月）丙申，吴越王俶遣其子镇海、镇东节度使惟濬来朝贡。

开宝七年（甲戌，九七四）

（八月丙子朔）先是，吴越王俶遣元帅府判官福人黄夷简入贡，上谓之曰：汝归语元帅，当训练兵甲。江南倔强不朝，我将发师讨之。……戊寅，俶遣其行军司马孙承祐入贡。丁亥，辞归，上厚赐俶器币，且密告以师期。

(冬十月)丁酉,以吴越王俶为升州东南面行营招抚制置使,仍赐战马二百匹,遣客省使丁德裕以禁兵步骑千人为俶前锋,且监其军。

(十一月)戊子,吴越王俶遣使修贡,谢招抚制置之命也。并上江南国主所遗书,其略云:“今日无我,明日岂有君!明天子一旦易地酬勋,王亦大梁一布衣耳。”

(十二月己未)吴越王俶率兵围常州,俘其军二百五十人、马八十匹于常州城下。癸亥,拔利城寨,破其军三千余众,生擒六百余人。

辛未,吴越王俶破江南兵万余众于常州境上。

开宝八年(乙亥,九七五)

(二月)壬戌,赐吴越王俶军衣五万副,俾分给其行营将士。

(夏四月癸丑)吴越兵围常州,刺史禹万成距守,大将金成礼劫万成以城降……

五月壬申朔,加吴越王俶守太师,以其子镇海、镇东节度使惟濬同平章事,宁远节度使惟治为奉国节度使,行军司马孙承祐为平江节度使,行营兵马都监丁德裕权知常州。

甲申,吴越王俶言江阴宁远军及缘江诸寨皆降。

(秋七月)先是,诏吴越王俶归其国,俶以兵属其大将乌程沈承礼,随王师进讨。甲申,遣使入贡谢恩。

十二月己亥朔，江南捷书至，凡得州十九、军三、县一百有八、户六十五万五千六十有五。

先是，上尝召吴越进奉使任知果，令谕旨于其主俶曰："元帅克毗陵有大功，俟平江南，可暂来与朕相见，以慰延想之意，即当复还，不久留也。朕三执圭币以见上帝①，岂食言乎！"崔仁冀亦告俶曰："主上英武，所向无敌。今天下事势已可知，保族全民，策之上也。"俶深然之。丁卯，俶请赴长春节朝觐，诏许之。

开宝九年（丙子，九七六）

（二月）上闻吴越王俶将入朝，辛亥，遣皇子兴元尹德昭至睢阳迎劳之。

己未，吴越王俶及其子镇海、镇东节度使惟濬等入见崇德殿，宴长春殿。先是，车驾幸礼贤宅，案视供帐之具。及至，即诏俶居之。宠赉甚厚，俶所贡奉亦增倍于前也。庚申，大宴大明殿。后四日，召俶、惟濬宴射苑中。又三日，幸礼贤宅。

（三月）命吴越王剑履上殿，诏书不名。辛未，以俶妻贤德顺穆夫人孙氏为吴越国王妃。宰相谓异姓诸侯王妻无封妃之典，上曰："行自我朝，表异恩也。"即令其

---

① 圭币：圭，古代祭祀时用的玉制礼器。币，古代祭祀时的敬神礼物。

子惟濬持诏赐之。先是，上数召俶与惟濬宴射苑中，惟诸王预坐，俶拜，辄令内侍掖起，俶感泣。又尝令俶与晋王光义、京兆尹廷美叙兄弟之礼，俶伏地叩头固辞，得止。

上将西幸，俶恳请扈从，不许，乃留惟濬侍祠，遣俶归国。是日，宴讲武殿，谓俶曰："南北风土异宜，渐及炎暑，卿可早发。"俶泣涕，愿三岁一朝。上曰："川途迂远，俟有诏乃来也。"先是，群臣皆有章疏，乞留俶而取其地，上不从。于是命取一黄袱以赐俶，封识甚固，戒俶曰："途中宜密观。"及启之，则皆群臣乞留俶章疏也，俶益感惧。既归，每视事功臣堂，一日，命徙坐于东偏，谓左右曰："西北者，神京在焉，天威不违颜咫尺，俶岂敢宁居乎?"益以乘舆服玩为献，制作精巧。每修贡，必列于庭，焚香而后遣之。

(六月)癸卯，吴越王俶遣使入贡，谢朝觐蒙殊礼及放令归国也。

(秋七月)平海节度使陈洪进以江南、吴越入朝，不自安。戊寅，遣其子漳州刺史文颢来贡方物，且乞修觐礼，诏许之。洪进行至南剑州，闻国有丧，乃归镇发哀。

(冬十月)癸丑，上崩于万岁殿。

甲寅，太宗即位，群臣谒见万岁殿之东楹，帝号恸殒绝。

太平兴国二年（丁丑，九七七）

（春正月丙寅）吴越王俶遣其子温州刺史惟演来修贡，贺登极。

己卯，吴越国王妃孙氏卒，诏给事中程羽为吊祭使。

（二月）癸巳，吴越王俶遣使来修时贡。

（戊戌）以镇东军安抚使、知越州钱仪为慎、瑞、师等州观察使，仍知越州；宣德军安抚使、知湖州钱信为新、妫、儒等州观察使，仍知湖州。仪、信皆吴越王俶之弟。仪好昼寝，多以夜决府事及游宴，信尝为僧，后反初服，因其请而有是命，盖执政者戏之也。

己亥，吴越王俶以山陵有期，遣使来修赙礼。

（三月）甲子，吴越王俶复遣使来修时贡。

（五月）辛巳，平海节度使陈洪进言，已离本道入朝。

闰七月庚寅朔，以陈洪进将入朝，遣翰林使程德玄往宿州迎劳之。

己酉，遣翰林学士李昉使吴越。

（八月）丙寅，陈洪进入见于崇德殿，礼遇优渥，赐钱千万、白金万两、绢万匹。

（九月辛卯）吴越王俶将入朝，先遣其子镇海、镇东节度使惟濬来贡。壬辰，诏户部郎中侯陟至泗州迎劳之，及惟濬至，赐赉无算。

太平兴国三年（戊寅，九七八）

（二月）以吴越王俶将至，癸酉，命四方馆使梁迥往淮西迎劳之。

三月己丑，以吴越王俶将至，遣其子镇海、镇东节度使惟濬至宋州迎省。

（癸卯）吴越王俶又先遣平江节度使孙承祐入奏事，上优礼之。乙巳，即命承祐护诸司供帐，劳俶于近郊，又命齐王廷美宴俶于迎春苑。己酉，俶见于崇德殿，宠赉甚厚，即日赐宴于长春殿，俶僚佐崔仁冀、黄夷简等皆预坐。

（四月）壬戌，复宴吴越王于崇德殿。

己卯，平海节度使陈洪进用其幕僚南安刘昌言之计，上表献所管漳、泉二州，得县十四、户十五万一千九百七十八、兵一万八千七百二十七。

癸未，以陈洪进为武宁节度使、同平章事，洪进子前漳州刺史文颢为房州刺史，前顺州刺史文顼为登州刺史。寻复以平海节度副使文显为通州团练使，仍知泉州；泉州衙内都指挥使文颛为滁州刺史，仍知漳州。

五月乙酉朔，御乾元殿受朝。德音赦漳、泉管内，给复一年。

初，吴越王俶将入朝，尽辇其府实而行，分为五十进，犀象、锦彩、金银、珠贝、茶绵及服御器用之物逾钜万计。俶意求反国，故厚其贡奉以悦朝廷。宰相卢多逊劝上留俶不遣。凡三十余进，不获命。会陈洪进纳土，俶恐惧，乃籍其国兵甲献之。是日，复上表乞罢所封吴越国及解天下兵马大元帅之职，寝书诏不名之制，且求归本道，上不许。俶不知所为，崔仁冀曰："朝廷意可知矣，大王不速纳土，祸且至。"俶左右争言不可，仁冀厉声曰："今已在人掌握中，去国千里，惟有羽翼乃能飞去耳。"俶独与仁冀决策，遂上表献所管十三州、一军。上御乾元殿受朝如冬、正仪。俶朝退，将吏僚属始知之，千余人皆恸哭曰："吾王不归矣。"凡得县八十六、户五十五万六百八、兵十一万五千三十六。

(丙戌)命考工郎中范旻权知两浙诸州事，左赞善大夫侯陶、著作佐郎崔继宗检阅两浙诸州钱帛；刑部郎中杨克让充两浙西南路转运使，宗正丞赵齐副之；祠部郎中河南刘保勋充两浙东北路转运使，右拾遗郑骧副之；右卫将军太原侯赟按行两浙诸州军储刍茭、粮廪；左赞善大夫孟贻孙通判两浙事。

旻初自淮南归朝，上谓曰："江、淮之间，辇运相继，实我仓廪，卿之功也。"旻曰："唐贞元中，淮南岁输米才十万石，今每岁辇运倍于贞元。"上曰："知尔劝绩。"将用为翰林学士，卢多逊言杭州初复，非旻不可治。上乃谓旻曰："卿且为朕行，即当召卿矣。"钱氏据两浙逾八十年，外厚贡献，内事奢僭，地狭民众，赋敛苛暴，鸡鱼卵菜，纤悉收取，斗升之逋，罪至鞭背。每笞一人，则诸案吏人各持其簿列于庭，先唱一簿，以所负多少量为笞数，笞已，次吏复唱而笞之，尽诸簿乃止，少者犹笞数十，多者至五百余。讫于国除，民若其政。旻既至，悉条奏，请蠲除之，诏从其请。

丁亥，徙封钱俶为淮海国王，以其子镇海、镇东节度使惟濬为淮南节度使，奉国节度使惟治为镇国节度使，平江节度使孙承祐为泰宁节度使，威武节度使沈承礼为安化节度使，浙江西道盐铁副使崔仁冀为淮南节度副使。

戊子，德音赦两浙管内诸州，给复一年。

（秋七月乙酉朔）赐武宁节度使陈洪进银万两，令市宅。

中元节张灯，诏有司于淮海王俶第前设灯山，陈声乐以宠之。

（八月丙辰）诏两浙发淮海王俶缌麻以上亲及管内官吏悉归阙[1]，凡舟千四十四艘，所过以兵护送之。

初，淮海王俶入朝，命其子镇国节度使惟治权知吴

---

[1] 缌麻：丧服名，五服（斩衰、齐衰、大功、小功、缌麻）中最轻的一种。用细麻布制成孝服，服丧三个月，用于疏远的亲属、亲戚如族伯叔父母、中表兄弟、外孙等。

越国事。一夕厩中火，惟治率兵临高下视，令亲信十数辈仗剑申令敢后顾者斩，顷之火息。妻族有隶帐下者恃亲犯法，惟治命杖背于府门。于是惟治悉奉兵民图籍、帑廪管籥授知杭州范旻，与其弟惟演、惟灏等皆赴阙。诏遣内侍护诸司供帐迎劳于近郊。壬申，对于长春殿，各赐衣带、鞍马、器币。

（冬十月乙亥）杭州送钱俶伶人凡八十有一人，诏付教坊肄习，寻以三十六人还杭州，四十五人赐俶。

太平兴国四年（己卯，九七九）

上初即位，谓齐王廷美曰："太原我必取之。"

（二月）甲子，车驾发京师。

（三月乙巳）诏泉州发兵护送陈洪进亲属赴阙，所过州县续食。

（五月）甲申，迟明，刘继元率其官属素服纱帽待罪台下。诏释之，召升台劳问。……顾谓淮海国王钱俶曰："卿能保全一方以归于我，不致血刃，深可嘉也。"

太平兴国五年（庚辰，九八〇）

（四月）是月初，以礼贤宅赐钱俶，俶献白金三百斤为谢。

（八月）戊戌，幸钱俶第视疾，赐俶银万两，绢万匹、钱百万、金器千两，又赐俶子惟濬、惟治银各万两。

太平兴国六年（辛巳，九八一）

（三月）己未，以淮南节度副使崔仁冀为卫尉卿，淮海王俶言其才可用故也。

（十二月戊辰）淮海王俶等贺郊祀，贡马皆驽，为厩吏所发。辛未，诏释其罪。

太平兴国八年（癸未，九八三）

（十二月丁亥）淮海国王钱俶三上表乞解兵马大元帅、国王、尚书中书令、太师、开府仪同三司等官，诏止罢元帅，余不许。

端拱元年（戊子，九八八）

（八月）戊寅，武胜节度使、太师、尚书令兼中书令、邓王钱俶卒。上为辍视朝七日，追封秦国王，谥忠懿，命中使护丧事，葬洛阳。俶任太师、尚书令兼中书令四十年，为元帅三十五年，穷极富贵，福履之盛，近代无比。

【翻译】

建隆元年（庚申，960）

（二月）初九日己卯，以天下兵马都元帅吴越国王钱俶为天下兵马大元帅。

（十八日丁巳）吴越王钱俶派使者来祝贺太祖登极。

（八月）初三日庚午，在广德殿设宴款待亲近的大臣，南唐和吴越的朝贡使都参加了。从此以后，南唐和吴越的使者来朝见皇帝的时候，就按照这次的样子设宴款待。

(九月)这月里,吴越开始实行酒专卖。

建隆二年(辛酉,961)

吴越从五月到七月未曾下过雨。

(十二月)二十四日癸丑,派供奉官李崇赟到南唐,殿直孙全璋到吴越,赐给他们羊、马、骆驼等。

建隆三年(壬戌,962)

(八月)初五日庚寅,以镇海、镇东节度副大使钱惟濬为建武节度使。惟濬是吴越王钱俶的儿子。钱俶请求任命他为岭南的节度使,太祖答应了他的请求。

乾德元年(癸亥,963)

(春季正月)初六日己未,赐给南唐和吴越战马、骆驼、羊,数目多少不等。

(冬季十月)二十九日丁未,吴越王钱俶派他的儿子惟濬前来进贡,帮助南郊祭天。

乾德三年(乙丑,965)

(二月初二日癸卯)南唐李煜和吴越王钱俶,一起派使者来修贡,祝贺长春节。

乾德四年(丙寅,966)

(夏季四月)二十三日戊午,以两浙衙内都指挥使、台州团练使钱惟治兼领宁远节度使,两浙衙内部指挥使不变。惟治是吴越王钱俶的长子。

（九月）十五日丙午，诏令吴越王钱俶免除会稽县五户居民的差役，照管大禹的坟墓，禁止在那里打柴，春季和秋季用牛、羊、猪三种牲畜祭祀。

开宝元年（戊辰，968）

（冬季十月）二十六日丙子，吴越王钱俶派他的儿子惟濬来朝贡，命令知制诰卢多逊迎接慰劳。

开宝二年（己巳，969）

（春季正月）二十一日己亥，以钱惟濬为镇海、镇东节度使。惟濬奉他父亲的命令来帮助祭天以后，在将要回去的时候，特别地诏令增加俸禄。太祖对待惟濬与众不同，曾召他到宫廷园林去赴宴，命令中黄门奏《箫韶》乐，和各亲王同席而坐，赐给他白玉镶的衣带、缀珠衣、嵌水晶的鞍勒御马，赏赐以万万计算。辞行的那天，又赐给他成套衣服、镶玉的衣带、嵌金的鞍勒马。

开宝四年（辛巳，971）

（十一月）初四日丙申，吴越王钱俶派他的儿子镇海、镇东节度使惟濬来朝贡。

开宝七年（甲戌，974）

（八月初一日丙子）此前，吴越王钱俶派元帅府判官福州人黄夷简来进贡，太祖对他说："你回去告诉元帅，要训练军队，江南倔强不肯来朝，我准备发兵讨伐它。"……初三日戊寅，钱俶派他的行军司马孙承祐来进贡。十二日丁亥，孙承祐告辞回去，太祖赐给钱俶很多玉帛，并且秘密地告诉他出兵日期。

(冬季十月)二十三日丁酉，以吴越王钱俶为升州东南面行营招抚制置使，并赐给战马二百匹，派客省使丁德裕带禁军步兵和骑兵一千人做钱俶的前锋，并且监护他的军队。

(十一月)十四日戊子，吴越王钱俶派使者来进贡，感谢对他招抚制置使的任命。并且献上江南国主写给他的信，信的大意说："今天没有我，明天怎么会有你！一旦皇帝给你换个地方酬谢功劳，你也不过是一个开封的老百姓。"

(十二月十五日己未)吴越王钱俶率兵围常州，在常州城下俘虏二百五十人、八十匹马。十九日癸亥，攻占利城寨，打败它的三千多军队，活捉六百多人。

二十七日辛未，吴越王钱俶在常州北境打败江南兵一万多人。

开宝八年(乙亥，975)

(二月)十九日壬戌，赐给吴越王钱俶军衣五万套，以便分给他行营的将士。

(夏季四月十一日癸丑)吴越兵围常州，刺史禹万成抵抗，大将金成礼劫持万成献城报降。

五月初一日壬申，加吴越王钱俶守太师，以他的儿子镇海、镇东节度使惟濬同平章事，宁远节度使惟治为奉国节度使，行军司马孙承祐为平江节度使，行营兵马都监丁德裕权知常州。

十三日甲申，吴越王钱俶报告江阴宁远军和沿江诸寨都投降了。

(秋季七月)此前，诏令吴越王钱俶回去，钱俶把军队交给大将乌程人沈承礼，随着朝廷军队进讨。十四日甲申，派使者进贡谢恩。

十二月初一日己亥，江南捷书送到京师，共得十九州、三军、一百零八县、六十五万五千六十五户。

此前，太祖曾召见吴越进奉使任知果，命令传达意见给他的主上钱俶说："元帅有克复常州的大功，等到平定了江南，可以暂时来和我相见，安慰我对他长久想念的心意，很快地就可以回去，不会长久地留下来。我曾三次拿着圭币拜见上帝，难道会背弃诺言吗!"崔仁冀也对钱俶说："皇帝英明威武，所向无敌。现在的天下大势已经可以看得很清楚，保全宗族和人民，是最好的办法。"钱俶非常同意这种说法。十九日丁卯，钱俶请求在长春节的时候来朝见皇帝，诏令同意了。

开宝九年(丙子，976)

(二月)太祖听说吴越王钱俶将要入朝，十四日辛亥，派皇子兴元府尹德昭到睢阳去迎接慰劳。

二十二日己未，吴越王钱俶和他的儿子镇海、镇东节度使惟濬等在崇德殿觐见太祖后，到长春殿赴宴。此前，太祖曾到礼贤宅检查帷帐等生活用具。钱俶等来到京师后，就诏令钱俶住在那里。太祖对钱俶非常宠爱，赐予很多，钱俶贡奉给太祖的也比从前的加倍。二十三日庚申，在大明殿举行盛大宴会。四天以后，召钱俶和惟濬在宫廷园林里宴会射箭。再三天以后，太祖去到礼贤宅。

（三月）命令吴越王可以佩剑穿鞋上殿，诏书不直写他的名字。初四日辛未，以钱俶妻贤德顺穆夫人孙氏为吴越国王妃。宰相说异姓诸侯王妻没有封妃的典故，太祖说："从我朝开始这样做，表示特殊的恩泽。"就命令他的儿子惟濬把诏书赐给她。此前，太祖曾多次召钱俶和惟濬在宫廷园林里宴会射箭，只有各亲王在坐，钱俶下拜，就命令内侍拉他起来，钱俶感动得流泪。又曾命令钱俶和晋王光义、京兆府尹廷美按兄弟的礼节相处，钱俶伏在地上叩头，坚决辞让才没有这样做。

太祖要西行到洛阳去，钱俶恳请随从去，太祖不同意，就留下惟濬陪祭太庙，派钱俶回去。这一天，在讲武殿设宴，太祖对钱俶说："南北的风土不同，气候快要大热起来了，你可以早些启程。"钱俶哭泣起来，希望每三年来朝见皇帝一次。太祖说："道路遥远，等到有诏令再来吧。”此前，大臣们都有奏章，请求把钱俶留下来而取得两浙的土地，太祖不同意。这时候命令取出一个黄色的包袱给钱俶，封缄得很牢固，告诉钱俶说：“在路上要秘密地看。”等到打开一看，原来都是大臣们请求扣留钱俶的奏章，钱俶更加感动而害怕。回去以后，钱俶在功臣堂处理政务，有一天，命令把座位搬到东边去，对左右的人说：“京师在西北方向，皇帝的威严离我并不远，我怎么敢安稳地坐着呢?”更加多贡献皇帝服用和玩赏的物品，制作都很精巧。每次修贡，一定陈列在厅堂里，烧香礼拜以后送去。

(六月)初八日癸卯，吴越王钱俶派使者来进贡，感谢朝见皇帝得到特殊的礼遇以及让他回来。

(秋季七月)平海节度使陈洪进因为江南和吴越都入朝了，自己也安不下心来。十三日戊寅，派他的儿子漳州刺史文颢来贡献当地特产，并且请求举行觐见皇帝的礼制，诏令同意。洪进走到南剑州，听说朝廷有丧事，就回到本镇发哀。

(冬季十月)二十日癸丑，太祖在万岁殿死去。

二十一日甲寅，太宗即位，群臣在万岁殿的东侧谒见新皇帝，太宗哭得昏厥过去。

太平兴国二年(丁丑,977)

(春季正月初五日丙寅)吴越王钱俶派他的儿子温

州刺史惟演来修贡，祝贺太宗登极。

十八日己卯，吴越国王妃孙氏死，诏令给事中程羽为吊祭使。

（二月）初二日癸巳，吴越王钱俶派使者来修时贡。

（初七日戊戌）以镇东军安抚使、知越州钱仪为慎、瑞、师等州观察使，继续知越州；宣德军安抚使、知湖州钱信为新、妫、儒等州观察使，继续知湖州。钱仪和钱信都是吴越王钱俶的弟弟。钱仪喜欢白天睡觉，常在夜里处理本府事务和游玩宴会。钱信曾做过和尚，后来还俗，又穿上从前的常人衣服，因为他的请求而有这样的任命，是执政者和他开玩笑。

初八日己亥，吴越王钱俶因为太祖即将下葬，派使者送来财物修赙礼，帮助办丧事。

（三月）初三甲子，吴越王钱俶派使者来修时贡。

（五月）二十一日辛巳，平海节度使陈洪进报告，已经离开本道入朝。

闰七月初一日庚寅，因为陈洪进将要入朝，派翰林使程德玄到宿州迎接慰劳。

二十日己酉，派翰林学士李昉到吴越去。

（八月）初八日丙寅，陈洪进在崇德殿朝见太宗，礼遇优厚，赐给他钱一千万、银一万两、绢一万匹。

（九月初三日辛卯）吴越王钱俶准备入朝，先派他的儿子镇海、镇东节度使惟濬来进贡。初四日壬辰，诏令户部郎中侯陟到泗州去迎接慰劳。等到惟濬来到的时候，赏赐很多，多得无法计算。

太平兴国三年(戊寅，978)

(二月)因为吴越王钱俶将要来到，十八日癸酉，命令四方馆使梁迥到淮西去迎接慰劳。

三月初五日己丑，因为吴越王钱俶将要来到，派他的儿子镇海、镇东节度使惟濬到宋州去迎接问候。

(十九日癸卯)吴越王钱俶又先派平江节度使孙承祐到朝廷来奏事，太宗对他很优待。二十一日乙巳，随即命令承祐总管各有关机构陈设帷帐等用具，在近郊慰劳钱俶，又命令齐王廷美在迎春苑宴请钱俶。二十五日己酉，钱俶在崇德殿朝见太宗，赏赐很多，当天在长春殿举行宴会，钱俶的僚佐崔仁冀、黄夷简等都在座。

(四月)初八日壬戌，又在崇德殿设宴款待吴越王钱俶。

二十五日己卯，平海节度使陈洪进采纳幕僚南安(福建南安)人刘昌言的建议，上表献出他所管辖的漳、泉二州，朝廷得到十四县、十五万一千九百七十八户、兵士一万八千七百二十七人。

二十九日癸未，以陈洪进为武宁节度使、同平章事，洪进的儿子前漳州刺史文颢为房州刺史，前顺州刺史文项为登州刺史。接着以平海节度副使文显为通州团练使，并且知泉州；泉州衙内都指挥使文颢为滁州刺史，并且知漳州。

五月初一日乙酉，太宗到乾元殿受朝，颁发德音，大赦漳州和泉州管辖区，免收赋税一年。

从前，吴越王钱俶准备入朝，把府里的财物都装上车带着走，分成五十批，犀角、象牙、锦彩、金银、珠贝、茶叶、丝绵以及皇帝服用和日用器物等以超过万万的数字计算。钱俶的意思是还想回来，所以尽量多进贡以取得朝廷的好感。宰相卢多逊劝太宗扣留钱俶，不放他回去。钱俶共献了三十多批财物，还得不到皇帝的命令。恰好陈洪进献上他的管辖区，钱俶害怕了，就把吴越的军队情形造册献上。这一天，又上表请求废掉朝廷所封的吴越国并且免去天下兵马大元帅的职务，停止诏书不直写钱俶名字的规定，并且请求回本道去，太宗不答应。钱俶不知怎样才好，崔仁冀说："朝廷的意思可以知道是怎样的了，大王如果不赶快献上土地，灾难就要临头。"钱俶左右的人争着说不该这样，仁冀严厉地大声说："现在已经在人家的手掌里，离开吴越有千里之远，只有生出翅膀才能够飞回去。"钱俶单独地和仁冀决策，上表献出所管的十三州、一军。太宗到乾元殿按照冬至和正月初一的仪式接受群臣朝见。钱俶朝见太宗后退出，所属的吴越文武官吏才知道他已献上土地，一千多人都痛哭说："我们的王回不去了。"朝廷共得八十六县、五十五万六百八户、兵十一万五千三十六人。

（初二日丙戌）命令考功郎中范旻权知两浙诸州事，左赞善大夫侯陶、著作佐郎崔继宗检查两浙诸州钱帛；刑部郎中杨克让充任两浙西南路转运使，宗正丞赵齐辅助他；祠部郎中河南府（河南洛阳市）人刘保勋充任两浙东北路转运使，右拾遗郑骧辅助他；右卫将军太原人侯赟巡察两浙各州军的军需品干草、粮仓；左赞善大夫孟贻孙通判两浙事。

范旻刚从淮南回到朝廷来，太宗对他说："长江和淮河之间，运粮的车一辆接着一辆，充实我的粮仓，是你的功劳。"范旻说："唐德宗贞元年间，淮南每年交纳的米才十万石，现在每年运米的数量比贞元年间增加了一倍。"太宗说："知道你是奖励努力工作有成绩的人。"准备用他为翰林学士，卢多逊说杭州刚收复，非范旻治理不了。太宗就对范旻说："你暂时为我去一去吧，马上就召你回来了。"钱家割据两浙超过八十年，对外贡献非常丰厚，内部非常的奢侈，地方狭小而人民众多，赋税苛暴，鸡、鱼、蛋、菜，虽然数量很少，也要收税。欠税尽管只是一斗一升，也要遭到鞭打背脊。每次鞭打一个人，各案的吏人各自拿着账簿排列在院子里，先唱一本账簿的欠税者名字，按照欠税数目的多少决定鞭打的数目。打完以后，第二个吏人来唱他账簿上的欠税者加以鞭打，直到全部账簿的欠税者打完为止，挨打少的还要打几十，多的要打五百多。直到吴越灭亡，人民非常以此为苦。范旻到两浙以后，把这些情况都奏报上去，请求废除这些暴政，诏令同意他的请求。

初三日丁亥，徙封钱俶为淮海国王，以他的儿子镇海、镇东节度使惟濬为淮南节度使，奉国节度使惟治为镇国节度使，平江节度使孙承祐为泰宁节度使，威武节度使沈承礼为安化节度使，浙江西道盐铁副使崔仁冀为淮南节度副使。

初四日戊子，颁发德音，赦两浙管辖区的各州，免收赋税一年。

（秋季七月初一日乙酉）赐给武宁节度使陈洪进一万两白银，让他购买住宅。

中元节张灯，诏令主管机构在淮海王钱俶住宅前面设置灯山，陈列声乐，表示对他尊崇。

（八月初四日丙辰）诏令两浙发送淮海王钱俶缌麻以上亲属和管辖区内官吏全部到朝廷来，共用船一千四十四艘，所经过的地方用军队护送他们。

从前，淮海王钱俶入朝，命令他的儿子镇国节度使惟治暂时主管吴越事务。有一天晚上马棚里面失火，惟治率领兵士从高处向下查看，命令十几个亲信拿着剑宣布谁敢回头就杀，不久火就熄灭了。他的妻族有人在他部下依仗亲属关系犯法，惟治命令在府门杖背处罚。这时候惟治把全部的兵民图籍、金库和粮仓的锁匙都交给知杭州范旻，和他的弟弟惟演、惟灏等都到朝廷来。诏令派遣内侍总管各有关机构的帷帐及生活用具，在近郊迎接慰劳。二十日壬申，在长春殿召惟治等应答，各自赐给衣带、配鞍的马匹、玉帛。

（冬季十月二十三日乙亥）杭州送来钱俶的八十一个伶人，诏令交付教坊去练习，接着把三十六个人送回杭州，四十五个人赐给钱俶。

太平兴国四年（己卯，979）

太宗刚即位的时候，对齐王廷美说："我一定要攻取北汉。"

（二月）十五日甲子，太宗从京师出发。

（三月二十六日乙巳）诏令泉州发兵护送陈洪进亲属到朝廷来，所经过的州县供给食物。

（五月）初六日甲申，黎明的时候，刘继元率领他的官属穿着白衣服戴纱帽在城台下听候治罪。诏令释放他们，召到台上来慰问。……太宗回过头来对淮海国王钱俶说："你能够保全一方来归附我，不至于杀人，是非常值得赞美的。"

太平兴国五年(庚辰,980)

(四月)本月初,把礼贤宅赐给钱俶,钱俶献白银三百斤表示感谢。

(八月)二十八日戊戌,太宗到钱俶家看望他的疾病,赐给他一万两白银、一万匹绢、一百万钱、一千两金器,又赐给钱俶的儿子惟濬、惟治各自一万两白银。

太平兴国六年(辛巳,981)

(三月)二十二日己未,以淮南节度副使崔仁冀为卫尉卿,因为淮海王钱俶说他的才干可以重用。

(十二月初五日戊辰)淮海王钱俶等祝贺皇帝祭天,所贡的马匹都是跑不快的劣马,被管理马棚的吏员所揭发。初八日辛未,诏令免予治罪。

太平兴国八年(癸未,983)

(十二月初六日丁亥)淮海国王钱俶三次上表请求免去兵马大元帅、国王、尚书令兼中书令、太师、开府仪同三司等官,诏令只免去元帅,其余的不许。

端拱元年(戊子,988)

(八月)二十四日丙寅,武胜节度使、太师、尚书令兼中书令、邓王钱俶死。太宗为他停止视朝七天,追封他为秦国王,谥忠懿,命令中使总管丧事,葬在洛阳。钱俶任太师、尚书令兼中书令四十年,做元帅三十五年,富贵到了极点,福禄之盛,近代没有什么人能够比得上的。

《古代文史名著选译丛书》编纂始末①

马樟根　安平秋

今年1月，《古代文史名著选译丛书》已经出到100种101册（其中《史记》为2册）。4月份，最后的33种也已交稿。这样，全书133种即将呈献在读者面前。② 一项服务当前、造福子孙的普及优秀古代文化、进行爱国教育的大工程将宣告完工了。回想

①《古代文史名著选译丛书》由全国高校古籍整理研究工作委员会主持，古委会直接联系的18个古籍整理研究所为主要承担机构，章培恒、安平秋、马樟根任主编。本文于1992年4月，在《中国典籍与文化》杂志发表时题目是《衣带渐宽终不悔——〈古代文史名著选译丛书〉编纂始末》。这次将此文作为2011年修订版附录时，去掉原正标题，以原副标题为正式题目。 ② 至1994年4月最后定稿时，全书为135部。2011年修订版出版时，全书为134部。

这一套丛书动员18所院校，投入100余人，从1985年筹划，1986年起步，到今天已度过了六七年的岁月，个中甘辛令人难以忘怀。

一、北大·苏州·北大

——酝酿与筹划

编纂这样一套丛书，起因于1981年7月。当时陈云同志派人到北京大学召开了小型座谈会。来人告诉与会人员陈云同志最近在考虑两个问题：一个是粮食，一个是古籍整理。对古籍整理，特别讲到陈云同志说："整理古籍，为了让更多的人看得懂，仅作标点、注释、校勘、训诂还不够，要有今译，争取做到能读报纸的人多数都能看懂。有了今译，年轻人看得懂，觉得有意思，才会有兴趣去阅读。今译要经过选择，要列出一个精选的古籍今译的目录，不要贪多。"这就是后来收入《陈云文选》的那段话。1981年9月，中共中央关于整理我国古籍的文件中一字不差地强调了这段话。1983年，教育部成立了全国高校古籍整理研究工作委员会（简称古委会）。古委会主任周林同志根据中央和陈云同志意见，提出了组织力量今译古籍。但在当时，经过"文革”后的古籍整理工作百废待兴，加之一些学者对今译重要性的认识远非今日之深，这一工作一拖便是两年。

1985年5月，全国高校古委会在苏州召开了一届二次会议。周林同志在会上作了“人才培养和古代文化遗产普及问题”的专题发言，他分析了“解放三十多年来，由于‘左’的路线干扰，特别是‘文化大革命’，几乎使我们的民族文化到了中断的边缘，出现了对古代文化知之不多，或知之甚少的状况”，要教育界的同志“做好普及古代文化知识的工作”，搞好古籍的今注今译就是其中的一项重要任务，“高校古委会要在这方面多下功夫”，“高校古籍研究所无疑应担负起这个任务”。他针对当时一些人轻视古籍的今注今译思想，呼吁“我们对于选本、今译等有利于教育普及的东西，应承认它的学术价值”，“《昭明文选》、《唐诗三百首》、《古文观止》等是地道的选本，流传几百年，发生那么大的影响，能说没有水平？”“专家们深入浅出的在对古文献研究基础上的译注，对普及古代优秀文化作出重大贡献，算不算高水平的成果呢？”“古文既要译得恰当、准确，又要通畅易懂，难度是很大的”，“为了社会主义精神文明建设，古籍整理这方面也要作出应有的贡献”。一石激浪，沉寂了几年的今译古籍的话题又重新活跃起来。会上作了一番认真讨论。

经过这样的酝酿，1985 年 7 月，全国高校古委会科研项目评审组的专家们聚集在北京大学勺园，筹划编纂一套古籍今译的精选本。初步定名为《古籍今译丛书》，议定了收书范围、内容，开列了 65 种书的选目。并决定由科研项目专家评审组召集人、复旦大学古籍所所长章培恒教授和参加过陈云同志在北大召开座谈会、当时古委会主管科研工作的副秘书长安平秋同志共同负责，与秘书处同志一起具体筹划。经几个月的筹备，决定由古委会直接联系的 18 个高校古籍研究所承担这一工作，组成编委会，并开列出 89 种书的选目，对选译的进度、规划亦作了设计。此时，几家出版社闻讯而至，表示愿意出版这套丛书。最早与我们联系的巴蜀书社的段文桂社长以其强烈的事业心和对古籍今译的高度重视感动了我们，于是决定邀请巴蜀书社编辑参加第一次编委会议。

二、从柳浪闻莺到桂子山上

——第一批书稿的产生

第一次编委会于 1986 年 5 月在杭州柳莺宾馆

召开。宾馆因位于西湖十景之一的柳浪闻莺而得名。全国高校18个研究所的24名学者和有关人员聚集在这风景胜地,无心观柳,亦无从闻莺,紧张地工作了三天。会上确定了这套普及读物的读者对象是具有中等以上文化程度的广大群众,收书范围是中国历代文史名著,在名著之中选精。所选书目,在原拟89种基础上,调整为116种,以形成系统性。书中选篇之下分提示、原文、今译、注释四部分,以译文为主,书前有一前言,书中加入必要的插图。每一种书约10—15万字。书名确定为《古代文史名著选译丛书》。即由到会的24位学者组成丛书编委会①,由章培恒、马樟根、安平秋三人任主编。于是,编委会立即分成三个工作小组,在会上分头拟出丛书《凡例》、《编写、审稿要求》和《文稿书写格式》,经讨论修改而形成了正式文字以供遵循。在

① 编委会成员按姓氏笔划排列为:
马樟根　平慧善　安平秋　刘烈茂　许嘉璐　李国祥
金开诚　周勋初　宗福邦　段文桂　董治安　倪其心
黄永年　章培恒　曾枣庄(以上为常务编委)
王达津　吕绍纲　刘仁清　刘乾先　李运益　杨金鼎
曹亦冰　常绍温　裴汝诚(以上为编委)

自报的前提下，会上确定了由18个研究所承担前40部书的今译任务，要求当年年底完成。古委会主任、丛书顾问周林同志对编委会的认真精神、紧张工作和显著效率十分赞赏，他说：“有这样一个编委会，有这样一个阵容来做选译，使中国历史文化不成为专属于少数人的知识，使能看报纸的人都读懂自己民族的名著，从而树立爱国主义、建设有民族特色的精神文明，其意义之深远将会在今后愈益显露出来。”于是，有1000余万字的大工程便从这里开始了。

当年年底各研究所的今译书稿经作者完成后，由在该所的编委审改，到1987年5月和7月，先后在复旦大学、北京大学两次召开编委审稿会。这种审稿会，说是审稿，实际上是边审边改，字斟句酌，每部书稿必须经一位编委、一位常务编委审改把关，经过这样两道工序，汇总到主编手中，40部书稿通过了25部。其中部分书稿赶印了样稿征求意见。于是周林同志于7月6日在北大临湖轩邀请了在京十几位专家与正在审稿的编委一起研究样稿，探讨如何提高这套今译丛书的质量。

根据编委审稿发现的问题和在京专家们的意

见，丛书亟需在已定体例的框架中条列细则；而出版单位巴蜀书社又希望所出版的第一批书为50种以便形成格局，需要布置各研究所承担新的今译任务。这样，1987年10月在华中师范大学再次召开了编委会，又请了詹锳、周振甫、刘乃和、郭预衡等先生到会指导。

这次编委会是在审看了40部书稿后，发现了一大批问题亟待解决，又是在需要布置下一步任务的状况下召开的，是一次承上启下的编委会。会议初期人们的心情和会上的气氛都带有一股子严峻与急切。会议从5日到8日开了三天半。但是在4日晚上开预备会的时候，主编章培恒先生尚未到会，亦无他是否已从上海出发的信息。5日上午就要开会了，主编不到怎么行呢？5日一早，我们还在沉睡之中，忽听有人敲门，进来的竟是章培恒！一向风神儒雅、衣装考究的章培恒先生，此时却是一身尘灰、满脸疲惫地站在我们面前。原来他从上海出发前，未能买到机票或船票，而上海到武汉又没有直达火车，只好先从上海坐火车到长沙，为了不误5日上午开会，他只好买了一张无座票，夜间从长沙出发一直站到武昌。一向走路辨不清方向的章培恒竟然在夜色未退之前一人从车站摸到了华中师大专家楼，也算是奇迹。

这次编委会，从体例的具体要求、书中选篇是否合适、每篇中的提示如何写、注释的繁简和语言的通俗性，到今译的信达雅如何把握，例如李白的“床前明月光，疑是地上霜，举头望明月，低头思故乡”这样通俗的诗是否要翻译，在在都有热烈的争论。感谢编委们的努力和学术判断力，最后终于形成了一个《细则》，一切争论都统一在这个《细则》之上。编委们在思想明确、分得新的任务之后，显出了少有的轻松与喜悦。会议结束正逢中秋节，华中师大的专家楼坐落在武昌桂子山上。入夜，桂子山上举行了赏月茶会，几张方桌，围坐着全体编委和特邀到会专家。天上明月如盘，清辉洒地，眼前桂树葱茏，桂花飘香，华中师大古籍研究所的青年们活跃席间，引得王达津先生即席赋诗，刘乃和先生清唱京戏。这气氛预示着《古代文史名著选译丛书》克服了当前的困难，第一批50种书稿有如母腹中的胎儿，快要降生了。

三、华清池畔的愁云与人民大会堂的欢欣

——第一批书出版的柳暗花明

1988年10月，编委们再一次聚会，审定第一批

50种中的最后十几部书稿、修改第二批50种中的大量书稿。这次审稿是在“东枕华山、西拒咸阳”的骊山脚下、华清池滨的一家招待所。这里古朴而不豪华，食宿低廉却又实惠，审稿之余，左近有风景可观，有古迹可寻，房内有43℃的温汤沐浴，编委们平日在校教学、科研工作劳累而生活清苦，如今有这样的环境与条件，感到少有的惬意。我们作为主编觉得这也是对编委们两年来辛勤编书的一点补偿。但这种适意之感很快就被两件事所驱散。一件事是书稿的质量。几十部书稿交来，一经审看，从注译到体例完全合格的只有寥寥可数的三四部，余下的，或需小改，或需大改，或根本不合格需退回重作。另一件事是出版发行成了问题。到会的巴蜀书社副社长黄葵同志向大家通报了即将印出的16本书征订情况，最多的为2000册，且只有一种，其他的只有800册、600册，甚至还有200余册。征订不佳，销路不畅，出书要赔钱，出版社为难，编委们又无计可施。此时哪还有心思去观赏“骊山云树郁苍苍，历尽周秦与汉唐”？也无心绪登上骊山，在烽火台前怀古。且正值“楼台八月凉”的节令，只有华清池畔秋雨飘零，秋风瑟瑟，落叶满地，不禁愁从中来。

愁则愁，还得面对现实。书稿质量不高，靠到会近20位编委十余天的逐字逐句修改，终于改定合格17部。至于出版发行问题，巴蜀书社的朋友费心经营，重新设计了封面，改进装帧，将第一批50种装成一个大礼品盒，成盒出售。从中又得到了国家新闻出版署、四川省出版局、国家教委有关司局和各省市教委的大力支持与帮助，发行面得以扩大，到了1990年下半年，首印的17000套书销售已尽，而问讯、索购者不绝，出版社决定再印30000套以供读者需要。中央领导了解到这套丛书受到读者欢迎，欣然为丛书题辞，江泽民总书记的题辞是“做好我国古代文史名著的传播普及工作，使其古为今用，以发扬爱国主义精神”，李鹏总理的题辞是“弘扬民族优秀文化，激励爱国主义精神”。李瑞环同志也为丛书题了辞。

1990年8月22日在北京人民大会堂召开了《古代文史名著选译丛书》出版座谈会。国家领导人李铁映、胡乔木、李德生、陈丕显、廖汉生、王汉斌、王光英出席，古委会主任周林同志主持会议，到会各阶层代表在发言中从不同角度肯定了这套书对促进青少年了解历史、了解国情、了解中华民族优秀传统文化、进行爱国主义教育的作用。时值盛夏，却逢喜雨，洗却了编委和出版社同志心中的忧虑，参加大会堂座谈会的13名常务编委会后又聚集在北京大学讨论深入认识编纂这套丛书的重大意义，研究审改好第二批书稿的具体措施。

四、从舜耕山庄耕作到乐山脚下

——第二批书稿审定之艰辛

第二批书稿50种50册，是1987年10月布置的。1988年10月在西安审改合格的17部书稿都已放入第一批中以替换原已通过的第一批中质量较差的书稿。这样，第二批书稿当时余下的已完成的有20余部，却都不合格，只能要求译注者和编委再行修改。一年之后，编委会汇总来重新改好和新译注交来的第二批书稿44部，1989年10月于济南千佛山下的舜耕山庄召开了常务编委审稿会。

这次审稿，发现的问题较多。有的选目不当，如有的史书重要人物的传不选却选入无关紧要而又无学习价值的人物传，有的名家的文章名篇不选却选入既无文学价值又无借鉴意义的篇章。有的选译所依据的底本不当，舍弃现有的精校本却用校勘不善的本子。有的虽有根据地改动正文却只在注释中说“原作……据别本改”，而不指明据何本改。有的注释过繁，不利于一般读者阅读；有的注释极简，该注释的地方不注，使广大读者看了译文仍无法理解全文的精妙；而更多的是注释不准确，对一字一词增字为训而歪曲了原意的毛病也较普遍。译文问题更多，有的语义不清，佶屈聱牙，把“三顾频烦天下计，两朝开济老臣心”译为“三顾茅庐频烦为天下大计，两朝事业开济尽老臣忠心”，有的为追求通俗生动把“君何往”中的“君”译为“老兄”。每篇的提示，有的写得很长变成了文章赏析，有的虽短却不中肯綮，用了类似“文革”期间的语言扣几顶大帽子了事。看这样的稿子都觉头痛，改这样的稿子更感艰难。审稿历时12天，参加审稿、当时63岁的黄永年先生向我们诉苦：“头发掉了一把！”有的编委说，千佛山古称历山，传说舜在这里开垦耕耘，十分艰辛，我们住在舜耕山庄，预示着我们为这套丛书垦荒笔耕，也要历尽千辛。这次审稿，经过审改之后，有10部书稿合格，有11部需会后再作小的修改方能通过，余下的均需作大的改动或另请人译注。

这次审稿还研究了所选戏曲部分的曲辞如何今译问题，如规定了念白中出现的诗句只注不译，上、下场诗只注不译，注而不译的文字在译文中应予保留以便参读。

到1990年12月，丛书常务编委在广州研究丛书如何体现批判继承精神、如何提高第二批书稿质量时，又有18部书稿完成交来。为了保证书稿质量，使1991年上半年召开的常务编委审稿会得以顺利进行，我们三个主编从广州匆匆赶到北京，用了一周时间审看了这18部书稿，通过了7部，11部退改。当我们看完最后一部书稿碰头研究时，已是12月31日。在1990年一年内，我们仅仅通过了这7部书稿。加上1989年在舜耕山庄通过的10部，也仅有17部，尚差33部方足第二批的50部。

1991年5月，常务编委来到古称嘉州的乐山市，在乐山山腰的八仙洞宾馆继续审改第二批书稿。改稿时间只有十天，要力争将50部推出，其繁重可知。我们在改稿过程中，不禁想到明万历年间嘉州知州袁子让的诗句“登临始觉浮生苦”，想到这套丛书从起步到这次审改已历时5年，当初怎么也没有想到完成这套丛书会是如此的艰辛，真是登临始觉笔耕苦啊!

这次乐山审稿,通过了13部书稿。好在余下的20部书稿只须小改即可在会后交稿,终于在1991年8月将这20部书稿全部改定交巴蜀书社。第二批50部历时近四年终于定稿了。

五、在金陵古都作光辉的一结

——第三批书稿的完成

1990年12月据出版社的要求,这套丛书出齐当为150种,到乐山会上又修正为110种至125种,最后数字的确定根据最后一次审稿结果而定,合格的即入选,不合格的不再修改选入。根据这一共识,今年4月中旬,我们一部分常务编委聚集到六朝古都南京,从已经交来的35部书稿中选择经小改合格的书稿。经过十一天的劳作,选择、改定33部,由到会的常务编委、巴蜀书社的段文桂总编和编委、巴蜀书社的刘仁清副编审带回成都,将经由他们的继续辛苦而使《古代文史名著选译丛书》以133部、1500万字之数呈献给热爱中华文化的读者。

这套丛书从1986年5月起步,历时整整六年,平日繁细工作不计,仅编委大小审稿会就开了12次之多。丛书的发起人、顾问、古委会主任周林同志先后参加了8次审稿会，每次都自始至终和大家在一起，听取审稿情况，了解遇到的问题；当我们遇到困难的时候他为我们鼓劲，当我们感到欣喜的时候他提醒我们不可大意。这次他又和我们一起来到虎踞龙蟠的石头城下，为我们督阵，看我们能否为这套丛书作出光辉的一结。

此时此刻，我们与这次会议的东道主、丛书常务编委、南京大学的周勋初先生漫步在中山陵旁，想到今译丛书已基本完成，自然感到如释重负，但理智却使我们不敢轻松，我们期待着全书133部出齐之后专家、读者的评头品足。

1992年4月26日

（原载《中国典籍与文化》1992年第1期）

古代文史名著选译丛书(修订版)总目

丛书主编:章培恒　安平秋　马樟根

书　名	译注者	审阅者	定价/元
老子注译	张玉春　金国泰	安平秋	16.00
庄子选译	马美信	章培恒	18.00
荀子选译	雪　克　王云路	董治安　许嘉璐	19.00
申鉴中论选译	张　涛　傅根清	董治安	18.00
颜氏家训选译	黄永年	许嘉璐	15.00
论语注译	孙钦善	宗福邦	28.00
孟子选译	刘聿鑫　刘晓东	黄　葵	20.00
墨子选译	刘继华	董治安	14.00
韩非子选译	刘乾先　张在义	黄　葵	19.00
新序说苑选译	曹亦冰	倪其心	25.00
论衡选译	黄中业　陈恩林	许嘉璐	22.00
管子选译	缪文远　缪　伟	董治安	18.00
列子选译	王丽萍	周勋初　倪其心	19.00
韩诗外传选译	杜泽逊　庄大钧	董治安	24.00
盐铁论选译	孙香兰　刘光胜	黄永年	13.00
诗经选译	程俊英　蒋见元	刘仁清	19.00
楚辞选译	徐建华　金舒年	金开诚	15.00
贾谊文选译	徐　超　王洲明	安平秋	17.00
司马相如文选译	费振刚　仇仲谦	安平秋	11.00
文心雕龙选译	周振甫	黄永年	17.00
庾信诗文选译	许逸民	安平秋	18.00

书　名	译注者		审阅者		定价/元
嵇康诗文选译	武秀成		倪其心		18.00
谢灵运鲍照诗选译	刘心明		周勋初		18.00
陈子昂诗文选译	王　岚		周勋初	倪其心	14.00
李白诗选译	詹　锳	等	章培恒		22.00
高适岑参诗选译	谢楚发		黄永年		23.00
元稹白居易诗选译	吴大逵	马秀娟	宗福邦		21.00
柳宗元诗文选译	王松龄	杨立扬	周勋初		18.00
李贺诗选译	冯浩菲	徐传武	刘仁清		20.00
杜牧诗文选译	吴　鸥		黄永年		14.00
李商隐诗选译	陈永正		倪其心		19.00
唐五代词选译	亦　冬		董治安		16.00
唐文粹选译	张宏生		周勋初		18.00
晚唐小品文选译	顾歆艺		平慧善		15.00
黄庭坚诗文选译	朱安群	等	倪其心		18.00
辛弃疾词选译	杨　忠		刘烈茂		24.00
元好问诗选译	郑力民		宗福邦		20.00
宋四家词选译	王晓波		倪其心		16.00
黄宗羲诗文选译	平慧善	卢敦基	马樟根		15.00
吴伟业诗选译	黄永年	马雪芹	安平秋		20.00
方苞姚鼐文选译	杨荣祥		安平秋		20.00
明代散文选译	田南池		马樟根		22.00
顾炎武诗文选译	李永祜	郭成韬	刘烈茂		23.00
张衡诗文选译	张在义 韩格平	张玉春	刘仁清		16.00
汉诗选译	张永鑫	刘桂秋	金开诚		19.00

书名	译注者		审阅者		定价/元
阮籍诗文选译	倪其心		刘仁清		15.00
三曹诗选译	殷义祥		刘仁清		22.00
诸葛亮文选译	袁钟仁		董治安		16.00
陶渊明诗文选译	谢先俊	王勋敏	平慧善		16.00
杜甫诗选译	倪其心	吴　鸥	黄永年		17.00
王维诗选译	邓安生	等	倪其心		20.00
刘禹锡诗文选译	梁守中		倪其心		20.00
孟浩然诗选译	邓安生	孙佩君	马樟根		18.00
韩愈诗文选译	黄永年		李国祥		20.00
欧阳修诗文选译	林冠群	周济夫	曾枣庄		20.00
曾巩诗文选译	祝尚书		曾枣庄		19.00
苏轼诗文选译	曾枣庄	曾　弢	章培恒		23.00
李清照诗文词选译	平慧善		马樟根		15.00
陆游诗词选译	张永鑫	刘桂秋	黄　葵		24.00
朱熹诗文选译	黄　珅		曾枣庄		20.00
文天祥诗文选译	邓碧清		曾枣庄		20.00
袁枚诗文选译	李灵年	李泽平	倪其心		20.00
王安石诗文选译	马秀娟		刘烈茂	宗福邦	18.00
二程文选译	郭　齐		曾枣庄		25.00
范成大杨万里诗词选译	朱德才	杨　燕	董治安		26.00
萨都剌诗词选译	龙德寿		曾枣庄		28.00
王阳明诗文选译	吴　格		章培恒		18.00
徐渭诗文选译	傅　杰		许嘉璐	刘仁清	17.00
李贽文选译	陈蔚松	顾志华	李国祥	曾枣庄	17.00

书　名	译注者	审阅者	定价/元
三袁诗文选译	任巧珍	董治安	17.00
王士禛诗选译	王小舒　陈广澧	黄永年	13.00
龚自珍诗文选译	朱邦蔚　关道雄	周勋初	13.00
尚书选译	李国祥　刘韶军 谢贵安　庞子朝	宗福邦	14.00
礼记选译	朱正义　林开甲	宗福邦	22.00
左传选译	陈世铙	董治安	22.00
国语选译	高振铎　刘乾先	黄　葵	22.00
战国策选译	任　重　霍旭东	李国祥	21.00
吕氏春秋选译	刘文忠	董治安	17.00
吴越春秋选译	郁　默	倪其心	19.00
史记选译	李国祥　李长弓 张三夕	安平秋	29.00
汉书选译	张世俊　任巧珍	李国祥	22.00
后汉书选译	李国祥　杨　昶 彭益林	许嘉璐	24.00
三国志选译	刘　琳	黄　葵	18.00
晋书选译	杜宝元	许嘉璐	15.00
宋书选译	漆泽邦　孔　毅	李国祥	19.00
南齐书选译	徐克谦	周勋初	18.00
北齐书选译	黄永年	安平秋	16.00
梁书选译	于　白	周勋初	17.00
陈书选译	赵　益	周勋初	17.00
南史选译	漆泽邦	安平秋	22.00
北史选译	刁忠民	段文桂	20.00

书　名	译注者	审阅者	定价/元
周书选译	黄永年	安平秋	15.00
魏书选译	杨世文　郑　晔	周勋初	22.00
隋书选译	武秀成　赵　益	周勋初	20.00
新唐书选译	雷巧玲　李成甲	黄永年	16.00
旧唐书选译	黄永年	章培恒	16.00
新五代史选译	李国祥　王玉德　姚伟钧	周勋初	18.00
旧五代史选译	贾二强	黄永年	17.00
宋史选译	淮　沛　汤　墨	曾枣庄	20.00
辽史选译	郭　齐　吴洪泽	曾枣庄	21.00
金史选译	杨世文　祝尚书　李文泽　王晓波	曾枣庄	21.00
元史选译	樊善国　徐　梓	马樟根	25.00
明史选译	杨　昶	李国祥	20.00
清史稿选译	黄　毅	章培恒	22.00
贞观政要选译	裴汝诚　王义耀	黄永年	18.00
史通选译	侯昌吉　钱安琪	周勋初	16.00
资治通鉴选译	李　庆	黄永年	16.00
续资治通鉴选译	徐光烈	安平秋	24.00
通鉴纪事本末选译	谈蓓芳	章培恒	21.00
洛阳伽蓝记选译	韩结根	章培恒	22.00
梦溪笔谈选译	李文泽	曾枣庄	20.00
徐霞客游记选译	周晓薇　等	黄永年　马樟根	17.00
宋代笔记小说选译	朱瑞熙　程君健	金开诚等	19.00
关汉卿杂剧选译	黄仕忠	刘烈茂	24.00

书　名	译注者	审阅者	定价/元
明代文言短篇小说选译	黄　敏	章培恒	23.00
六朝志怪小说选译	肖海波　罗少卿	刘仁清	21.00
世说新语选译	柳士镇　钱南秀	周勋初	23.00
水经注选译	赵望秦　段塔丽　张艳云	许嘉璐	19.00
唐人传奇选译	周　晨	曾枣庄	24.00
唐五代笔记小说选译	严　杰	周勋初	21.00
大慈恩寺三藏法师传选译	贾二强	黄永年	18.00
宋代传奇选译	姚　松	周勋初	22.00
聊斋志异选译	刘烈茂　欧阳世昌	章培恒	22.00
阅微草堂笔记选译	黄国声	安平秋	16.00
清代文言小说选译	王火青	周勋初	23.00
历代名画记图画见闻志选译	周晓薇　赵望秦	黄永年	17.00
容斋随笔选译	罗积勇	宗福邦	20.00
唐才子传选译	张　萍　陆三强	黄永年	24.00
西厢记选译	王立言	董治安	20.00
元代散曲选译	彭久安	刘烈茂　金开诚	21.00
日知录选译	张艳云　段塔丽	黄永年	22.00
桃花扇选译	张文澍	章培恒　段文桂	15.00
牡丹亭选译	卓连营	章培恒	14.00
长生殿选译	戚海燕	董治安	20.00